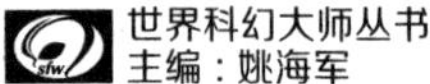
世界科幻大师丛书
主编：姚海军

宿命星空

The Fated Sky

[美] 玛丽·罗比内特·科瓦尔 著
魏春予 译

四川科学技术出版社

图书在版编目(CIP)数据

宿命星空 / [美]玛丽·罗比内特·科瓦尔 著;魏春予 翻译.
-- 成都: 四川科学技术出版社, 2022. 3
(世界科幻大师丛书 / 姚海军 主编)
书名原文: The Fated Sky
ISBN 978-7-5727-0476-5

Ⅰ. ①宿… Ⅱ. ①玛… ②魏… Ⅲ. ①幻想小说-美国-现代
Ⅳ. ①I712.45

中国版本图书馆CIP数据核字(2022)第045462号
图进字号: 21-2021-77

世界科幻大师丛书
宿命星空
SUMING XINGKONG

出 品 人 程佳月
丛书主编 姚海军
著　　者 [美]玛丽·罗比内特·科瓦尔
译　　者 魏春予
责任编辑 兰 银 姚海军
特约编辑 颜 欢
封面绘画 杜 暄
封面设计 施 洋
版面设计 施 洋
责任出版 欧晓春
出　　版 四川科学技术出版社
成都市锦江区三色路238号 邮政编码 610023
官方微博: http://e.weibo.com/sckjcbs
官方微信公众号: sckjcbs
传真: 028-86361756
开　　本 140mm×203mm　　印　　张 13.125
字　　数 250千　　插　　页 2
印　　刷 成都博瑞印务有限公司
版　　次 2022年4月成都第一版
印　　次 2022年4月成都第一次印刷
定　　价 59.00元

ISBN 978-7-5727-0476-5

邮 购: 成都市锦江区三色路238号新华之星A座25层 邮政编码: 610023
电 话: 028-86361758

目录

献给我勇往直前的侄女，劳拉·奥拉夫森。

一切办法都在我们自己，虽然我们把它诿之天意；注定人类运命的上天，给我们自由发展的机会，只有当我们自己冥顽不灵、不能利用这种机会的时候，我们的计划才会遭遇挫折。哪一种力量激起我爱情的雄心，使我能够看见，却不能喂饱我的视欲？尽管地位如何悬殊，惺惺相怜的人，造物总会使他们集合在一起。只有那些默然忍受着内心的痛苦，认为好梦已成过去的人，他们的希冀才永无实现的可能；能够努力发挥她的本领的，怎么会在恋爱上失败？王上的病——我的计划也许只是一种妄想，可是我的主意已决，一定要把它尝试一下。

——《终成眷属》，威廉·莎士比亚（选自朱生豪译本）

第一章

IAC负责人对预算遭削减一事提出警告

《国家时报》1961年8月16日电（记者约翰·W.芬尼）　特稿：国际航空航天联盟（IAC）负责人诺曼·克莱蒙斯对联合国提出警告，称任何对航空项目预算的最小限度的削减，都会使登陆火星在近十年内成为幻影。他还称，如不按时推进火星项目，预计花费两百亿美元的首次火星探险的费用，还将继续增加。他说，由于今年美国国会削减了IAC六亿美元的预算，IAC不得不放弃专为项目中无法预料的棘手技术问题而设的保险，并推迟了对于"天鹅座"宇宙飞船来说极其关键的试飞计划。

你还记得，当"友谊号"探测器抵达火星时，你在哪儿吗？我当时正准备从月球返回。那时我在"阿尔忒弥斯"基地进行为期三个月的轮值，任务是将地质学家从我们的小小聚居地送往不同的调研地。

虽然我们都被称为宇航员，但只有少数人是飞船驾驶员，也就是美其名曰的“大巴司机”。其余的两百位“公民”来了又走，是走是留取决于他们的专长。在这座被我们称为“家”的地堡里，只有五十来人是“常住”居民。

我和基地中一半的人一起，在低重力环境下一蹦一跳地穿过地下那活像沙鼠洞、名唤“贝克街”的管道，前往“市中心”。月球上没有能防御宇宙射线的大气层，我们只好挖开月球表层，将这些管道埋进风化层。从美学角度看，基地的外观就像是破落的沙堡，内部则大多覆盖着光滑的橡胶，点缀着采光井、铝制支架和气密门。

其中一扇气密门嗞嗞地打开，妮可扶着门把手跳了进来。随后她拉着门，把它关上了。

我伸展双腿，刹住落地时最后那一步向前的势头。她被调来这里工作，乘坐上一班飞船赶到，见到她真是太好了！“早上好。”

“我还以为你回地球了呢。”跟我一样，妮可也穿着轻型增压服，腰间系着橡胶制的安全帽，像是战时用的防毒面具。万一有管道漏了，这顶帽子中的氧气够我们呼吸十分钟，以到达安全的地方。虽然不多，但聊胜于无。

“确实要回，但我不想错过火星探测器的首次着陆。”其时，我担任小型航天飞机的副驾驶，往返于基地和绕轨道运行的IAC“卢内塔”空间站。我驾驶的飞船没比一辆太空巴士大多少，不过像“卢内塔—

地球”“索拉里斯”这种级别的大飞船，都是由男人驾驶的——我没有不满的意思。我拍了拍挎在肩上的旅行提袋，“看完我就直奔前往‘卢内塔’的火箭。”

“替我好好享受下热水澡吧。”她随我一道沿着贝克街向前跳去，“你觉得我们能看到火星人吗?”

“不大可能。至少从卫星图片上看，那儿就跟月球一样荒凉。”我们来到贝克街的尽头。气密门旁边有块金属板，上面安装着三角压力表，显示气压为4.9 psi①。在月球上，这个气压数值很正常。我压动棘轮把手来打开那道门，“纳撒尼尔说，如果真有火星人，他就自己拔了自己的虎牙。”

“这还……真有画面感。说起来，他最近好吗?”

“挺好的。”我将门拉开，“他成天嚷嚷……啊……火箭发射。”

妮可滑进贝克街和市中心间的气闸舱，笑着说：“说真的，你俩就像刚结婚似的。”

“那是因为我一直没回家!”

“你该再让他上这儿来转转。”她朝我使了个眼色，“我是说，既然有私人舱室开放……”

“是是是……也许你和参议员该多花点儿心思，考虑考虑声音在通风管道中的传播效果。”我准备拉上舱门。

“别关门!”尤金·林德霍尔姆迈着大步子，从贝克街向我们走

① 压强单位，磅每平方英寸。1 psi = 6 894.76 Pa。

来。要是你从来没见过人在低重力环境中是怎么移动的，就想象一下，什么样的动作可以结合学步孩童的蹦蹦跳跳和奔袭猎豹的昂首阔步。

我将门推开了些。在通过气闸门的时候，他没对准方向，一头撞在门框上。

"还好吗？"妮可扶着他的胳膊。

"谢了。"他一手抵着天花板稳住身形，另一只手拿着一叠文件。

妮可看了我一眼，接着向通往市中心的气闸舱门走去。我点点头，将贝克街这头的舱门拉上。然而，她却没立马开门。

"嗯……尤金，你和帕克是同一架航天飞机……"她指了指他手中的文件，"你会不会'一不小心'没拿稳这些文件……"

他咧嘴笑起来，"如果你是想看值班表的话，那我只能说，我手上只有默特尔的食谱剪贴簿。"

"讨厌鬼。"她拉开舱门。我们直奔市中心。

由于气压存在差异，一阵携着月球罕见香气的风吹来。风里混杂着肥沃泥土和绿植的味道，还有淡淡的水汽。聚居地的中心有宽阔的透明穹顶，过滤后的光线能照射进来。这里的植物在光照下茁壮生长。这是月球上最先落成的永久性建筑。

靠墙部分被分隔成了一间间住房。有时我真希望自己仍住在这儿，但是新建成的航天员营地更方便，营地就设在航空港的旁边。我们还建立了作为办公室和我们这儿唯一的餐厅的小隔间。在这儿，你甚至还可以找到理发店、二手商店和一家“艺术博物馆”。

最中心的地带有一个袖珍“公园”。之所以要给“公园”加上引号，是因为它只有两张大号双人床那么大。还有条小径从中间穿过。但不管怎么说，它还是为营地增添了一抹绿色。

我们在这片精心改良的土地里种了些什么呢？蒲公英。事实证明，只要烹饪得法，蒲公英也能营养美味。还有另一样最受欢迎的东西——仙人掌果实。仙人掌能开出美丽的花，花谢后结出甜甜的果荚。它扁平的主干经过烘烤后可供食用。事实证明，大自然中的许多杂草都能适应环境，在贫瘠的土壤中生长。

“棒极了！”尤金狠狠地拍了一下他的大腿，“蒲公英开得真好。默特尔之前还威胁讲，她要试着酿造蒲公英酒。”

“‘威胁’？你的意思是承诺你吧？”妮可蹦蹦跳跳地走过苗圃，“对了，埃尔玛，等你回家了，再替我喝一杯干马提尼吧。”

“我会来杯双倍基酒的。”我曾经以为，纳撒尼尔和我会成为月球上的第一批定居者。然而等到“阿尔忒弥斯”基地建好，当局又把注意力放到了移民火星上。为了火星计划，他不得不留在地球上。

在IAC内部，人们的话题总是离不开火星。计算师在方程式旁严阵以待。负责打孔卡[①]的女孩儿投身于一行行无穷无尽的代码。自助餐厅里的女士们舀出一勺勺土豆泥和青豆。而纳撒尼尔则埋头计算

① 又称霍列瑞斯式卡或IBM卡，是一块纸板，在预先定好的位置利用打洞与不打洞来表示数位信息，是早期编程常用的工具。

……人人都在谈论火星。

月球上的情况也一样。市中心的另一头，人们从发射中心弄来了一台巨大的、屏幕足有四英尺[①]宽的电视屏幕，将它立在平台上。聚居地一半的人看上去都聚在这儿，挤在电视机的周围。

希拉尔德一家带了张垫子来，还有看起来像是午间野餐食物的东西。他们不是唯一把这儿变成社交场合的人。陈家、巴特拉米家和拉米瑞兹家都在台子前的空地上安顿好了。这儿除了还没有孩子以外，就像个真正的小镇似的。

默特尔也铺好了垫子，挥手让尤金过来。他笑起来，也朝她挥了挥手，"她在那儿。要跟我们一起吗，女士们？那垫子够大。"

"谢谢！那太好了。"

我随他走到垫子跟前。那垫子似乎是用旧制服拼起来的。我在尤金和默特尔旁边坐下。她将蓬松的头发修剪成了更适合月球的发型。主要是因为在太空中，定型喷雾可不是什么好东西。她和尤金自愿成为月球上的永久居民。在地球上的时候，我超级想念他们。

"嘿！"人群前面传来一个声音，打断了窃窃私语，"开始了。"

我跪立起身，越过前方的人头望去。黑白电视机上的图像画质不好，颗粒感分明。画面显示着堪萨斯州地面指挥中心的景象，不过，有一点三秒的延迟。我仔细研究每一帧画面，寻找纳撒尼尔的身影。我爱我的工作，但和老公一别数月，对我来说还是挺难熬的。有

① 英美制长度单位，1英尺等于0.304 8米。

时候我也想辞掉工作,觉得回去当个计算师也不错。

我看到屏幕里的巴希拉正在解方程式,电传打字机吐出一张张纸。她在一串数字下方画了条很粗的线,抬起头说道:“多普勒信号显示二级分离已完成。”

我的心怦怦直跳。二级分离完成意味着探测器即将进入火星的大气层。或者更确切地说,它已经进入了火星大气。航天项目与众不同的一点在于,巴希拉从火星那边得来的所有数据,都是探测器二十分钟前发回的。这时,任务要么已经成功,要么就是已经失败了。

二十分钟前……我看了看手表。顺便也看看,在前往机库前,我还能在这儿待多久。

纳撒尼尔的声音从电视机里传来,我吸了口气,忙不迭地细听。“进入大气层倒计时,三、二、一……时速十一万七千千米。到着陆点的下降距离是七百零三千米。预计降落伞在五秒内展开,五、四、三、二、一……展开。等待确认……”

穹顶之下,人人都屏住了呼吸,只有风扇伴着低沉的嗡嗡声不断搅动着空气。我凑近屏幕,好像这样就能看清电传打字机吐出来的数字,帮着巴希拉做计算似的。然而我在计算部门工作,或者做不比基本轨道力学更复杂的计算,其实已经是四年前的事了。

“已监测到降落伞顺利展开。”

穹顶下,有人发出了一声欢呼。虽然还没完全降落,不过快了。我用手指死死拽住垫子的一角,好像我能在这儿操纵探测器似的。

“等待探测器确认反推火箭是否点火。”纳撒尼尔所说的仍旧是二十分钟之前发生的事情。而他的声音又要滞后一点三秒才能传进我的耳朵。太空生活真是充满不确定性。

“现在,探测器应该已经着陆。”

噢,老天保佑他是对的,如果探测器着陆失败,火星项目就会夭折。我又看了看表,虽然他很快就会公布降落的确切消息,但是当下的每秒都很漫长。

“各位请稍等。我们正在等待深空网和‘卢内塔’中继站发回的确切消息。”纳撒尼尔这会儿不在屏幕上,但我能想象出他站在桌前,紧握着笔,随时可能把它折断的样子。

突然,一个声音响起。

妮可在我身边猛吸了口气,“什么情况?”

那声音又响了一下。地面指挥中心爆发出一阵欢呼。纳撒尼尔提高音量,好盖过人群的欢呼声,“女士们、先生们,你们听到的,正是火星探测器发回的确认着陆的信号。这是从另一颗行星上发回的第一束无线电波。确认了‘友谊号’的成功着陆,为我们的载人航天项目铺平了道路。”

我一蹦三尺高,完全忘了关注月球上的引力[①]。不只是我,人人都手舞足蹈。我笑着,姿态笨拙地在空中飘着,为“友谊号”探测器的成功着陆和项目背后的团队喝彩。

① 约为地球的六分之一。

“你迟到了。”当我踏进航空港旁的宇航员休息室时，葛瑞森对我怒目圆睁。他啜了一小口咖啡，行李袋就搁在长凳旁。

我瞅了一眼墙上的挂钟，“就迟了三十秒。”

“那也一样是迟到。”

他说得对，但没人注意到我迟到了。而且飞船还要两小时才起飞。“你也一样难相处。”

“嘿！我猜你刚去看探测器着陆了吧？”我们一道走向飞船，他将飞行计划递给我，让我再看看。葛瑞森特别爱发牢骚，然而和我一样，是个不折不扣的太空迷。

我点点头，翻阅记录着点火时间、燃烧率、飞行姿态和飞行速度的文件。我们要花三天时间才能抵达“卢内塔”。在那期间，除了监控各类仪表，没什么事可做。见鬼，连月球基地到“卢内塔”的缓慢增压都是自动化的。“其实现在还没什么好看的，我只是想……我不知道怎么说。只是想见证吧。”

葛瑞森嘟哝道：“是啊……我看月球登陆影像时，心情和你差不多。”

三年前，我是登月项目的执行人员之一。想到这儿，我俩都沉默了。我因此变成了一个名人。也因此，比起在地球上，我更享受在月球上的生活。通常情况下，在月球上我不必和粉丝打交道。

“你看了吗？我是说登陆火星。”

“没，我听的广播。”我们走上通往飞船的走廊，他耸了耸肩，“出发前跟我女朋友待了一会儿。他们要把我调回地球上的巴西航天基地，要在一艘新飞船上训练一个月。”

“‘北极星’系列吗？”他点点头，我吹了声口哨，“果然，真让人羡慕。”

他哼了一声，“我在这儿待得太久了，光是在地球上站起来，恐怕都得花掉我一个星期的时间。训练本身根本用不了两周。”

“还是让人羡慕啊。它的规格简直是梦幻级的。更何况，巴西还比堪萨斯好。”我在通往飞船驾驶舱的舱门前停了下来，检查了一下三角气压表，就算我们没走错港口，也可能发生舱门后没飞船的情况，所以要确保打开舱门前的气压为 4.9 psi。“回家的时候来个垂直起降[①]，就会发现其他事根本不是事儿。”

“肯定没着陆月球那么平稳。”他耸耸肩，“我个人很喜欢滑翔的感觉，着陆的时候可以看到更多风景，而且不受天气影响，现在飓风越刮越厉害了……再说，我也不介意在轨道上多待几天，等着风停。”

“你当然不介意，说到适应重力你就怕得要死。”我进入狭窄的领航员舱。“卢内塔”旋转装置制造出的微弱人造引力，大概是地球重力的三分之一，跟火星上差不多。这给从月球返回地球的人提供了很好的过渡。“希望我们回去的时候是个好天气。我已经迫不及待想回家了。”

“那你就不会迟到。”

---

① 火箭的一种起降形式。

我笑着对他吐了吐舌头。然后我们开始进行航前检查。从月球上起航，和从地球上起航相比，有个好处是变量少得多。没有大气，除了那点儿引力，我们可以将天气、风，或者其他问题抛诸脑后。

我们身后的乘客舱能容纳二十来人。大部分航班的乘客，都是各领域的专家学者。他们完成了月球上的项目任务，准备返回地球。至于货舱，装的则都是些私人行李、科学实验仪器，以及极少数的月球出口物资。比如，有位地质学家用月球上的岩石进行雕刻，在地球上卖得火热。还有，默特尔用回收织物制成的“月亮毯”，赚到的钱足以供她的三个儿子读完研究生。太空中，艺术依然兴盛得令人惊讶。就连我也加入了用旧打孔卡做纸塑的队伍，但还没能鼓起勇气把它们卖掉。

就算是地球上那些对太空计划颇有非议的人，也会对来自月亮的东西兴致勃勃。我想，如果几千年来的神话和传说为某个地方赋予了浪漫主义色彩，要祛魅，可得花上好一阵子。

葛瑞森和我经常一起驾驶飞船。对我们来说，航前检查就像是例行公事，但我们可没有跳过任何步骤。不管是不是例行公事，也不管天气条件到底如何，唯一可以肯定的是，我们仍旧坐在几乎等同于炸弹的玩意儿上。

真是有趣，人可以适应任何事。

两小时后，我们完成了航前检查。乘客也都在座位上系好了安全带。葛瑞森看向我，点点头道：“让我们点燃‘蜡烛’吧。”

引擎发出启动的声音。月球上没有空气，引擎声几不可闻。我们升空了，随着速度增加，我再度感受到重力，那感觉就像是月球在将我往回拉。灰褐色的环形火山口在我们身下渐行渐远，被排气喷口吐出的火焰淹没。

我说人可以适应任何事，或许是假话。

到达近地轨道，飞船开始与空间站对接。在这段旅途中，我担任太空领航员，虽然坐在副驾驶座上，主要负责导航计算，但也密切参与了整个过程。葛瑞森和我将飞船交接给前来换班的航天员。他们飘进驾驶舱，准备前往月球，执行为期三个月的任务。

离开“卢内塔”，我就成了从近地轨道返回地球的普通乘客。迄今为止，国际航空航天联盟还没有安排任何女性担任大型轨道火箭的驾驶员。其实并没有官方规定明文禁止女性驾驶这类火箭，但当我提出申请时，他们的答复总是在讲，他们有多希望把我的技能用在“最有价值的地方”。因为女性是靠着出色的计算能力加入宇航员队伍的，所以很难调到其他岗位。

我和其他回地球的乘客一道飘入乘客舱。虽然“卢内塔”的外环不断转动着制造人工重力，但为了实现对接，中心是静止的。这使人们搬运行李时更加轻松，同时也更困难了。轻松是因为行李变得轻飘飘的；困难则是因为稍没抓牢，行李就会飘出去。我把我的行李包塞进座位下狭小的隔间，系紧行李固定带，关上小隔间的门。

“埃尔玛!”海伦·卡穆奇从走廊上飘来。她嫁人前姓刘。她的一头黑发向后梳成马尾,飘在头顶上方。

“我都不知道你也搭这班火箭。”我咧嘴笑了,起身抱她。但我动作太大,差点儿撞上她。虽然我已经习惯了月球上的微重力,但海伦表现得像是个零重力环境下的专家,她用脚钩着扶手,接住了我。

还记得我说过人可以适应任何事吗?在这里遇上她,跟在有轨电车或火车上遇到她,感觉没两样。

“我们得做些地球环境适应性训练才行。”她盯着我身边的座位,“我能坐这儿吗?”

“当然!”我向上浮起,让她从我身下飘过去,“雷纳德还好吗?”

她正将行李往隔间里放,听到这话忍不住笑了,“他说他重新粉刷了客厅,我可真不敢看。”

我尽量贴近“天花板”,好让其他乘客通过,“你是不相信他的色彩鉴赏力,还是他的粉刷技巧?”

“两个关键词:火星、红色。但他怎么知道火星是什么样儿?”她摇摇头,猛地一拉固定绑带,动作熟练敏捷,“我们连火星表面的照片都没有。”

“真实情形或许更糟,火星表面灰扑扑的。”

“或许中和一下更好。”她“咔嗒”一声关上了行李隔间,“纳撒尼尔还好吗?”

我不自觉地叹了口气,“算好吧。”

她直起身子，来到座位上，“这口气听起来可不像好。”

“不，不，他挺好的。一切都好。”我落回座位上，开始系安全带。我把肩膀处的安全带系好时，感到海伦在盯着我看，“只是分开这么久，有些不好受罢了。你能懂的。”

她在我旁边的位子上坐好，拍拍我的手道：“至少我们要回家了。”

“不好意思，其实只不过是分开三个月，没什么好抱怨的。”海伦属于火星任务项目组，所以她接受了为期十四个月的培训。等明年火星探险正式开始，她和雷纳德又要面临三年的分离。“说真的，我简直不知道你们要怎么办。”

“我觉得，如果我们结婚的时间再长些会更难熬。”她眨了眨眼，“小别胜新婚。你知道吗？每当我回家……”

“你就要点火？”

“是我俩火力全开，推进器全都被点燃了！”

就在这时，头顶的扬声器发出一阵噼里啪啦的响声：“女士们先生们，我是机长克利里。我们即将从空间站启程，一小时后，您就将回到地球上的堪萨斯宇航基地。”

例行公事。我往返地球和月球已有十几回。旅途变得越发顺遂，越发……寻常。感觉就和搭乘前往另一个州的火车没什么两样。呃，当然，其实哪里都不一样。

当锁定装置打开、飞船从空间站上释放时，一声轻微的撞击声在飞船里回荡。航天飞机从空间站的阴影中滑出，机身表面的冷凝物在阳光下闪烁，仿佛是群萤火虫在小小的舷窗外旋转涌动。霜花于飞船周围轻舞，在太空墨色背景的映衬下，发出荧荧冷光。

我总说这是例行公事，但事实上，这个过程有如魔法。空间站巨大的弧形结构旋转着，从我们眼前一扫而过，令人眼花缭乱。如果不是被安全带绑着，我肯定已经把脸紧紧贴在舷窗上了。

“看！”海伦指着我们前方视野之外的什么东西，“是火星舰队。”

飞船震动起来，开始缓缓旋转，调整好角度，准备脱离轨道。角度一变，那支由三艘飞船组成的、专为第一次火星探险而设的舰队，出现在我们的视野里。在如墨的黑色星空的衬托下，两艘客船和一艘补给船呈不规则圆柱形，很是显眼。和空间站一样，它们被离心环围绕着。有些人觉得这圆环很像是某种……成人玩具。我由此得知了两件事：第一，我比自己想象的更拘谨；第二，那玩意儿看上去是什么样的，以及它可能的用法。我没和纳撒尼尔讨论过这件事，我不确定自己想不想知道，以及他知不知道那是什么。

无论如何，如果你没那些体验，那么当你看到这些飞船的时候，会觉得画面神圣而壮美。“你知道吗……有些时候我有点儿嫉妒你们。”

“呃。”海伦耸耸肩，“我一路都只是在算数而已。”

“不然你觉得我为什么会感到嫉妒？”我翻了个白眼，“说到底，我就是个大巴司机。”

“月球上的大巴司机。”

“没错。我也挺爱这份工作的,但是……没什么挑战性。”如果我想,我本可以参与火星任务,但我和纳撒尼尔在讨论生孩子的事。“我在考虑从航天员的位置上退下来,回到计算部门去。”

海伦轻蔑地哼了一声。情绪之到位,她称第二,没人敢称第一。“你准备回去开塞斯纳[①]吗?”

“或者培训新人宇航员。我只是……”无聊了,“我想好好经营婚姻。”

海伦用别人学不来的方式,对我的话表示嗤之以鼻。她在为了表现自己压根儿不相信而制造些小动静方面,绝对是大师级的。船长点火了,火箭被推离轨道,剧烈地震动起来。这正好把我从她犀利的嘲讽中解救出来。

我们后面,有人在低声呜咽。海伦往后看了一眼,靠近我说:“等到了地球大气层还有得受的。”

“他们肯定是第一次回地球。”我没向后看。奶奶总说,在别人尴尬的时候盯着他们看,是再残忍不过的事情。我能感同身受。虽然有培训,但实际情况与培训天差地别。在我们抵达之前,不适感还会持续变强。

前半个小时,我和海伦一直在聊天,交流彼此的太空生活。突然,有块爆米花从某人的包里慢慢地落了下来。这是重力出现的信

① 塞斯纳飞行器公司生产的由活塞式发动机驱动的小型飞机。

号，意味着我们已经降落到了离地球足够近的地方，即将因大气阻力而减速。

飞船外，气温缓步上升，达到了一千六百四十九摄氏度。舷窗外，空气蒸腾，橙色光影流动，炽热的大气层在等离子体的影响下，从我们身边呼啸而过。有趣的是，降落阶段十分安静。我们深入大气的程度还不足以使火箭产生震动，所以火箭就像是架大型滑翔机，引擎没有一点儿噪声。但比起火箭本身，更为安静的是里面坐着的航天员。他们正屏息凝视着进入大气层时的壮丽景象。这景象永远不会减色分毫。

机长为了降低速度，倾斜机身。飞船飞出了一段长长的“S”形路线，这路线还将重复好几次。重力攫住我们，将我紧紧地按在座位上。虽然只有两个*G*的重力，但在只有地球十六分之一的月球重力环境中待了几个月后，这感觉就像是把我埋进了土里。

重力不断加强，我几乎嵌进了沙发的一侧。我等着船长拉起船身，转入下一个“S”形弧线。但飞船没有被拉起，而是继续沿着之前的方向旋转。这可不寻常。

我被困在乘客舱中，什么都做不了。

第二章

因操作失误或机械故障　“天鹅座14号”偏离航线

堪萨斯州堪萨斯城1961年8月20日电(记者史蒂文·李·迈尔斯)今日,一艘搭载着宇航员的“天鹅座”级宇宙飞船从IAC的“卢内塔”空间站返回地球。官方宣称,下降过程中可能发生了技术故障或操作失误,飞船最终降落在距原定降落地点二百六十英里[①]远的位置。虽然该飞船是太空项目早期飞船的变体,但是今日着陆的是一艘新版本的飞船,这是它的首次航行,使用了改进过的火箭和控制系统,旨在降低飞船下降和落地时的难度。

我的胳膊如有千钧。似乎还有匹挽马压在我的胸口上,用蹄子狂踢着我。我努力撑开沉重的眼皮,想看看为什么没人把马赶走,却只

① 英美制长度单位,1英里约等于1.609 3公里。

看到了灰蒙蒙的一片。这儿不是月球,不是……椅子在我面前。我呻吟着转头,但胃里突然一紧,一阵恶心,于是停下了动作。

一定是在某个时刻重力太大,我承受不住晕了过去。我不知道船长是怎么让火箭着陆的——当然,我也不知道到底出了什么问题。但看上去,我们竟然奇迹般地活了下来。

我的心脏仍旧剧烈地跳动着。虽然,在地球的重力环境下,这头压在胸口的挽马不过就是我的体重罢了;但三个月来,这是我头一遭感受到自己在地球上的体重。空气中散发着呕吐物和尿液的臭味。我慢慢地转头,检查生命维持系统的遥测面板。在地球环境中,面板上的各项数值都很正常。但在有人打开舱门之前,我们都得待在这个密封罐头中,还得遵守安全操作规范。

接着,我又转头去查看海伦的状况。不出意料,她仍旧昏迷未醒,但看上去并未受伤。

我闭上眼睛,用嘴缓慢地控制呼吸,等待救援小队登船。他们花的时间长得超乎寻常。话说回来,我并不知道我们落地有多久了,也不知道救援小队有没有遇到其他状况。或许飞船的着陆轮着火了,谁知道呢?

终于,我意识到舱口有敲击声。有点儿尴尬的是,救援花了这么长的时间。舱门肯定是被卡住了。作为一名训练有素的南方人,我忍不住想要起身帮忙。可经年的航天航空训练让我第一时间想起了安全规范。

是否有烟味？没有。氧气含量如何？正常。是否受伤？我没有，海伦没有……我睁开眼，在座位上小心翼翼地转头查看船舱中的情况。乘客或是脸色苍白，或是面带菜色，但似乎没人受重伤。过道对面是一位有着鹰钩鼻的黑人男性，他是火星项目团队中的一名地质学家，叫什么来着？他正好迎上了我的目光，“我们要不要帮着开门？”

我不敢摇晃脑袋，只回答道：“他们有工具。我们很安全，所以让他们干该干的活儿吧。”

他点点头，突然脸色发青，狠狠咽了口唾沫。我同情地往后缩了缩。当重力环境改变时，突然的头部运动就会令人犯恶心。

对，他叫莱纳德·弗兰纳里。在海伦和雷纳德的婚礼上，我和他曾愉快地聊起过卢瓦尔河谷。我在战争时期曾驾驶飞机来往于彼地，却从未品尝过那儿的美酒。他对此深感震惊。

伴随着气压变化的咝咝声，舱门打开了，证明我待着不动的选择再正确不过。T-38追踪机[①]的轰鸣声从远处传来，响彻船舱。阳光和新鲜的空气猛地灌进来，还混杂着橡胶烧焦的味道和生土的气息。这些气味之下，还有新割青草的气味。我又闭上了眼睛。该死的，我才不要因为绿植流泪。

“都别动！”枪的扳机被扣下，发出金属撞击的声音。

我不由得猛地睁开了眼睛。六个穿迷彩服的男人挤在舱门口，举

① 追踪机是一种在飞行中追踪目标飞机、航天器或火箭的飞机，目的是进行实时观察并拍摄目标飞行器的照片和视频。

着来复枪对着我们。这些人中有黑人,有白人,还有肤色介于二者间的。他们脸上戴着各式面具,其中一人戴着悍匪头套,将自己捂得严严实实的,只能看出他是个黑人。另一个古铜色皮肤的人用头巾裹着脸,像是漫画书中的土匪。第三个人戴着防毒面具。其他人则戴着建筑工地用的防尘面罩。

IAC的安保人员怎么会放过这些戴着——噢!等等……追踪机还在上空盘旋。虽然不知道船长被迫降落在了哪里,但我猜,这里应该不是堪萨斯州。我的日常经验和学到的安全规范,可都不足以应对这种状况。

海伦在我身边发出一声呻吟。

“嘿!闭嘴!”戴悍匪头套的男人操着浓重的布鲁克林口音喊道。他带着枪,冲过走道,举枪对着海伦。

她猛地抬起头,立马吐了出来。由于太空生活的经验颇为丰富,她转头避开了我。但胆汁还是溅到了她的大腿上。这场景随即引起船舱另外一边的人接连干呕。

我咬紧牙关,狠狠地咽了口唾沫。谁能想到,多年来应对由焦虑引发的呕吐的经验,会在这种时候派上用场?在重力和压力的双重作用下,我的心脏沉重地跳动着。来自布鲁克林的男人举着枪,什么地方有声音,就瞄向什么地方。面具后的棕色眼睛里充满紧张和愤怒的神色。“这都是……他们都怎么了?”

我身后又传来了作呕的声音。另一个男人大声喊道:“别摘下面具！你肯定不想被传染吧！”

“太空病菌。”

或许不合时宜，但我还是禁不住“哈”一声笑了。笑声在船舱中回荡，我成了焦点。但是，认真的吗？太空病菌？听起来像是广播剧中才会出现的玩意儿。

“你觉得好笑吗？”布鲁克林男人逼近我，用枪抵着我的太阳穴。冰冷的金属管压着我的皮肤，抵住头骨。“你觉得毒害地球是好笑的事吗？”

“别，兄弟。别这么做。”莱纳德企图挣脱安全带，“你知道这样会带来什么后果。别——”

“闭嘴。”布鲁克林男人举起枪指着莱纳德，“汤姆叔叔[①]，我可没心思听你说话。在我们想要解决的麻烦中，你也算一份。”

“嘿！”戴着防毒面具的男人以军人特有的姿态大步向前，枪口微微向下。虽然隔着防毒面具的过滤器，但他教官般的声音在船里回荡，“他们有没有病不重要，时间来不及了。我们再也不会有这样的机会了。所以——该死的，你是那个宇航员夫人。”

我遇见过很多次粉丝，却从未料到会在这种节骨眼上遇到。但不管怎么说，这倒是让我有了几分计较。我知道该如何和粉丝交流。虽然枪管还抵着我的太阳穴，但我还是对着戴防毒面具的男人露出一个笑容来。防毒面具的护目镜下，是双淡褐色的眸子，其中一

① 典出《汤姆叔叔的小屋》，含贬义，指对白人卑躬屈膝的黑人。

只眼中有黑色的眼翳。“你肯定是‘巫师先生’的忠实观众吧。”

“我女儿很喜欢那节目。”他的眼睛里流露出柔和的神色，但只有片刻，很快他就摇摇头，绷紧了双肩，“不重要。不过……”他用上臂撞了下布鲁克林口音的男人，“她可以。公众会关注她。”

“我们的目标不是领航员吗？”

“这个嘛……该死的，但是我们现在能接触到那些领航员吗？驾驶舱还密封着呢。不过她可是个货真价实的名人，国宝级的人物。他们会——”

远处，警报声突然响起，而且声音越来越大。布鲁克林口音的男人直起身，回头盯着舱门，“操，来得真快。”

“不然你以为呢？蠢货。”我的粉丝向我走来，抓住我的胳膊，连我肩上的安全带都没解开，就想把我从座位上拖起来。

“让我来？”我小心地举起双手，让他们能看清我手上的动作，“安全带上的扣环很多。”

他咕哝一声，向后退开，给我让出空间。我的手指像灌了铅一样沉重，笨拙地摸索着解开安全肩带。地球的重力像是要将我压扁，安全带仿佛重逾千钧。不管在月球上我花了多少时间健身，回到地球上的第一周都像身处地狱。与此同时，警报声离我们更近了。

莱纳德在他的座位上说：“别找白人女性当你的人质。你知道这会让局势变得更糟糕。”

我的粉丝犹豫了一会儿，随后摇摇头，“我们要是用黑人作人质，他们根本不会放在心上。宇航员夫人呢？那才会引起他们的重视。”

当我解开第二根安全肩带时，我的粉丝再次抓住我的胳膊，将我拽了起来。我承受的重量陡然增加，突然之间大脑转不过来，不知该如何应对。我只能倚在他身上，并用手抓住了前方座椅的靠背。机舱似乎在绕着我疯狂打转，我勉力支撑，吐出来似乎也是条路子。

“她——”海伦的声音在我身后响起，她顿了顿，但谢天谢地，还好她接着说下去了，“她头晕。如果你不想被吐一身的话，就把动作放慢点儿。”

我胃里没东西。在航天飞行之前，我都不会吃东西。但我还是缓了一阵，试着找回方向，“你想要我做什么？”

“你站到舱口去，跟他们讲我们的要求。”布鲁克林男人将我推到走道上，我在地心引力的作用下摇摇晃晃地走着。

在我摔倒前，我的粉丝扶住了我，“我们说什么，你就做什么。这样没人会出事。”

“好的，没问题。”我的呼吸逐渐粗重。至于其中原因，我不太确定。可能是筋疲力尽，可能是惴惴不安，又或两者兼有。我倚靠着我的粉丝，和他一起向火箭舱门走去。

这时候，似乎所有乘客都醒了。曾几何时，我认识宇航员团队中的每一个人，但现在看到的这些人中，我大概只认得一半，对这一半中某些人，还仅仅是有个模糊的印象。不过，我知道在关键时刻海伦、莱纳德和马洛夫都值得信赖。舱门边上，工程部门的塞西尔·马卢摆弄着安全肩带，像是想要起身的样子。鲁比·唐纳森扎着孩子气的金发辫，不过，战争期间她可是战地医生。

在前面的驾驶室中，领航员现在在做什么呢？他们大概已经清醒过来，并试图搞清楚发生了什么事。至少他们肯定知道登上火箭的不是救援队了。后方有个对讲机，但没有摄像头。如果我是他们，现在一定在仔细听，以获得更多信息。同时，我还会将这些消息转达给任务控制中心。

我清清嗓子，“那你们六个想让我说些什么？”

过道尽头，布鲁克林男人拦住我说：“告诉他们，地球上仍有许多问题亟待解决。没把地球上的问题解决好，就别去管太空。”

我缓缓地点了点头。他们是地球至上主义者，我早该想到的。他们中的大部分人都是来自陨石袭击重灾区的难民。来自布鲁克林的这个家伙，或许已经一无所有了。而且身为黑人，他只能在布鲁克林的废墟中自生自灭。“好。但要让我说这番话，并不需要所有人都在这儿……”

“你就喜欢逞英雄，是吧？”

“这是件好事。”救援车队在舱门前停下了，车灯闪烁。车队由一辆当地的救护车和三辆消防车组成，并不是国际航空航天联盟的车。有一辆车侧停着，我能看见车的侧面写着“麦迪逊县”。

“我们在哪儿？”

“亚拉巴马州。”

“哦……好吧,IAC的人赶到这儿,是得花些时间。”就算追踪机和雷达跟踪器已经向IAC的人反馈了我们的位置,但行程总归需要时间。“有些人不太舒服,为什么不让他们去救护车那儿呢?这样……这样太空病菌就会被隔离。”

他们中有个人向外面看了一眼,缩回头说道:“急救人员朝这边儿来了。”

“拦住他们。”我的粉丝猛地一扬下巴,防毒面具的储气罐跟着晃动起来。

门边的男人深吸一口气,将来复枪伸出舱门,朝空中开了一枪。枪声在客舱内回荡,震耳欲聋。他朝舱门外吼道:“别再往前了!”

布鲁克林男人将我向前一推。他的大拇指掐进了我胳膊肘上方的肉里。但我也只有靠他抓着我的力量,才能站得直。

我的粉丝瞥了我一眼,“你去跟他们说,让媒体到这儿来,还有总统,还有小马丁·路德·金博士。”

“还有联合国秘书长。”其中一个裹着头巾的男人补充道。他是这群人中皮肤最黑的,竟然有一口英国口音。我认识些英国黑人,但我本以为地球至上主义者都是美国人。

“你们知道……知道这是不——”不可能的,但我意识到这么说太过直接,改了口,“不可能在短时间内实现的。”

英国人扬起眉毛说道:“救护车来得就很快。”

“救护车是当地的。”我不知如何是好。我学过数学和驾驶宇宙飞船,但对于绑架人质事件的了解,则全部来自电影。而且我敢肯定,《突然》[①]绝不是什么好例子。这些人中,绝对没有一个人会将玩具枪当作真枪。我也根本找不到机会用电击枪电他们。见鬼,我连站都站不稳。稳住他们、乖乖合作是现在看起来最可行的方法,“我会跟他们讲,但你们确实做好等待的准备了吧?”

英国人说:“轮不到你来跟我们讲要做什么。”

“我明白。我只是想确定一下,你们是不是真的清楚情况。从堪萨斯到这儿,要坐五个小时的飞机。你们知道吗?我只是想说这个。”事实上只需要两小时,不过我想多些时间总是好的……我是说,虽然他们能将总统塞进一架T-38,在二十分钟内把他弄到这儿来,可真这么做的可能性微乎其微。我转过身对着门,眯起眼睛看着室外的阳光,“他们会问你们为什么要见这些人。”

“可以等他们到了再聊,不是吗?”我的粉丝指指舱门,“媒体、总统、金博士,还有联合国秘书长。别的什么也不准说。听明白了吗?”

布鲁克林男人沿着过道冲了回来,用枪指着海伦,“以防万一。”

现在还能支撑我的,除了肾上腺素,就是几十年来掩饰焦虑的经验了。我能感觉到,衣料之下的皮肤紧绷,膝盖随着快速的心跳打战。不知怎么地,我最终点了点头,走向舱门。

我用手抵着门框。我想显得自信些,但颤抖的手指削弱了我的气势。消防员站在消防车旁边,显然是在商量该怎么办。救护车司机

---

① 1954年上映的美国犯罪电影。

打开了无线电广播，正跟什么人说话。有个消防员看见了我，轻轻地用肘部推了推另一个消防员。

为了能大声喊出绑匪的要求，我深吸一口气。未经过滤的空气满载着泥土、花粉和燃烧后燃料的气味，激得我一阵咳嗽。我紧紧抓住门框，弯下腰去。弯腰倒不是因为咳嗽，仅仅是为了别晕过去。有人一手扶着我的胳膊，一手抚着我的背，支撑着我。

“你还好吗？”我的粉丝把门框当作挡箭牌，蹲下身子。

我点点头，随即后悔不迭。我咬紧牙关，咽了口唾沫，等待这阵眩晕过去，“可以扶我站起来吗？慢一点儿。”

他点点头，防毒面具随之上下抖动。他扶我站直，一只手仍抓着我的胳膊。他用那双淡褐色的眸子盯着我，直到我小心翼翼地吸了口气。在我咳嗽的时候，急救人员情急之下，又不自觉地走近了些。

我看向他。那是个二十出头的白人青年，有一头抹了发蜡的金色鬈发。“这些人想要媒体过来，还要和总统、联合国秘书长、小马丁·路德·金博士对话。”

“谁？”一个虎背熊腰、两颊苍白、长着雀斑的消防员从人群中走了出来，“他们想要什么？”

我向一侧瞥了一眼，我的粉丝摇摇头道：“告诉他们，等总统到了，他们就知道了。”

就我对政府的认知而言，这意味着他们永远都不可能知道了。

过道另一侧，布鲁克林男人的枪仍旧指着海伦，我只好重复了一遍刚刚的话。然后我向后退进阴影中,“我能坐下吗?”

我以为他们会因满腹怨气而拒绝我,但我的粉丝将我带回了座位。当我们走近布鲁克林男人时,他压低了枪口。海伦瘫倒在地,仿佛那把枪是支撑她的架子。

尽管我只想一屁股坐下,可不得不谨慎地慢慢来。我的粉丝在旁边帮我,就像我是位老太太,而非人质。现在为了一点儿水,我愿意花大价钱。我清了清嗓子,“我想我们或许能聊聊,等总统到了你们想让我说些什么。你们刚刚提到地球上的问题……”

我的粉丝和布鲁克林男人交换了一下眼神,走到我身后又使了个眼色,或许在和其他绑匪合计。过道另一边,莱纳德向我们这边倾着身子,听我们谈话。我在前面的时候,他就已经解开了安全肩带。

我的粉丝眯起眼睛打量着我。我不知道他有什么发现,不过最终他点点头道:“地球上的民众被甩下了。所有的钱都投进了太空项目,而不是用在收拾流星带来的烂摊子上。人们住在拥挤的公寓中。十年了,难民还不能返回家园,因为保险公司声称‘天意难违!’,还说政府部门正按需‘分配资源’。”他怒气冲冲,双眉倒竖,“就像我们看不到资源都被分配到哪儿去了,不知道是哪些人被无视了似的!”

我在航空航天部门待得太久了,和我共事的人都深知流星撞击会对地球气候造成什么样的影响。我们很容易便忘记了许多人有更为迫切的需求。“如果全球气候继续按照气象学家所预测的那样持续变暖,全人类都会遭殃。除非我们能在别的星球上建立新家园。这……

太空项目正是为了地球上的人而启动的。”

“得了吧。这种事儿我们见多了。太空属于精英，其他人都会被放弃。”

我摇头道：“不，事情不是这样的。”

“看看你周围！”

我照做了。我小心地转头，不让自己更加不舒服。绑匪们没聚在一起，有两个站在客舱后方，三个在舱门处，这里只有我的粉丝和我。所有乘客的脸色都带着几分灰绿，我分辨不出是因为重力，还是因为眼下的状况，可能两者都有影响。海伦双手交叉放在膝头。她的脸上挂着一副下象棋或者做计算的时候才会有的凝重表情。莱纳德的两手夹在腋窝下，看着我们这边，咬着下嘴唇。鲁比·唐纳森的右膝抖动着，而范德比尔特·德比则咬着大拇指上的皮。

“唔，我看大家都挺狼狈的。”

“再看看。这些人中，有几个和我一样？”

我看向走廊对面的莱纳德，他避开了我的眼光。我发誓，总有一天在这种事情上，我能反应得快些。这艘全是宇航员的火箭上，只有一个黑人男性，一个亚裔女性，剩下的三十个都是白人。或者说是二十九个白人加一个犹太人。这要看你把我归到哪一类了。“这么说的话，倒也不能算错……”

他举起了手中的枪，“但你们还是要继续太空项目。”

“太空项目才刚刚起步。”像《巴克·罗杰斯》[1]那样的电视节目，给观众带来太空生活豪华舒适的错觉。事实并非如此。“你听我说……我一年要在月球上住六个月。我们没有自来水，睡在睡袋中，也没酒可喝——”绝大多数时候没有，毕竟，也没有什么好吃好喝的，“能吃的只有罐头食品。一个小小的失误就能让聚居地中的所有人丧生。现阶段，只有拥有某方面专业技能的人才能前往太空。我猜，现在在船舱里的人，不是硕士就是博士。”

我的粉丝俯下身，面具后，他的眼睛里流露出愤怒，“你以为黑人就没有学位?”

走道另一边的莱纳德清了清嗓子，“显然，我们中也有——”我的粉丝转身面向他，他打住了话头。

防毒面具一抖，我的粉丝哼了一声，“让我们听听你要说什么，汤姆叔叔。”

莱纳德翻了个白眼，“他们招人时要求的学历，光凭努力可得不来。还需要钱和人脉。顺便提一句，虽然你这么做挺蠢的，但我认同你的出发点。”

宇宙飞船有个大问题，船舱是密封的。虽然舱门开着，可地球上的气候闷热潮湿，舱内空气不怎么流通。现在是八月，我们还身处南方。而且，还记得降落时许多人吐了一地吗?

① 1939年环球影业制作的科幻系列电视节目。

我们等了四个小时，气温升高，臭味渐浓。如果没发生意外，此刻我们都已经漂浮在国际航空航天联盟适应中心的水床上了。但现实中，我们被迫承受着地球的重力，在充满了污浊空气和呕吐物的闷热房间中直直地坐着。

海伦伸出手来，把手放在我的腿上，然后她开始用食指轻敲。真是个聪明的女人。她敲的是摩斯电码。我将手放在她的手上，我俩仿佛在互相安慰，其实我也在通过敲击回复她。

在一串长长短短的敲击中，她拼出了：

利用他们对病毒的恐惧。

我在她手上回敲，问她：

怎么做？

我装死。她停下，用眼角的余光看了我一眼。你来说。

说来奇怪，我知道她“装死”装得可像了。在宇航员训练中，有一门课程叫作“死亡模拟”。在课上，我们会模拟宇航员死亡的场景。通常情况下，抽到“死者”身份卡的宇航员只是和其他人分开坐而已，但海伦真的会把她的“死亡场景”表演出来。在倒地死亡之前，她会发出令人惊恐的嘎嘎声，又以极其诡异的姿势蹒跚而行。

鬼知道这方法行不行得通，但总统不可能来这儿……如果他不来的话，谁也说不准这些人会做出什么事来。我坐直身子，环顾四周，寻找我的粉丝。他叫罗伊。我是在那个布鲁克林男人问他厕所在哪里时听到的。

罗伊可能是飞船上唯一一个稍稍觉得舒服点儿的人,因为他戴着防毒面具。我举起手,想要引起他的注意。奇迹中的奇迹,他径直走了过来,“我一直在思考你们的目的,我有个提议。”

“那我真是要洗耳恭听。”

海伦身体前倾,猛地甩头,吐在了罗伊的鞋子上——这真能算得上我所见过的最英勇的行为之一。我们初回地球时,为了防止呕吐而小心避免的所有动作,她在一瞬间做了个遍,而且动作标准极了。

罗伊跌跌撞撞地退开,撞在莱纳德的椅子上。就算隔着防毒面具,也能看出他的脸因厌恶而抽搐扭曲。

其他绑匪立刻警惕起来,虽然还没弄明白到底发生了什么,但已举起来复枪指着我们。海伦颤颤巍巍地抬起手,用沙哑的声音说:“太空……”接着一阵咳嗽,“病菌。”

然后,她瘫倒在我腿上。虽然我早有准备,但还是被吓得不行,不由自主地朝后退去。我把手放在她的喉咙上。她的脉搏跳得又快又猛。我抬头看着罗伊,试图让他相信我:“她情况很糟。”

罗伊身后,莱纳德前倾身子,说道:“如果一船的宇航员都死了,还有谁会听你们说话?你觉得金博士会支持你们这么干?”

我的手还放在海伦的脖子处,我哀求道:“求你了,就算是为了表露些诚意,让病情严重的人先下火箭吧。”

“你的意思是说,让我们主动扔掉自己的筹码?”

“让生病的人得到他们现在急需的治疗,显示你们的同理心,对你们有好处。”然而他不为所动，态度丝毫没有软化。“我会留下做你们的传话人。”

紧接着，通信部门的多恩·萨巴多斯干呕起来。这让一个浅色皮肤、裹着头巾的人惊惶失措。他冲着罗伊摇头道，“要不算了吧……趁着我们还没感染。”

罗伊戴着防毒面具，十分安全。他朝自己的同伙一个个看过去。布鲁克林男人虽然戴着悍匪头套，但还是用手捂住了口鼻。他稍稍抬起手说道：“照她说的做吧。”

“好吧。”罗伊走到我身边，抓住我的胳膊，“你得跟他们交代清楚情况。”

我将海伦从我腿上移开。跟模拟课程时一样，她装死装得像模像样，任由自己的一只胳膊垂到地上。罗伊扶我站起来。一起身，又是一阵天旋地转，周围的景象黯淡下去。我抓到了什么——我猜可能是椅背——等稳住身子，我才跌跌撞撞地踏上过道。

快到舱门的时候，我停了一下，转身面对罗伊道：“他们出来的时候，急救人员得接他们。大部分人都虚弱得站不起来了。”

那个英国人靠在门框上，端着来复枪。他抬起头说：“让他们两个两个地来？”

罗伊点点头，“别逞英雄。”

我走向舱门，“我明白。”英国人伸出一只手扶着我。太阳已经西沉，给世间万物涂上了唯美的金晖，交替闪烁的红蓝两色应急灯光突兀地闪烁着。更多的救护车到了,警车也增加了。绑匪想要的媒体也已到场。看上去,三家电视台和几家广播电台都已经架设好了机器。

当然,媒体和我们隔得不算近。军队绕着火箭拉起了一圈警戒线,媒体都在警戒线之外。当我踏出舱门,所有的枪都举起来瞄准我。我咽了口唾沫,才开口说话:“他们愿意放些宇航员出来,以示诚意。一次两个。急救人员可以上前来接宇航员。”

话说完,他们就将我拖进了舱门。我双腿一软,摔倒在飞船的地板上。英国人抓着我,将我拽了起来。他动作太猛……好吧,我晕过去了。

等我醒来,这艘散发着呕吐物臭气的、阴森恐怖的飞船上,只剩下我和绑匪。

第三章

“为表诚意” 地球至上主义者
释放航天飞船上三十二名人质中的三十一名

亚拉巴马州蒙哥马利城1961年8月21日电(记者大卫·伯德) 航天飞船“天鹅座14号”偏离轨道着陆。地球至上主义者趁机劫持了该飞船,将三十二名宇航员挟为人质。今日不久前,劫持者“为表诚意”,释放了除一名宇航员外的其他所有人。被留下的人质是埃尔玛·约克博士,也是大家熟知的那位“宇航员夫人”。除非满足劫持者的诉求,否则她将一直被扣押,并充当劫持者与官方的通信员。

晚上十点。

船上一片昏暗,救援队在飞船外架设起的障碍物灯标是唯一的光源。在全重力状态下回到地球，我的前庭神经系统[1]很不舒服。我的身体状况不太好，比刚刚降落那会儿还要虚弱。他们又让我走到门口，替他们重申要见总统、联合国秘书长和小马丁·路德·金博士的要求。虽然我强打精神，但还是晕过去两次。

他们不会来的。我知道。地球至上主义者迟早也会明白。在朝鲜战争期间，丹利总统的铁腕手段广为流传。我可不觉得他会向这些人低头。

不去舱门那儿的时候，我就坐在火箭前端的空位上，耷拉着头，试图眯一会儿。已经凌晨两点，枯坐在黑暗中的我还是紧张到无法入睡。不过当我闭上眼睛的时候，劫持者们的谈话就不再有那么多顾忌。

“该死的，我好饿。”这是那个英国人，他叫莱桑德。他娶了那个布鲁克林男人的姐姐，也就是罗伊的表亲。显然，他们并没仔细筹划此次行动。这几个人本来在打猎，看到火箭降落，于是将十年来累积的愤怒发泄到了这次行动上。

布鲁克林男人推了推我的肩膀，“你能让他们给我们送一些吃的过来吗？”

等他第二次推我的时候，我才睁开眼。我又一次用上了电影里的伎俩。我不是真的那么虚弱，只是觉得装得更加虚弱或许会对我有

① 主管人体自身平衡感和空间感的感觉系统，对于人的运动和平衡能力起关键性作用。

所帮助。“嗯?”

布鲁克林男人指向门口,重复道:“让他们给我们送些吃的。”

罗伊摇摇头,“别傻了,他们或许会在食物中下毒。”

“那让他们送罐头来,”布鲁克林男人耸耸肩,“比如午餐肉罐头和一条吐司。我们可以做三明治。”

听到“午餐肉”三个字,我的胃似乎都要冲出喉咙了。我努力吞咽,想让它复归原位。“我可以去趟卫生间吗?我觉得我要——”我用手捂着嘴,“求你们了。”

罗伊一只手架着我的胳膊,将我拖去卫生间。卫生间是专为太空旅行而设计的,搭配真空马桶和固定身体的安全杠。在地球的重力环境下,这厕所也能正常运转。

我跌跌撞撞地走进厕所,关上门,靠在门上缓了一会儿。但极度的不适最终还是让我跪在了地上。我憎恨呕吐,吐过之后,我大口喘着粗气,虚弱地倒在这小房间的地板上。

罗伊敲敲门,“你好了吗?”

“马上!”一想到我还要站起来走回座位,我的四肢就像是被绑在了地上。突然——

枪声响了。

我得承认,当时我直接就尖叫了起来。我能听到的只有厕所外面霰弹枪激烈的交火声,夹杂着冲锋枪清脆的金属碰撞声,还有人在喊叫。

是的,我蜷缩起来了。是的,我吓坏了。虽然我参加过二战,虽然理应从没见过战争场面,但事实上有时候……有时候我会收到运输任务,驾驶飞机到被包围的战地。我知道外面的状况发展成什么样子了,我和死亡之间只隔着一堵墙和一扇厕所的塑料门,傻子才不害怕。

我缩成一团,将脑袋埋在手臂里,尽可能让自己这个目标别太明显。就是这样,这就是我全部的英勇事迹——别被击中。

枪声停了。

“安全!”男性的声音一个接一个地回响。最后一声,就在厕所门外。他拉了下门把手,“约克博士?我是来自联合国部队的中士米切尔·欧内姆斯。”

“我在,稍等一下。”我擦擦眼泪,扶着墙站起来。我可以继续在地板上缩成一团,但那么做可没法儿得救。我动作笨拙,试了好几次才打开锁。

厕所外有呕吐物和尿液的气味,又盖了一层火药味。我从没想过火箭内部竟然能那么难闻!年轻的联合国士兵皮肤白皙,长着雀斑。他连睫毛都是苍白的,头盔下肯定是一头天生的金发。“女士,您还好吗?”

“还好。谢谢你。”我伸出手,“但我得靠人扶着才走得动。”

罗伊的胸口流着血,他在地板上滚来滚去。一只胳膊从座位中间穿出来,伸过地毯,像是在求救。有人发出了呻吟。谢天谢地——他呻吟不是因为痛苦,而是因为他还活着。

事情不应发展到这个地步。这想法不合时宜,但如果总统来了,他们真的会放我离开。如果他会来的话。但那是不可能的。

他们为我治疗,并询问事情的经过。等这些结束,四个小时又过去了。接下来……我一定要告诉你,对我来说,能洗一个热水澡简直就像是奇迹。三个月来,我只能用亚麻毛巾和干洗香波。没去过太空的人永远不会懂得水是多么奢侈的物资。适应中心的房间带有淋浴间,我坐在水幕下的凳子上,水流从我的头顶流泻而下,穿过发丝,淌在我的脸和脖子上。温暖的液体包裹着我,感官上的愉悦滑向我的四肢。

我肯定还得做一次更长的情况说明,但此时此刻,我可以坐在淋浴头下面,什么也不想,什么也不做。我倾身用胳膊肘撑着膝盖,让水柱顺着背往下流,就像是许多手指在为我按摩一样。护理员就在浴室外,等着扶我去水床。今晚,这张床能让我隐隐作痛的四肢得到休息。虽然我很想一直待在花洒下,但之后还有很多淋浴的机会,还可以泡澡。哦……将自己浸在浴缸中,让温水的浮力支撑我的重量。

再耽搁下去,对护理员就太不礼貌了。我叹了口气,关了水,按下呼叫按钮。浴室的门立马开了,她就像是站在门边,一手握着门把手——

纳撒尼尔站在门口,笑得阳光灿烂,"宇航员夫人,您需要帮助吗?"

我向他伸出仿佛有七十磅[①]重的手臂,“或许有人能帮我擦干身子。”

“乐意效劳。”纳撒尼尔已经脱了鞋子,他赤着脚走进浴室,拉着我的手,俯身吻我。他们将我从火箭里救出来后,已经让我俩通过话了。但直到此时此刻,我才切切实实地感受到了他的存在。

我丈夫手掌的温暖,食指第一指节上的陈年笔茧,干燥的金发带来的痒痒的触感,都是那么的熟悉。他的嘴唇贴在我的嘴唇上,温暖而有一点儿皲裂。那熟悉的嘴唇的轮廓,让我感觉像要融化了。当你三个月没和自己的爱人见面,重逢的那一刻——他的触感、他的气息,或仅仅是环绕在你的身边,就能使你不再迷失在恒星运动中。

噢!虽然我疲惫得站都站不稳,但世界又变得美好了起来。“我好想你。”

“这是我第一次真的担心再也见不到你了。”他倾身拽过托架上的毛巾。

“其实没什么真正危险的事,”记起之前的沉重经历,我扮了个鬼脸,“除了重返大气层的时候。”

他吃惊得下巴都要掉下来了,“埃尔玛,你被六个荷枪实弹的男人挟持了六小时。”

“这个嘛……确实是。但他们不会向我开枪的。”或许是我的错觉,但我觉得他们的怒火不是冲着我来的。“他们只是一群出来打猎的

① 英美制质量或重量单位。1磅等于16盎司,合0.453 6千克。

人,发现了提出要求的机会,就立马行动了而已。”

“冲动又鲁莽。”

“也可以说是心志坚定。”我紧闭着眼,想起了罗伊说起自己女儿时面具下的眼神,“他们也有家庭。他们只是想让自己的孩子活在更好的世界里。”

我的丈夫沉默了,我明白这代表他不认同。他深吸了一口气,像是要发表什么意见,但又憋住了。纳撒尼尔过了一会儿才呼出这口气,接着用浴巾帮我擦背,“算了,先把你送回家再说。”

如果是在家里,我肯定会问问他到底不认同哪点。但现在我精疲力竭,就随他转移了话题,“有什么新鲜事吗?”

“我买了新地毯。”浴巾顺着臀部和大腿一路往下,“事实上,是妮可·沃金选的,但花的是我辛苦挣来的钱。”

“难道有不辛苦就能挣钱的法子吗?”

“大概有吧? 要是你像这样一直躺着的话?”他一边说话,一边用浴巾沿着我身体的曲线为我擦拭。仿佛在用这样的方式确认我是真实存在的。

“他们不会让我躺太久的。”我今天可以好好休息,明天理疗师就会开始为我治疗,促使我的前庭神经系统尽快重新适应地球的重力环境。谢天谢地,比起我前几次回来,现在这个阶段花的时间已经短多了。过程并不舒服,不过一星期内,我就能离开了。“什么颜色的?”

“什么? 哦,你是说地毯。嗯,好像是淡红色的,上面有花纹。”他咬了一会儿下唇,“和沙发上的抱枕很搭。”

我眯起眼睛盯着他,“嗯……好吧,妮可的品味一向不错。不过怎么想起买地毯了?”

他叠好毛巾,“你上次回来的时候很不适应光滑的地板。我想摩擦力大概会有些帮助。”

我丈夫真是贴心,“我可以在公寓里穿鞋。”

“我知道。但你不是喜欢赤着脚吗?”纳撒尼尔将浴巾挂起来。他皱起眉头,满脸担忧,“这地毯很好看的,真的。”

我笑起来,心情好极了。我刚刚从两次致命的危险中得救,更不用说在太空生活了,而我们这会儿却讨论着地毯。“我信你。”我牵起他的手,看着门,“扶我上床?”

纳撒尼尔将我扶起来,动作小心翼翼、极尽温柔。我示意他暂停,手环上他的脖子,靠在他怀里。他的手臂环抱着我,手轻轻按压着我脊椎上疼痛的地方。能感受他的存在,真是太好了。他的温度包裹着我的每一寸肌肤,这就够了。

我眼眶发热,只好紧闭双眼,克制欲火。他的手沿着我脊椎的曲线往下游走,抚摸我的臀部,又移回腰际。他轻轻地捏了一把我的腰,又收手了,但仍旧扶着我。我叹了口气,让他帮我穿上病号服,扶我走过从浴室到水床的短短距离。

我脚上茧子脱落的地方发疼,我就像是童话里的小美人鱼走在刀尖上。好笑的是,因为经常上下墙锚梯和蹬踩助跳板,我的脚背和趾尖上竟然有茧子。但脚后跟呢……像婴儿一样柔软细腻。

我慢慢地上了床，任他帮我把腿搬上床。我长舒一口气，像是气球在放气，向后躺倒在睡床上。天啊，我可累死了。水床确实能令我舒服一些。但在微重力环境中生活过一段时间后，地球上没一样东西称得上舒适。

我拍了拍身边的位置，在狭窄水床的边缘为纳撒尼尔挪出点儿空间。他小心翼翼地躺在我身边，依偎着我，尽量避免水床晃动。他摩挲着我的锁骨，撩拨得我心头起火。

“默特尔说想酿蒲公英酒。”我找了些话，填满我俩之间的空白。离开了这么久……我憋了一肚子的话和想法，却不知道从何说起，也分不清哪些事不曾聊过。“经过了葡萄干实验，我敢肯定所有人——”

“等等，葡萄干实验是什么？”

“哦，对，抱歉，地面控制中心还不知道这事儿，也没告诉你。还记得那一大批送上来的葡萄干吗？默特尔泡发了葡萄干，还成功让它们发酵了。”

“她……”他的笑声让水床颤动起来，“在月亮上酿酒？”

“酒精可是可持续社群的重要组成部分。”

纳撒尼尔在我面颊上亲了一口，“这是当然。味道怎么样？”

“跟止咳糖浆和松节油的味道差不多。”

这句评价换来了他的一声口哨，“哇哦。你要知道，月球上酿的酒要是拿到地球上卖，可得卖到上千块。”

“不错，亨利·勒蒙特蒸馏过后，制成了上等白兰地。”我皱皱鼻子，“我说的‘上等’，意思是混着果汁喝还凑合。至于‘不错’，意思是你几乎尝不出啥味儿。”

“她竟然没有试图发酵苹果汁，惊到我了。”

“大家倒是想要苹果汁。不过，运来葡萄干全靠奥尔加·鲍姆加特纳的申请，但她怀孕了，不得不提前返回地球。”躺着的我尽可能明显地耸了耸肩。

“是的……我听说这事了。”他叹了口气，“如果我们要在月球上建起一个自给自足的聚居地，首先必须得有第一个留在那儿的人。”

“但谁会让自己的孩子成为小白鼠呢？我们刚开始在月亮上培育兔子的时候，还有不少大惊小怪的声音呢。”那阵子，动物保护主义者总是怒火冲天，但就像我奶奶说的，兔子的味道可真不错，“被我们带回地球的小兔子状况糟透了。谁会想让自己的孩子命中注定再也无法返回地球呢？”

“不管人们愿意与否，事情总会发生的。”

我叹了口气，向他的怀里缩去。这正是罗伊和他的朋友们所担心的，会有大批的人离开地球，而他们则不在其列。他们是对的：终究有人会被留下，或许是因为占有资源的多寡，或许是因为政治立场，甚或只是因为自己的偏执。

原因到底是什么，没人说得清楚。

我在太空中的时候，怀念许多事物，但你绝对想不到，甚至连周一的例会也位列其中。不过，我想自己也不是严格意义上的怀念开会，而是怀念和朋友、同事交流的机会。当然，还有咖啡和甜甜圈。

回到地球一星期后，我迈着比先前稳健的步伐走进了会议室。见到四十来个人正围绕着咖啡和甜甜圈聊天，我的脚步更是轻快了起来。宇航员队伍越发庞大了，会议室中的人都是一个部门的——航天员部门。我们都是所谓的"精英"，这意味着接受更多的训练，以及最重要的一点，更美味的甜甜圈。

本科斯基第一个瞧见了我，他大喊道："宇航员夫人莅临啦！"

精英可不等于风度翩翩。我的脸一定红得跟信号灯似的。我不是屋里唯一的女性，但不知怎么的，这个绰号就一直流传下来了。人们朝我围了过来，大笑着拍我的背。

马洛夫递给我一杯热咖啡，"你！太！可以了！太空病菌……哈哈哈！"

"应该说海伦太可以。太空病菌是她的主意。"

"确实是。"他举起自己的咖啡，向我致意，"不过我已经赞美过她了。而且，你还留在了火箭上。"

克莱蒙斯大步走进会议室，人们终于将注意力从我身上移开，急急忙忙地找椅子坐下。莱纳德和海伦在火星项目组的周一例会上，也一定和我状况相似，是众人的焦点。不过话说回来，他们中有不少人都坐过火箭，所以说不定能谈的他们都已经谈过了。不管怎么说，大家将注意力放回有关太空的工作上，我乐意之至。

坐下之前，我抓了个甜甜圈。我最后坐在了萨比哈和伊莫金之间。我咬下甜甜圈的第一口，克莱蒙斯说的话完全没进我的脑子。我跟你讲……太空中是绝对吃不到油炸食品的。如果不仔细揣摩，甜甜圈似乎只是种平平无奇的食物。然而，当甜甜圈吸收了糖里的水分，它的表层就会变得晶莹光滑，结出甜蜜的外壳。我咬下外壳，便暴露出绵软可口的内里。糖、酵母、黄油，上帝啊……上帝就在甜甜圈里。

伊莫金俯身小声道："纳撒尼尔知道你在卧室以外的地方，也会做出这种表情吗？"

我哼了一声，随即被噎到了。我往下咽的时候，克莱蒙斯看向我，会议被打断了。我的脸在发烧，赶快又喝了口咖啡往下咽，"抱歉，还没适应重力。"

这理由比较有说服力，克莱蒙斯点点头，继续发言。这事让人惊奇：国际航空航天联盟的领导从来没去过太空。他心脏瓣膜不好，或许连升空都撑不过去。这件事再次证明了罗伊和他朋友们的观点：只有一部分人能够前往太空。许多人必然会被留下。这就像是人类通过自我筛选，实施改良人种的计划。这……我不得不说，其中的恐怖之处，我到现在才意识到。

但人类还有别的选择吗？我的意思是，人们确实有在尝试遏止失控的温室效应。但如果等到尝试失败再建立聚居地，时间就来不及了。我又叹了口气，放下手中的甜甜圈，将活页夹抽出来，翻看会议资料，瞧瞧我被分配了什么活儿。

前面的克莱蒙斯依然在讲话，他将日程表过了一遍，给每个小组分配了任务。我翻着资料，眉头逐渐皱了起来。翻到最后一页时，我感觉脑袋都要裂开了。资料中压根儿没有我的名字。

我在地球上的任务之一，就是帮忙培训月球移民者。所有的宇航员都要轮流干这活儿。每个移民者"班级"都会配两名宇航员，来教他们在月球上生存所需的常识。我一直期待着自己被分配到一个新班级，但……

"约克，抗议者的事，你应对得很好。航天局会多给你和其他在那趟飞船上的宇航员一个星期的假期，好让你们应付媒体。"他似乎觉得这是个奖励，但实情可并非如此。克莱蒙斯抽了口雪茄，结束了议程，"会议结束，干活儿去吧。约克——你留一会儿。"

我笑着点点头，但还是有些憋气。我讨厌媒体宣传。萨比哈拍拍我的肩膀，以表同情，"你可以跟他说，我需要你帮我重新熟悉一下月球巴士驾驶模拟。"

"多谢。"我推开椅子，站起身迎向克莱蒙斯，"我不觉得他会轻易放过我。"

"试试看。我是真的很需要你。"

我笑了，不大相信她这话。萨比哈驾驶飞船的时间比我都长，但我还是很感谢她尝试帮我逃离公众视线的举动。我收拾好活页夹，走向最前方的桌子，"您有事找我吗，长官？"

“是的。”他一口接一口地抽着离不得手的雪茄，袅袅烟雾就像是在零重力环境中的水一样，将他的脸裹了进去，“马洛夫，出去的时候把门关上。”

该死的，这……听上去我的处境可不大好。2、3、5、7、11……一定不会有事。

“约克……在绑架事件中，很多人对你的表现印象深刻。”克莱蒙斯放低雪茄，“很多很多人。公关部门的家伙们都吵着要你，想把你弄去接受采访。你愿意吗？我可不想你还没适应好就让你去。”

“谢谢您，长官。”除非身体状况实在糟糕，没有宇航员或飞行员会承认自己的虚弱。而且就算我烦透了媒体宣传，也知道它对太空项目的价值。“如果有什么我能做的，非常愿意效劳。”

“很好……很好……”他将烟灰抖落在桌子上的玻璃烟灰缸中，“事情是这样的，太空项目面临着很多困难，看看那些绑架你的人就知道了。那些不理解项目重要性的人正给政府施压，要求削减拨款。”

“我有所耳闻。”

他点点头，“我们需要正面宣传，需要公众敬仰的人。你……”他叹了口气，“你还记得当年对我说的话吗？你说女性需要尽早加入太空项目，这样能让项目看上去更安全。”

这都哪儿跟哪儿啊？自我认识他以来，克莱蒙斯脸上的愁容就没散过。“记得，长官。”

“你说得对。我当时错得离谱。”

就像是气流逸出气闸飘进太空，我不假思索地脱口而出："嗯，谢谢？"

他哼了一声，浮起一抹笑容，让他的宽脸看上去柔和了不少，"人们喜欢你，他们信任你。所以……为了太空项目，我想让你成为IAC的代言人。还有件特别重要的事，我想让你加入第一批火星探险队。"

第四章

飓风“卡拉”摧毁得克萨斯州

得克萨斯州加尔维斯顿1961年8月28日电　飓风“卡拉”的风速达到每小时173英里，它被列为1875年以来得克萨斯州海岸报道的、八大最严重的飓风之一。人们拖家带口地在风暴来临前大规模撤离，这是自1952年流星撞击以来最大规模的撤离。

这一切都在提醒人们，虽然人类可能会到达火星，但地球上仍有一些自然力量，人类既不了解，也无法阻止或控制。每一秒钟，飓风释放的能量至少是流星在华盛顿特区上空释放的能量的十倍，换句话说，飓风在整个生命周期中释放的能量相当于一千万颗原子弹。这个令人敬畏的事实，应该能让人们在面对大自然时，生出某种谦卑感。

我坚定地对克莱蒙斯说了一句“我会考虑的”，然后走出会议室，来到大厅，经过楼梯，穿到工程部，直接进入了纳撒尼尔的办公室。他抬起头笑着看我，面前的制图桌上摆着一套图纸。

他的笑容顺着铅笔落到了桌子上，“怎么了？”

37、41、43……我小心翼翼地关上了门……47、53、59……我小心翼翼地吸了一口气，像母亲教我的那样，双手整齐地叠在一起道：“克莱蒙斯让我去火星。”

“什么？”

“他说有资金问题。”我的身体似乎距离我五英尺远，隐在一条长长的隧道里，“妮可也提过，在月球上的时候。”

“是啊……”纳撒尼尔拿出一把破旧的伊姆斯椅①，招呼我坐到他的办公桌前，“丹利总统他——他还没有公开发表任何声明，但据克莱蒙斯所说，尽管我们与联合国达成了协议，总统显然还是在考虑取消太空计划。”

我陷进真皮座椅里，座椅被我压得嘎吱作响。“那就……克莱蒙斯告诉我，他想让我作为‘IAC的代言人’，走出去面对舆论。”我紧盯着我因焦虑而攥紧的双手，“他甚至说，他当初不让女性参与太空项目是错的，说我那个观点，需要女性来证明太空安全的观点，是正确的。”

纳撒尼尔吹了声口哨，“我没想到事情会变得这么糟。”

---

①美国的伊姆斯夫妇于1956年设计的经典餐椅，是纽约现代艺术博物馆的永久藏品。

“我也是这个反应。”

他俯身打开办公桌的抽屉。里面是上次回家时，我用打孔卡制作的一只鹰。他弯腰去拿它，我看不到他脸上的表情，只听见他问：“你想去吗？”

“我不知道。”纳撒尼尔身后，一架风扇架在桌子边缘，来回摆动着，试图给房间降温。“我的意思是……能去火星。但得去三年。”

“至少三年。”他把鹰、我的铜质裁缝剪和一盆糨糊整齐地摆在我旁边，“如果只去三个月，你想去吗？”

“当然想去。”

他的目光抬起来，看向我，“如果没有我呢？时间还是三年？”

我缓缓地吸了一口气，又吐了出来，“大概，还是想去。我不知道。我会错过汤米的毕业典礼，还有艾斯特姑妈的百岁生日。”为了避免把手指拧成碎片，我必须给手找点儿事做。毫无疑问，这就是纳撒尼尔把我的鹰从抽屉里拿出来的原因。我伸手在垃圾桶里找了一张废弃的打孔卡。我把它拿出来的时候，它抖了一下。“只是……克莱蒙斯希望我冲在前面。”

“那就会有很多新闻发布会。”他皱起眉头，他知道我的……特殊情况。

“是啊。而且，我还要追赶其他人的进度。他们已经训练了十四个月了。”想到这里，我都快疯了，但当初让我进入太空计划的那份渴望，像五岁的孩子指着马戏团一样，上蹿下跳，牵动着我的心。我可以去，去看，去探索，去飞翔，在另一片天空下……“你会去吗？”

“会的。如果我能在太空里……”他朝办公桌挥了挥手。项目中期，他的脑子里塞满了杂乱的文件，角落里则摆放着一架第二艘火星探险船的模型。“……搞定这些。但我还没准备好要走。”

“这不是一去不回。”

“我想等到……”他回到朝前坐的姿势，一双蓝眼睛锐利而专注，“这就是我们之间的区别。一个来回就是三年，这期间我不能做我喜欢的事情。但这三年里，你做的正是你喜欢的事。”

“但是要离开你三年。”

“但如果没有我……你就会去。”

“你不是一个可以去除的变量。”我把打孔卡片和和鹰排在一起，滑动时，小孔在光线下明灭不定。要是话这么容易说出来就好了。这段对话中必须有一条不绕圈子的路。“登月期间我们仅仅分隔了三个月，我就已经很难受了。在月球，我们偶尔还可以聊天、通信。”

他挥了挥手，仿佛这并不重要，“项目为配偶设置了电传打字机，还有专门的无线电频道。尽管延迟会越来越长，但我们依然能通话。听着……你之前在考虑退出的事情。再和我说说你的理由。”

我叹了口气，但这就是我来找他的原因。我是说，除了他是我的丈夫，除了这个决定会对他产生直接影响，纳撒尼尔还能帮助我更好地了解自己，哪怕只是问我几个问题。“一堆理由。我说是驾驶摆渡飞船……基本上就是开公交车。真的，就是外太空的公交车，但还是……是……我想当个重要的人。这非常虚荣，非常以自我为中心，我知道能有一席之地我该心怀感激，而且……”

纳撒尼尔清了清嗓子，挑眉看着我。

我停下来，闭上了眼。该死的。我永远没法儿摆脱那种感觉，那种需要为力争上游而道歉的感觉。2、3、5、7、11、13……“我想有所作为。”闪电没有把我击倒。我睁开眼，专心致志地盯着鹰爪，提起了本次谈话核心思想中最艰难的部分，“但是……如果我们想组建一个家庭……”

他挑起裤腿膝盖上的一根线头，“可以等你回来再说。”

“可以吗？”我叹了口气，将多余的卡片剪开散在桌上。我们一直没要孩子，我们有充分的理由，但如果我去了……“辐射、待在太空的时间，以及对我骨骼的影响，即便有改善措施。我回来后可能就不能生孩子了。”

“如果你不能——如果这是一个无法解决的问题，那人类无论如何都是死路一条。”纳撒尼尔揉着后颈，盯着地板，“对不起。这话说得有点儿直白。但是……好，假如你退出了太空计划，你要做什么？”

我张开嘴，仿佛吸入空气就能预见那个未来。我会继续在计算部门工作直到怀孕。然后他们会解雇我。我会做饭，打扫卫生，养育我们的孩子，直到他们到了某个年龄，我会像我母亲一样，开始为慈善机构做志愿者。我会变得重要，但只是在一个非常小，非常窄的领域内。数学、飞翔、太空——这些都对我关上了门。“唉，该死的。”

纳撒尼尔哼了一声。他俯身向前，把手放在我的手臂上，“你会幸福吗?”

我两个都想要。为什么我不能两者兼得？但他是对的。我不想放弃太空飞行。当然，我是一名光荣的“公交车”司机，但这是一份充满美感的工作，那种美感是我在地球上无法得到的。火星的事还悬而未决，但……“不会。”我又拿了一张打孔卡片，这样我在承认我的自私时就不用看着他的脸，“我想要孩子，但我想要的生活对他们不公平。即使不是火星，也会有其他东西吸引我的注意力，挤占我的时间。”

他吸了口气，仿佛有话要说，接着他屏住呼吸。我没去想他没说出口的话，而是专心致志地做我的纸艺。虽然我嘴上这么说，但随着鸟儿在我的指尖逐渐成形，变得明显，我正在回应他的沉默，因为我将打孔卡片分层，在鹰爪之间折出了一个蛋。

椅子嘎吱作响，他终于往后靠了上去，“好吧，所以孩子不在考虑范围内。这就简单了。你想去吗?”

“我不知道。”三年，要离开这个男人三年，他很理解我，他不质疑我，也不尝试说服我我是错的。与太空中不同，在这里，我的眼泪明明可以从眼眶里掉落，但手中的鹰还是模糊了。

纳撒尼尔轻轻地把它从我的手中拉出来，将我拥进怀中。事后看来，我想我叠的鹰回答了他所有的问题。

它在翱翔，却把头转向一边，好像是在回望。它的爪子里抓着一个蛋。象征意义虽然有些生硬，但很明确。

即使已经和纳撒尼尔谈过了，我也还是心神不定，不知道该怎么回答克莱蒙斯。由于我丈夫还有工作要做，我就装作没事的样子。他显然并不相信我没事，但心下了然。我来到大厅，回到宇航员区，停了下来。

我没有任务，克莱蒙斯清空了我的日程，这样我才能赶上火星计划的进度。他以为我会说“好”。我是说，我可以善意地认为他是想给我做决定的空间，但他提过去的事干吗？

我一只手轻轻抱着刚做好的打孔卡老鹰，走向宇航员支楼去拿钱包。既然我无心工作，最好还是出去逛逛。也许我会去书店看看，然后回家，让脚趾陷进我们的新地毯里。

我走进办公室的时候，贾西拉、帕克正和贝蒂一起往外走，贝蒂已经从宇航员转型成为公关员。随着宇航员队伍不断壮大，工作变得更加专业化，克莱蒙斯已经认识到让贝蒂从事公共关系工作，比让她做一个宇航员更合适。她可以在地球上和太空中做采访，似乎更快乐了。我对帕克匆匆点点头，但他对我露出微笑。我从不相信那种笑容。“约克，我们要去门口签名，要不要来？”

他知道我讨厌签名。贝蒂则喜上眉梢，脚尖轻踮。越过他们的肩膀，我看见贾西拉双手合十地祈祷着，露出人质般的恳求眼神。她看起来像一只走投无路的小狗，很难拒绝。

“行吧，给我一分钟，我去拿包。”我跟他们擦身而过，来到我那间小小的办公室，从桌上拿起我的包。我小心翼翼地把老鹰塞进去，准备带回家。

等我回到他们身边，帕克双手叉腰，下巴前伸，“你不是吧。”[①]

“千真万确，四马赫。”[②]贾西拉举起双手，“你可以核实我的行程中的计算日志，但这也会影响到我们的行动。”[③]

他皱了皱眉头，眉宇间出现一条线，口中念念有词。然后他果断地点了点头，说道：“怎么查？”[④]

我眉毛扬起，“你现在会说葡萄牙语了？”

“正在努力。”他耸了耸肩，带着我们转到大楼前面，“我想这对巴西特遣队的火星任务很有用。但说真的，四马赫？”

“是的。”贾西拉点了点头。

“是‘提比略47号’吗？”我把包包挎在手肘，非常嫉妒贾西拉试驾了这玩意儿。

“这是个美人儿。”她停下来等帕克为我们拉开前门，“我们正在尝试用抛物线的方式以较低的燃料成本掠过地球。”

帕克跟着我们走了出来，沉重的玻璃钢门在我们身后关上，“用这种速度，你能在啥跑道上降落？”

“我需要完整长度的——噢，天啊。”贾西拉叹了口气，摇了摇头，

① 原文为西班牙语。

② 原文为葡萄牙语。

③ 原文为葡萄牙语。

④ 原文为葡萄牙语。

“威廉姆斯农场的小姑娘又来了。”

我过了一会儿才明白她说的“威廉姆斯农场”是什么意思。我们在农场坠毁了一架火箭，害死了那里的大部分人。贾西拉正盯着一个扎着棕色小辫儿、穿着破旧工作服的小女孩，她站在一群跟她差不多的孩子中间。

我以前见过她，但只是像每天都见到同一批人却未曾留意那样。即便现在，贾西拉指着她，她依然无法在人群中突显出来。看她的样子，丝毫没有经历了一场悲剧的迹象。可怜的孩子。

贝蒂转过身来面对我们，笑得很灿烂，仿佛什么事儿都没发生似的，“我们必须小心对待她。她可能是外面的某个记者带来当卧底的，而且——”

我脱离小团队走出来，来到围墙边。我们害死了这个孩子的家人，听到这个孩子可能被当作工具，我无法忍受，她只是个孩子。“小心对待她”，废话。我溜进大门，穿过一群记者和他们的随行人员，他们都在叫我：“约克博士！抗议者有什么诉求？”“埃尔玛！你当时害怕吗？”“太空细菌有多严重？”

经过多次练习，我已经掌握了在这种情况下屏蔽提问的能力，只顾闷头往前走，让他们给我让路。我径直走向那个威廉姆斯农场的姑娘。她仰头看向我。

她的声音稚嫩而高亢：“你还会去火星吗？”

我点点头，虽然我还从没接触过那个任务，“也许有一天你也能去。你叫什么名字?”

“多萝西。”她把玩着辫子的尾部,摄影师们正围着我们抓拍。有人在录像,随他们便,我不在乎。多萝西把头偏向一边,似乎在考虑什么,“你会在火星上生孩子吗?”

这话从孩子的嘴里问出来了。我的胸口一紧,仿佛她的话打开了气闸。她不可能知道我和纳撒尼尔的谈话。我说得仿佛这只是一次单独的谈话。实际上,它是一场长达两年的讨论,即使这件事看似尘埃落定,我仍不能释怀。但我保持着标准的微笑,就是在地球引力下穿着七十三公斤重的太空服,而摄影师还需再拍一张时,你要学会的那种微笑。

我学会了在痛苦中微笑,谢谢。“是的,亲爱的。有我在,每一个在火星上出生的孩子都可以安心在那里生活。”

“那出生在这里的人呢?”

像她这样的孤儿,还有政府认为不重要的人呢?而且,更糟糕的是,如果太空计划被叫停,那所有像她这样在即将毁灭的地球上长大的孩子该怎么办?我跪在多萝西面前,为自己做了决定,我从包里拿出了老鹰,“他们是最最重要的。”

跟多萝西和其他孩子们聊完后,我走回屋里,直奔克莱蒙斯的办公室。他的秘书凯尔太太从打字机上抬起头来,微笑着说道:“嗯,约克博士。很高兴见您回到地球。”

“谢谢。”我朝着办公室抬了抬头，“他在吗？”

“是的。看样子他没在打电话。让我看看……”她按下了内线按钮，“长官，约克博士来找你了。”

“哪一个？”

“宇航员。”

我透过门通过对讲机都能听到他的咕哝声，“让她进来。”

即使过了这么多年，当我不得不和克莱蒙斯说话的时候，有时还是会发现自己手掌发麻。这很不合理，但大脑的反应总是很有意思的。管他的，我把手掌在裤子上擦了擦，然后推开门，来到了充满烟草味道的办公室内间。

克莱蒙斯单手夹着一支雪茄。他靠在椅子上，看着我走进屋。这些年，他的啤酒肚挺得更厉害了，但他脸上的严厉却丝毫不减。“请坐。”

“我不会占用你太多时间……”我在他对面的椅子上坐了下来，恼火自己已经开始为打搅到他而道歉了，“我会去的。我会去火星。”

他支起雪茄，拍拍手，露出欣喜的笑容，“好姑娘，你不知道这有多重要。”

我们的成败会直接影响我刚刚见过的那些孩子。我敢肯定，我比窝在与世隔绝的办公室里的克莱蒙斯更清楚这之中的利害关系。“只要能帮助我们继续前行，我愿意做任何事。”

“好极了。”他把手伸进抽屉里，抽出一个文件夹，“我盼着你答应，所以让凯尔太太给你准备了一套文件。这里有基础训练的时间表，以及我们为了让你赶上团队成员进度而制订的计划。”

他一边给我做简单介绍，一边跟我一起过了一遍资料。看着各项参数，以及自己赶上进度需要学的各种东西，我兴奋起来。我已经很久没有被激励的感觉了，我热血沸腾。

在我把包塞在手臂下离开他的办公室之后；在我离开大楼坐上去市中心的电车之后；在我打开文件包再次开始阅读之后——我才意识到，我还没告诉纳撒尼尔我的最终决定。

独自生活在太空里的经历让我忘记了自己是有夫之妇。

第五章

教士在芝加哥寻求和平

部长穿过黑人区时 城市一片平静

《国家时报》伊利诺伊州芝加哥1961年8月28日电 特稿:今日,芝加哥饱受暴乱蹂躏的西区一片平静,但国民自卫队仍在市内的五个兵工厂待命。该区域巡逻警队已增强警力,以防止周五晚致六十人受伤的这类暴力事件再次发生。酒馆继续关闭,等待进一步通知。

民权领袖解释道,该地区的大部分人都为航空航天业工作,但这里的平均教育水平停留在八年级,因为这里有大量来自东海岸的难民,他们的教育因为流星坠落而突然终止。由于这些人大多不适合从事高科技工作,该区的失业率高达18%。他们表示,社区组织缺乏领导力,而激进的边缘群体,如地球至上组织,试图乘虚而入,并取得了一些成功。

在月球上时,我和聚居地的其他人一起在自助餐厅吃饭,但在家里,我自己做饭。有时,重点是做饭;有时,重点则是做一顿犹太晚餐。和克莱蒙斯谈过话后,我还做了馅饼。纳撒尼尔回到家时,公寓里闷热难耐,空气中弥漫着巧克力、迷迭香、牛肉和红酒的混合香气。我坐在风扇前,身体前倾,以便空气能顺着我的乳沟往下钻,我一边后悔自己做饭的决定,一边又想着要不要再做一道菜。

纳撒尼尔停在门口,歪着头,顿时,我的后悔劲儿消失殆尽。他吸了口气,笑了,"那是你做的勃艮第牛肉吗?"

"还有烤土豆,还有沙拉,"我站起来,把风扇调回摇摆模式,"还有饼干。"

他把公文包放在门边,把帽子挂在架子上,"我有没有说我有多想你?"

"我告诉克莱蒙斯我会去。"我咬了咬嘴唇。哦,糟糕。我本来打算在晚餐时告诉他的,"抱歉。"

纳撒尼尔穿过房间,拉起我的手。他轻轻地捏着我的每一根手指,低头看着它们,仿佛这是什么稀罕玩意儿。他叹了口气,微笑使他的颧骨变得柔和,"嗯……我知道你会去的。"

"我很抱歉。现在退出还来得及。"

"不,埃尔玛……"他抬起头来,眼睛湿漉漉的。我浑身都在颤抖。他举起我的左手，亲吻我的无名指，“我确定你想去，但我在等你自己想清楚，以防是我想错了。”

“可是——”

我丈夫摇了摇头，虽然眼圈发红，但还是笑着对我说：“我不希望你被困在地球上，我希望你去群星之间。夫妻嘛，本该如此。”

我离开纳撒尼尔的时刻几乎立刻就到来了。海伦提到的培训在阿德勒天文馆进行。我一直期待他们制作出比六分仪更好的东西来用于太空导航，但没了磁场，我们就只能依靠星星定位。当然，我们有IMU——惯性测量仪——但我们仍然需要以星星作为参考，而且由于IMU就是一堆陀螺仪，这就需要一个人先看着星星。得靠六分仪。

而且……在漫长的旅程中，IMU必须周期性重置，因为陀螺仪会发生偏移，需要利用恒星进行重新对准。所以我们还是需要让宇航员观测星星。得靠六分仪。

我当然知道如何使用六分仪，因为一旦要进行“月球—卢内塔”转移，我就要用上六分仪，但火星之旅需要参考的星星有所不同。我加入了导航计算师和航天员的行列，一起学习如何识别火星过境星。还得靠六分仪。

其余的导航计算师和航天员已经在芝加哥的阿德勒天文馆训练了，所以我在家和纳撒尼尔待了两周就出发去加入他们。我的首选是驾驶T-38飞过去，但乘坐商业航班意味着我可以利用这段时间，研究赶上进度需要学习的成堆文件。虽然我离跟上进度还差得远,但走上阿德勒迎风而建的楼梯时,我至少知道该问什么问题。

不要被阿德勒过时的装饰艺术风格所欺骗。大理石可能已经过时三十年了,但天文馆本身却是最先进的。啊,我真的很喜欢天象仪。

乍看之下挺奇怪的,这些日子里我有一半时间都生活在太空中,但是……我们很少从月球上看星星。我们被埋在管子里,即使不在管子里,我们也得在地球的阴影里,天空才够黑。另外,天象仪可以加快时间,并旋转到天空中任何你想要的方位。

我带着微笑和一个巨大的文件夹推开了天文馆正门。贝蒂笑着从椅子上跳了起来,"埃尔玛! 他们说你要加入团队,我还以为他们在开玩笑。"

我飞快地给了她一个拥抱,"克莱蒙斯把你弄这儿来了?"

贝蒂点点头,指了指她身后的一个摄影师,"有菲尔在,可以吗?"

"当然。"我向那人点点头,心里暗暗发誓要无视他,然后转向团队的其他成员。

或者,应该说是其他团队。我们有一艘无人驾驶的货船,"圣玛丽亚号",和两艘一模一样的载人飞船,昵称是"尼那号"和"平塔号"。每艘飞船配两名领航员和两名导航计算师,因为IAC就是喜欢有备无患。他们埋头在IAC给我们的厚厚的文件夹里。我走过去打招呼的时候,他们连头都不抬。

在"平塔号"队伍里,德里克·本科斯基和范德比尔特·德比担任领航员。这两个人可能是一对双胞胎,仿佛是用同一个军用模具制作出来的,都脸形方正,有轮廓分明的下巴。他们一个是波兰裔美国人,一个是南非人?这似乎没什么好说的。他们的导航计算师也是白人。有传言说南非曾威胁要撤资,除非他们的人乘坐的机组全是白人。

不管是什么原因,“尼那号”是火星队伍中唯一有黑人成员的队伍,尽管他们都不是领航员。我们有斯泰森·帕克担任领航员,他身体向后靠着座位,双腿伸在前面。他拿出一个六分仪,正试图使这个黄铜装置在他掌心保持平衡。

我们的副驾驶,埃斯特万·泰鲁扎斯站了起来,但他的笑容显得迟缓而僵硬。我们曾一起登上月球,我知道他那是什么表情。他很难过,但同时又想努力让自己开心一些,“嘿,约克。”

我和他握了握手,寒暄了几句,又不能问他怎么了,因为摄影师菲尔还在。我们所有人都需要在媒体面前表现出最好的一面,即使是内部媒体。

弗洛伦斯·格雷也是团队中的一员。我们去年在一次公司聚会上认识,我们都是海伦的朋友。弗洛伦斯是个身材娇小的黑人女子,战争期间曾是一名无线密码破译员,作为一名导航计算师,她以极高的运算速度闻名。

“弗洛伦斯,你最近怎么样?”我伸出手。

她看了一会儿,才叹了口气,握住我的手晃了晃,“还行。”然后她又转身去看她的文件夹。那很……不礼貌。

我环顾了一下房间,“海伦呢?”

弗洛伦斯砰地合上她的文件夹,“非得这样吗?”她起身大步走出房间。

我盯着她远去的背影,嘴巴微微张开,菲尔还在拍着照片。我尽量不皱眉头,回头看向团队的其他成员。一瞬间,所有人都在盯着我看,然后他们又收回目光,继续盯着手册。

除了帕克,他带着扭曲的假笑,因为他正在平衡掌心那个该死的六分仪。他盯着我,吸了口气想说话,然后……

贝蒂走到我们中间。她向菲尔打了个手势,后者放下了相机。她俯身低声说:“海伦被解雇了,为了给你腾位子。”

整个房间变得滚烫,我的皮肤冒起热气。什,么,鬼。

显然,我大声说出了这句话,因为帕克笑了。“拜托,约克。你知道负重限额……你以为他们能直接把你加进来吗?”

“你知道……真不知道我怎么会信克莱蒙斯。”这就是相信他的后果,“好吧,我就不打扰你们了。”

我的脸还在发烫,但我说不出这是因为愤怒还是羞愧。我早该知道的。我早该知道他们没法儿随便把我加进去。每艘船上只能有七个人。不减轻点儿什么,他们当然没法儿把我和我的补给送上船。别的不说,如果他们要增加一名导航计算师,他们就必须减掉一名,以保证方程平衡。

我颤抖着向后退了一步,离开了房间。该死的克莱蒙斯。他应该告诉我的。

“你要去哪里,约克?”帕克站起来,椅子发出金属碰撞的声音。

“我不干了,这样海伦就可以回到她的岗位。”

“好,你这么做是对的。”他的脚步声跟着我来到天文馆铺着地毯的过道上,“要不要我带你飞过去,好让我们的队伍更快复原?”

他这么做只是为了惹恼我,但我在过道上停了下来,转身面对他道:“行,我要。”

我和帕克……我们还是不怎么合得来,但经过四年的磨合,我们已经成功做到了在工作上互相尊重。等我们核对好飞行前的检查清单,进入天空后,我已经足够冷静,记得要尽量表现得有礼貌。

坐在T-38的后座上,与我为伴的只有眼前帕克的头盔和耳边呼呼的风声。他已经把我们带到了云层之上,进入了晴朗的蓝天。我发出一声叹息,声音太大激活了声控,我的声音透过麦克风传给了他。“对不起,我早该知道的。”

“是啊,你早该知道的。”混蛋。我的意思是,他是对的,但他没必要这样戳人痛处。他的头盔转过来,好像要扭头看我,“但克莱蒙斯不该一句也不提。这招太贱了。”

“早知道会这样,我不会答应的。”

“我不怀疑这一点。”在我们身下,云层化作起伏不定的白色海洋滚滚而过,“说实话,不管怎样,你会同意已经让我很惊讶了。”

“火星?”

“你曾经拒绝过。”

我拒绝过。早在刚开始考虑这个计划的时候,我就决定好了,去过月球我已经心满意足,我不想离开那么久。“经费削减……克莱蒙斯又想利用我了。”

帕克叹了口气,摇了摇头,“你知道,如果管理太空计划的是真正的科学家,而不是公关的走狗和政客的话,那可就太好了。”

“在这一点上,我们是一致的。”另一方面,我不知道退出这个项目会有什么后果。可能压根儿没什么好处,但我不打算从一个努力工作了这么久的人身上抢走这个机会。雷纳德可能会因此诅咒我,因为我回到队伍就意味着海伦得走。

“你妻子对你要离开三年的事情怎么看?”

我前面,阳光洒在帕克的头盔上闪闪发亮。帕克的头盔没有移动。我们周围的空气伴着他的沉默嗞嗞作响。

为什么我会认为问他私人问题是个好主意?我们在工作上互相尊重,仅此而已。“别介意。对不起,我不该问的。”

帕克清了清嗓子,他的头盔移动了,头盔反射的阳光沿着曲线舞动着。“她——”他的声音哽咽了,“她鼓励我去。”

他的声音里有明显的爱和痛苦。这让我很困惑,因为他在过去四年里,一直和贝蒂有一腿。

我原以为帕克会跟着我进克莱蒙斯的办公室看戏,但他只身离开了,上了宇航员支楼。我带着母亲的神态和南方人冰冷愤怒,走进克莱蒙斯的办公室外间,仿佛头上顶着一本书。

凯尔太太抬起头来微笑着说:“约克博士!我以为你在芝加哥呢。”在她身后,内间办公室的门开着,克莱蒙斯把脚搭在办公桌上,正在看杂志。

为了他好,我说话的声音必要地大了一些,“我原本在,但出了点儿事。局长有空吗?”

他放下杂志,把脚从办公桌上滑下来,“进来吧。”

我走进去后,关上了身后的门,以防有必要提高嗓门的情况。克莱蒙斯扬起眉毛,从烟灰缸里拿起雪茄道:“帕克找你麻烦了?”

“不是的,长官。”我双手背在身后,没有塞进飞行服口袋里,“我是来递交辞呈的。”

克莱蒙斯笨拙地摸索着雪茄,雪茄却掉落在地上,只留下烟雾和灰烬,仿佛一架失事的火箭。“什么……”他一把抓起地上的雪茄,“帕克干了什么?”

“他没找我麻烦。”克莱蒙斯第一时间这么想对执行任务来说可不是好兆头。“事实上,他主动提出载我从芝加哥飞回来,我非常感激。我辞职是为了海伦·卡穆奇能恢复火星探险队中的职务。”

如果克莱蒙斯曾经注意过,他就会知道,我越是拘谨和客气,就越是愤怒。

“别逗了。”他显然没有注意过。

“逗?”我走上前去,双手撑在他的办公桌上。打算辞职的好处是,这一次,我不必在乎他对我的看法。“海伦·卡穆奇已经为这次任务训练了一年多。她是和我同样优秀的计算师。真正逗的是,把她从任务中撤出来,换上一个要一直赶进度的人。”

克莱蒙斯掐灭了雪茄,举起双手祈求道:“我想请你重新考虑一下。”

“不,绝对不行。”

“卡穆奇同意换人。”他站起来绕过办公桌,来到可以盯着我看的地方,“我们达成的协议是,如果她还想去的话,她和她的丈夫都进入下一个移民小队。这次的任务,我们需要你。”

“不过是为了宣传!我在其他所有方面都是累赘,因为我取代了这个任务里一个训练有素的专家。”

“是的。”克莱蒙斯扣上外套的扣子,然后又解开。他耸耸肩,“我清楚这些风险,但这么做会带来改变。参议员们已经同意支持这项任务,这就是它带来的改变。你知道他们中有多少人的女儿在宇航员夫人俱乐部吗?因为你。”

我胃里那个恐惧的深渊豁然洞开,“仅凭这个理由,就要置这次探险和所有队员的安危于不顾吗?”

“你已经答应了。你愿意赶上进度。”

“那是因为你没有通知我,我将代替别人。”我摇了摇头,但这没法让我忘记海伦参加这次任务的兴奋劲儿,“我不同意这种做法。”

“如果你反悔了,那情况看起来就会很糟——确实非常糟。我们已经发布了公告。”克莱蒙斯双手叉腰,即使没有雪茄云,他的阴影也笼罩着我,“想想,如果首位女宇航员退出任务,媒体会怎么说。”

“贾西拉是第一个进入太空的女人。”

“你是第一个美国女人,而且贾西拉要去结婚了。”他摇了摇头,“我们要说服的是美国国会,要让他们继续执行这个计划。如果他们撤资,任务就没了。就是这样。”

我紧咬牙关,仿佛这样就能咬住自己的心,阻止它的飞快跳动,“这么做是不对的。”

“这是必须的。”

那一刻我恨他,因为他说得很有道理。如果我没有一个气象学家的哥哥不断给我提供关于地球温室效应失控的最新信息,也许情况会有所不同;如果我没有在太空中生活过,不曾见过云层和巨大的风暴在我们的海岸上肆虐,也许情况会有所不同。“在我和海伦谈话之前,我将推迟我的决定,我只能做到这样。”

第六章

意大利遭受热浪袭击

美联社意大利罗马1961年9月4日电　罗马正在遭受意大利七十年来最严重的热浪和干旱，当地将实行供水配给制度。至少已有二十一人因高温和随之而来的风暴丧生，其中不乏在求生途中溺亡的人。

昨天，局部雷暴给部分高温地区带来了喘息的机会，但罗马没有。雷电造成数人和数十头农畜死亡，并引发多起火灾。罗马自来水公司宣布了轮流配给计划，这将导致每家每户下周有近一天时间无法用水。

克莱蒙斯瞪着地板，脖子上的肉堆在衣领上，变成了乌红色。他果断地点点头，转身从办公桌上抓起雪茄和杂志，“用我的电话吧。”

“我去她家，然后——”

“拜托。”他的恳求让我震惊，陷入沉默。克莱蒙斯把杂志转过来，让我看清封面。《时代周刊》上有一幅巨大的由艺术家创作的火星，上面只有一个词：为什么？“如果你决定不去，我需要立马知道，因为我将举全局之力来避免计划流产。”

我咽了口唾沫，点点头，但我不会打退堂鼓。他一离开房间，我就拿起他的电话，打到海伦家。我手里绕着电话线，靠着他的办公桌，没坐在他的椅子上。我的分寸感有时很奇怪。

电话响了三声，海伦才接起来。“卡穆奇家，我是海伦·卡穆奇。”

“嗨……我是埃尔玛。”电话那头一阵沉默，我趁此机会清了清嗓子。静电轻微的噼啪声回答了各种问题。“我刚刚发现他们把你调走了……但克莱蒙斯说你同意了？你……这样真的可以吗？”

“我可以有更多的时间和雷纳德在一起。”

“但你一直非常努力啊。”我静静地等待着，给她回应的时间，只有她微弱的呼吸声让我知道电话还没断。“我告诉克莱蒙斯，除非你能接受被调走，否则我不会同意的。”

“是的，当然，埃尔玛。我允许你去。”海伦一激动，她的亚洲口音又出现了。她生气时的口音，就像大西洋中部地区贵族的口音。现在，我正和处于愤怒中的凯瑟琳·赫本[①]说话。

“听着——如果你不乐意，我就退出。我是说，我已经告诉他这一点了。”

---

① 好莱坞六十余年间极具影响力的女演员，一生致力于促进妇女权利。

“看在上帝的分儿上！我告诉过你了，我没问题。我允许你去。你要我说我很高兴？我不高兴。你是我的朋友，但你不能为了让自己好受些要求我撒谎。”

“我——我很抱歉。我不是这个意——我会告诉他我不去了。”

“那就等于白白牺牲。”海伦叹了口气，声音里流露出些许怒气，“所有报纸上都是你的消息。如果你退出计划，把事情闹得沸沸扬扬，那将使人们不再支持这个计划。我能理解这种情况，但对此我并不‘乐意’。”

“我们可以改变这种情况，我确信——只要指出你参与训练的时间，以及你比我更有资格的事实。”

“现实一点儿，这不是训练的问题。”从她的话里，我感受到了罗伊和地球至上主义者的影子，“我知道此刻我身处美国，是航天事业中的一员。如果我默默接受，他们会把我放在第二波飞船上。如果我回绝呢？他就会找借口让我永久禁飞，直接把我换掉。我当然要选择答应，甚至还要笑着答应。这是唯一明智的选择。”

“那我们就好好利用我显然无比重要这件事……我会告诉克莱蒙斯，除非你去，不然我不去。”

话音未落，我就知道这个想法不切实际——我们都知道船上的限额——但海伦替我说了出来。从她的吸气声中，我听出了她的不屑。“他们不能再增加一名队员，因为那会增加额外的资源和重量。”

“可是——”我停了下来，不知该怎么回答。一定有办法的。

“他们会换掉其他人，所以谢谢你，但是不必了。我不想成为把别人踢出任务的人。那样的话，队伍里就会有两个招人恨的人。”

她的话十分沉重，把我的头压到了胸口。“我很抱歉。”

“我知道。”这三个字包含了海伦太多情绪。我知道你很后悔。我知道你不想让我责怪你。我知道什么都不会改变。“我会等的。这不公平，但至少是一个惯用策略。”

而这……只会让我觉得更恶心。

等我再次回答“去”以后，仿佛整个IAC的宣传部门都进入了超负荷的工作状态。也许是他们早已计划好了这一切，也许是杂志的缘故。是各种杂志。因为《时代周刊》那篇并不是唯一的负面报道。在月球上，由于没有人定期投递报纸，民众对太空计划的抵制在我们看来并不严重。

不管是什么原因，等两个星期后，我回过神来时，已经身在洛杉矶，和斯泰森·帕克一起站在《今夜秀》[1]的后台了。

我在酒店房间里吃了一片眠尔通，正对着墙壁背诵斐波那契数列，试图让自己冷静下来。至少现在我不会再吐了。通常来说。

1、1、2、3、5、8、13、21、34、55、89、144……

我身后，帕克绕着小圈子踱步，不停地抖手，似乎想让血液流回

①《今夜秀》是NBC于1954年创办的一台晚间谈话、综艺类节目，是美国家喻户晓的强档节目。

指尖。一个拿着记事板的助手站在我们身边等待，他的一只耳朵上戴着一个巨大的耳机，仿佛他身处任务控制中心。

……233、377、610、987、1597、2584、4181、6765……

拿着记事板的人靠向我，低声地说："该你们上了。"

舞台上，杰克·帕尔[①]说："欢迎我的下一批客人，斯泰森·帕克上校和埃尔玛·约克博士。"

我转过墙角，恰好看到帕克露出他那和蔼可亲的笑容。他示意我带路，"女士优先。"

我脸上露出僵硬而脆弱的假笑。衬裙擦着我的腿摆动，我走进了灯光中，掌声扑面而来。礼堂里，在一排排灯光和摄像机背后，坐着活生生的人们。除开他们，还有数百万人坐在电视机前。

……10946、17711、28657……

帕尔先生和我握手，然后和帕克握手，我们经历了必要的向观众微笑和挥手的环节，然后我们坐在他旁边的配套皮椅上。一个银色的麦克风立在我和帕克之间的地板上，我不得不小心翼翼地交叉双腿，以防我的鞋撞上它。

杰克·帕尔拽了拽脖子上的招牌领带，朝我们靠过来，仿佛房间里只有我们几个人。"非常感谢两位的加入。我告诉你们，我觉得自己一直停留在五岁的状态。我知道这是明知故问，但……你们俩都

① 杰克·帕尔(Jack Paar,1918—2004)，美国作家，广播和电视喜剧演员，脱口秀节目主持人。

去过月球了?”

帕克笑了。他真的很会笑。“我也难以相信。有时候我都想掐自己一把。”

“还有,约克博士……你住在月球上,是吗?”

“是的,一年中我大约会在月球聚居地住六个月的时间。”

“那一定很有意思。”杰克·帕尔靠得更近了,他笑得像个孩子一样,既兴奋又透露着不安,“月球生活是什么样的?”

“比你想象的更像地球。我驾驶着其中一艘运输船,运送地质学家和矿工到各个地点。我有一条固定的路线,所以和公交车司机没什么区别,真的。”

帕克在我身边笑着说:“别听约克博士谦虚。因为月球质量瘤[①]的缘故,驾驶这种船非常考验技术。”

杰克·帕尔的眉毛几乎抬到了发际线上,“质量牛?那是个背锅的吉祥物吗?”

谢天谢地,尽管这是个拙劣的笑话,但他还是把我逗笑了,否则我会对帕克的恭维目瞪口呆。“质量瘤是质量密集区的简称。月球上有局部重力异常区,那里的岩石密度较大,会导致飞船意外下沉。”

“等等——月球上真的有重力比较大的地方?”

我点了点头,“地球上也有,但影响很轻微,你很难注意到。这也是飞船无法自动绕月的原因之一,对于一台小到能安装在飞船上的机

① 即月球上的质量密集区,是月球的重力异常区。

械计算机来说，这之中的数学计算太复杂了。”我这么说不是因为有人想听关于数学的事。我的工作是颂扬火星计划的优点，“但月球聚居地确实让我们瞥见了火星聚居地的蓝图。这和早期美国人在边境生活的感觉差不多。”

“月球聚居地上真的有一个艺术博物馆吗？”

“是的。”我笑得更灿烂了，感觉皮肤都要裂开了，“虽然展厅总共也只有一米半长。移民者创造了一个小小的旋转展区，摆放着雕塑、纺织品和绘画作品。”

帕克露出了沾沾自喜的笑容，“是真的。每次去月球我都喜欢在那儿停留。它让我意识到，人类能在星际间茁壮成长。人类最鲜明的特征之一，就是拥有艺术创造的激情。”

“我迫不及待地想知道，火星能怎样激发艺术家的灵感。”还能再装腔作势点儿吗？但这就是他们要我做的事。我的胃随着我的每一次微笑而抽搐，这是我人生中第一次遇到这种情况，不仅仅是因为焦虑，还因为我被他们利用的方式。

“现在，如果可以的话，我想问一个更严肃的问题。约克博士，在你返回地球的途中，你的飞船被一群恐怖分子劫持了。当时情况是怎样的？”

“他们并不是真正的恐怖分子——只是一群出去打猎的人，他们……”他们用枪指着我。“他们担心被留在地球上。”

帕克插话了，他的手肘撑着膝盖，身体前倾，手指紧紧地贴在一起，像一个正在思考的拉比，“这就是我喜欢我们在IAC的工作的原因。我们进太空是为了给其他人铺平道路。拓荒时代，你做梦都想不到用篷车带奶奶横穿全国，但现在呢？她可以去任何地方。太空也是这个道理。”

“没错。为了奶奶们，我们要让太空安全起来。”我这样胡言乱语的时候，很难看出我有物理学和数学的博士学位。但也许这是个机会，可以直接和罗伊这样害怕自己会被抛弃的人对话。“这需要整个团队的努力。来自世界各地的人都在为太空计划努力。例如，海伦·卡穆奇是导算师——导航计算师——她本身是亚裔。是她想出了办法让大家安全离开‘天鹅座14号’。”

“而你就是那个办法的执行者。”帕克的笑容令人眼花缭乱，“你能和我们一起去火星，我们感到非常幸运。”

混蛋。

“哦，我只是一个更大团队中的一员。我们有来自阿尔及利亚的卡米拉·沙蒙和来自西班牙的埃斯特万·泰鲁扎斯，还有来自巴西的拉斐尔·阿维利诺……只是举几个例子。”我想对着摄像机，直接向可能正蹲在某个监狱的罗伊呼吁，就直截了当地说。看，不是只有白人。我们所有人都在一起努力。而说出口的却是：“这就像空中世界博览会一样。”

这让观众们笑了起来。耶。对我来说太棒了。帕克和他们一起笑了起来，并朝杰克·帕尔靠了过去，“当然，每个去的人都一专多能。”

杰克·帕尔眉毛一挑,“哦,那你的专长是什么?”

“任务指挥官。但我同时也是个飞行员和语言学家。”帕克朝我猛地竖起一根大拇指,“约克博士是物理学家、计算师和飞行员。她是个三面手。她要是会下棋就好了,那她就堪称全能了。”

我脸上保持着微笑,也跟着他们笑了起来。因为,当然了,海伦会下棋。我不会。

我们完成《今夜秀》后,我真应该回酒店继续学习,但我怎么能离我哥这么近却不去看望一下呢?出租车把我和帕克送到酒店的时候,赫舍尔和汤米已经一起在大厅里的一张豪华天鹅绒沙发上等着了。与我们在犹太新年会面时相比,我哥哥并没有太大变化,但汤米似乎长高了一英尺。我想这就是十六岁和十七岁的区别。他的脸仍孩子般柔软,但下巴却有着和我父亲一样坚挺的线条。

我侄子跳了起来,满脸小狗一般的笑容。赫舍尔还在摆弄他的拐杖,他已经穿过房间抱住了我。

“埃尔玛姑妈!”汤米太热情了,摇得我朝后退了一步。求你了,上帝,保佑我心爱的孩子永远不会失去快乐。

我心爱的孩子。想到我的身体可能无法再孕育出孩子,有那么一瞬间,这种想法几乎蒙蔽了我的双眼,我紧紧地抱住汤米,狂热得超出必要。

“嘿,小伙子。”我松开他转向帕克,转身时,他已经停下了脚步。

“请允许我介绍——”

“天！你是斯泰森·帕克！”

帕克露出了他那谦逊的笑容，“是的，我是。”他朝汤米伸出手，他们一对一地握了握手。“你一定是汤米。”

我可真是大吃一惊。据我所知，我从来没有和他讨论过我的——不，我有。死亡模拟。所有宇航员都参加过研讨课，讨论万一我们在月球任务中牺牲了该怎么办。我们已经非常详细地讨论过要联系谁，以及联系的顺序。所以帕克知道汤米，就像我知道他的双胞胎男孩叫埃尔默和沃森一样。

“是的，先生，我是。”汤米还在和帕克握手，但他的胸脯却挺拔了三倍，他以为我提起过他。

赫舍尔摇摇晃晃地走向我们，腿部支架发出轻微的咔嗒声，“汤米，我想帕克上校肯定还有事情要做。”

“唉，是的。”帕克收回手，露出一个逼真的苦笑，“我相信你也很想和你的姑姑在一起。”

有一个从小儿麻痹症中幸存下来的哥哥，令我注意到一些事。帕克没有看向赫舍尔的拐杖，也没有低头看他的支架。大多数人都会看，然后他们会做出痛苦的表情。帕克，尽管他有很多缺点，但他给了我哥哥一份视他为常人的礼物。

帕克向汤米眨了眨眼，像最强美国英雄[1]一样，从我们身边走开

① 美国电视剧《最强美国英雄》中的角色。

了。他转过头笑着喊道:“别让她熬得太晚——她有作业,明天她还要上课。”

混蛋。说得没错,但没必要说。我回到汤米和赫舍尔身边,“要不要去餐厅?我快饿死了。”我也想喝一杯。谢天谢地,餐厅保持着好莱坞的营业时间。

“听起来不错。”赫舍尔在我旁边晃晃悠悠地走向大厅一侧的领位台,“艾斯特姑妈向你问好,还有多丽丝。”

“妈妈不能来,因为瑞秋被禁足了。”汤米摇了摇头,试图装出一副成年人的严肃模样,“她在抽烟。”

“什么?!”我十三岁的侄女在抽烟?

“汤米。”赫舍尔皱着眉头从镜框上沿看向他的儿子,“你不该提起这事儿。”

“只告诉埃尔玛姑妈。”

赫舍尔清了清嗓子,“我不知道你妹妹会不会同意。”

我们在餐厅找地方坐,我那一连串问题没问出口。我无法想象我侄女抽烟的样子。她才十三岁!不,十四岁。但还是无法想象。天啊……我们出发去火星的时候,她就十五岁了……等我回家的时候,她就已经十八岁了。汤米已经上大学了。

“埃尔玛——”赫舍尔把手放在我的手腕上,“怎么了?”

“嗯?”我眨着眼睛回过神来,眼睛一阵刺痛,“只是度过了漫长的一天。”

他瞟了一眼我的侄子。我不知道我该不该庆幸汤米在这里，这样一来，赫舍尔就不能问我一些尖锐的问题，也不会因为我不能把一切都告诉他而感到失望。但是，真的，有什么好说的呢？纳撒尼尔和我不会有孩子，所有人都不会对这个决定感到意外。更不用说哥哥了。

赫舍尔在口袋里摸了摸，“看样子他们有点唱机。汤米……不如给我们选首歌？”

我的侄子像兔子一样敏捷，一把抓过硬币，出了包间。赫舍尔立刻回过头来，对我说：“咋回事儿？”

我叹了口气，摇了摇头，“你太了解我了。”

“我知道你在拖延时间。他很快就会回来的。”

“我刚刚意识到，我不在的期间，他们会长大好几岁。”我耸耸肩，转了转桌上的水杯，“我之前没算过。”

“这是我第一次听到你说你没算过。”

我对他吐了吐舌头。我是个成年人了。显然。“还不到三年，他们已经长这么大了，我已经够烦的了。还有瑞秋是怎么回事？”

他转头瞥了一眼汤米，汤米显然正在看点唱机里每首歌的详情。“他知道的不多。瑞秋在抽大麻。”

“你之前居然没告诉我？”

“就是昨天的事儿。”他摘下眼镜，揉了揉鼻梁，“有那么个男孩，我没杀他。”

“我来。”

他笑着说:“那你得抢在多丽丝前面才行。总之,他是个高年级的学生,显然长得挺帅,他有一辆车。他在乐队练习后载她回家。”

我浑身发冷,“她没——我是说……”

“没有,所以他才活着。”音乐响起,赫舍尔回头看了看,“时间到了。只要记住,你离开期间,瑞秋可能会被一直禁足。”

我点了点头,咽下了恶心的感觉,汤米随着音乐的节奏蹦蹦跳跳地走了回来。他选的是《六十分钟的男子》。我恨这首歌。

第七章

太空预算被压缩

克莱蒙斯为预算开战;减税优先

《国家时报》堪萨斯州堪萨斯城1961年12月4日电(记者约翰·W.芬尼)特稿:国际航空航天联盟今日向持怀疑态度的国会提出要求,要求为联合国的太空预算提供五十七亿美元,并警告说,任何实质性的削减都会危及载人火星探险计划。

对于再次增加该机构的预算,人们普遍存在疑虑,甚至产生了一些抵触情绪,国会议员们表示,美国承担了大部分太空计划费用。这种疑虑的背后是多种因素的组合,从减税等常见顾虑到对国家太空目标的关注。

想让我专心致志地进行训练,这要求显然太高了。相反,在过去的三个月里，我不得不在往返于训练场和宣传活动的飞行期间，拿着IAC的文件夹死记硬背。

我和其他队员在某间教室里学习地质知识。我面前放着一箱石头，石头上写着数字。只告诉任务控制中心我们在火星上发现了一些红色碎石是不够的。我们需要说明这是半自形粒状、斑状，带有中粒红色斑晶的岩石。

莱纳德对此得心应手。他笑容灿烂地挑拣着教官给他的一箱矿物，向我靠过来，手里拿着一块红色的石头，“还行吗？”

“努力做吧。”我对着该我填写的评价表发呆。一路走来，需要记忆的东西太多了。

“好吧……”他指了指我盯着的那块岩石上一条深红色的线，“这是辉石，我们认为我们可能会看到……”

一阵快速的敲门声打断了他，贝蒂把头伸了进来，“嗨！不好意思，打扰一下，我得借用一下埃尔玛，很快就好。”

“嗯，我很高兴有人能用上她。”弗洛伦斯盯着笔记本嘟囔道。

我叹了口气，紧紧地抓住手中的石头，就像抓着安全罩一样，“能等一会儿吗？”

“对不起——是BBC找你……不会耽误很长时间的。我保证。”她朝房间里探了探，用眼神吸引帕克的目光，“你能帮她补上的，对吧？”

他耸了耸肩作为回应。我不确定这是否意味着“对”，还是说他根本不在乎。

“他们不能找别人吗?”为什么总是要找我呢?“莱纳德……这些你都懂了。”

“他们想拍你和纳撒尼尔的照片。”贝蒂脸上带着歉意,“抱歉。但我们正从夫妇的角度出发。”

弗洛伦斯向莱纳德靠了靠。我想她不是故意大声说话让我听见的,但我确实听见了:“至少这次她不能拿我们当挡箭牌了……”

我放下石头,“你什么意思?”

她抿了抿嘴,转过身来,用她长长的贵族鼻子上那对浅褐色的眼睛盯着我。她总是把一头黑发拉直,整齐的波波头表达出她的不满。“你真的想现在就谈这个?”

“要么现在谈,要么去太空谈。最好是现在。”2、3、5、7、11……

“好吧……‘太空中的世界博览会’? 拜托。整个项目中,是有色人种的宇航员只有六个。”

“没错。我该祝贺你们。早期IAC带有歧视性,通过我的不懈努力——”

“你的不懈努力。”她哼了一声,看了一眼莱纳德道,“我没有努力吗? 莱纳德、艾达、伊莫金、尤金和默特尔没努力吗? 海伦没努力吗?”

“你们当然努力了!”……13、17、23……我缓缓地吸了一口气,试图忽略房间里所有人都在盯着我们看这件事,“这就是我之前提起你们在这里的原因,这样你们就不会被推到后面去了。我想帮忙。”

“哼。你知道怎么才能帮忙吗？如果你能行行好完成你那该死的工作就好了。”她转身去看桌上的石头，“最好现在就跑着去。别让摄影师们久等。”

我本来有一肚子的话要说，但我只是咬紧舌头，推开了椅子。

有趣的是：你不一定要喜欢某个人，才能和他们合作愉快。事实上，在某些方面，当你没有和你喜欢的人搭档时，效率反而会更高，因为你们双方有一个共同的既得利益，那就是尽快完成任务，以尽量减少接触。当你和朋友在一起的时候，更可能会开玩笑或者打闹。

照这个道理，我可以和火星团队里一半的人高效合作。好吧……我夸张了，但我确实感觉大家都在生我的气。说实话，我也不能怪他们。我是后来硬加进来的，不得不花大力气来赶上进度，这已经够糟糕了。但我被人像狗和马戏团一样赶着到处跑……这不是一个被派去执行任务的宇航员应该做的事情。这意味着每个人都要为我兜底儿，为我兜更多的底儿。

我们走下大厅，离开教室，贝蒂看着我道：“你没事吧？”

“当然！”我尖声道。

“我试过推掉。真的。”

“我知道。只是……我已经在努力赶上大家的进度了。”

贝蒂苦笑着点点头，“不管你信不信，我真的拒绝了大部分的采访请求。只是……”

“我知道，这就是我在队里的原因。”

她把我领到一个房间，这里被公关部当作化妆间和准备室。我叹了口气，在镜子前坐了下来，任其他人操心我的妆容和发型，而我则专注于我的资料夹，可惜手里少了岩石样本。

在火星上，我们得知道如何寻找潜在的水流。可以通过微小分层或交错分层来识别，这些层理的几何图形能证明水流的存在。

我揉了揉额头，女化妆师轻轻拉开我的手，“一定不能抹。”

“好的。”我完全抓不住重点了。镜子里，我仿佛打算穿着飞行服去参加节日派对。我的头发被打理成精致的大波浪，如果我真的处于工作状态，这样的发型根本撑不了多久。在模拟器里和在月球上的时候，我喜欢用手帕把头发包住，但公众想要的不是一丝不苟的形象。

女化妆师把椅子转了一圈，让我起身。我像一只训练有素的猎犬一样，跟着贝蒂顺着大厅来到工程部支楼。虽然我心里很窝火，但当我们转弯走进纳撒尼尔的办公室时，我依然感觉轻松了一些。

有人打扫过他的办公室。他的办公桌上放着一盆兰花，绘图桌旁有一盏灯，温暖了这个角落。他们没让他换衣服。他穿着他的斜纹软呢外套，打着一条普通的蓝色领带——

仔细想想，我不认识那条领带，但它很衬他的眼睛。他看向我时眼睛亮了，“你好，约克博士。”

“早上好，约克博士。”我忍住了亲吻他脸颊的冲动，与其说是因为摄影师和记者在场，不如说是因为我不想在他脸上留下一个巨大的红色唇印。

记者是一个五十多岁的白人男子,他把一个记事本放在自己的肚腩上,胡乱地记录着,“我尽量不占用你们太多时间……杰瑞。你想让他们怎么做?”

“自然就好。你们俩平时是怎么合作的?”

我们不合作。这些天一点儿合作都没有。我看了看纳撒尼尔,耸了耸肩,“你最近在忙什么呢?”

“嗯……”他绕到办公桌前坐下。他拉开桌子抽屉,发出吱吱嘎嘎的声音,“我在审查火星补给船的飞行计划。”

他把文件夹放在桌子上,我绕到他身后站着。我靠在他的肩膀上,研究起这些方程式,再一次感觉到了陌生。我把手放在他的背上,皱着眉头想弄明白“AMz平方”是什么。

闪光灯闪烁。

“尽量让自己看起来开心一点儿。”杰瑞,那个摄影师,靠了过来。镜头后面,他乌黑的直发垂在前额。

我笑了。那该死的标准微笑。一切都是美好的,我就是喜欢外太空!你不喜欢吗?

闪光灯。我无法透过飘浮在视线中的紫色斑点看清页面上的数字。闪光灯。2、3、5、7……

“约克博士——埃尔玛。我可以叫你埃尔玛吗?”摄影师没等我回应,就直接走上前,拍了拍桌子的边缘,“你可以坐在桌子上吗?你的穿着很棒,但你站在丈夫身后就看不太出来了。对吗?纳撒尼尔,好的——就这样。很好。完美。”

我坐在桌子上,这姿势让我很难看清方程式,但比起在早期的太空舱里时,还是要好一些。

“你们还能做些更有科学范儿的事吗?”记者上前一步,用铅笔在记事本上敲打着,“我的意思是……你仿佛在这里看税单。”

纳撒尼尔低头看了看那些真的很有“科学范儿”的方程式,揉了揉后颈,“呃……我刚刚把所有的模型都送去做风洞测试了。蓝图怎么样?”

“这个怎么样?”贝蒂从放在桌子边上的盒子里拿出一张打孔卡。

“别——”纳撒尼尔从她手里抽出卡片,“别弄乱了顺序。”

看到这张卡时,记者瞪大了双眼,仿佛纳撒尼尔什么也没说。“哦哦!这真是太完美了。比模型更合适,那玩意儿随便一个孩子都能拼出来。但是给电子计算机编程呢?那真是大写的科学范儿。”

杰瑞把镜头对准了我们,“纳撒,不如你给妻子展示一下?就像你在给她解释一样。”

纳撒尼尔看了我一眼,扬起眉毛,仿佛试图弄清楚这是不是个严肃的问题。这和在T-38里给鼻子扑粉相比,真是半斤八两。

我靠近他身边,笑声从我的喉咙深处冒了出来,“对啊,亲爱的。告诉我,你完成了哪些关键编程。”我朝他眨了眨眼睛。

纳撒尼尔大笑起来,他举着那张卡片,好像它本身就有某种意义似的。它只是大项目中很小的一部分,和一个单独的螺栓差不多重要。没有它,飞船可能会散架,但它并不能定义飞船。

照相机呼呼地闪着光,拍到了我毫无防备的、不标准的笑容。这就是他们最终使用的照片,被称为“航天之乐”。

但是我们其实是在嘲笑整件事毫无科学性可言,与此同时,在教室里,我的队友们才是在学习真正的科学。如果他们真的想拍更“科学范儿”的东西,他们该去那个房间拍。然而,他们把我从那堆“科学”中拉了出来,把我变成了和独立打孔卡差不多用处的东西。

在地球上穿太空服的问题在于,太空服是为低重力环境设计的。即使身处中性浮力实验室的水池里,也无法改变重力拉扯着我的事实。当然,重力不会拉动太空服,但在太空服内部,每次我改变方向时都会滑来滑去。作为女性,我的身材比男性更娇小,而太空服原本是为男性设计的,所以我不得不在我的臀部周围垫上填充物,它们才能把我夹在中间。这能使我周围的气泡均匀地分布在太空服内,让我在NBL[①]课程期间,摆脱重力束缚从水平方向移动到垂直方向。没了填充物,气泡就像一个巨大的充气沙滩球,绑在我的肚子上,总想浮出水面。这导致转向变得很困难。

事实上,太空服里有气泡在太空中压根儿不是问题,但NBL是人们判断你是否有能力进行太空行走的地方。所以,我和其他女性都不会抱怨。没问题,长官。一切都很好,我们很高兴能在水池里。

① Neutral Buoyancy Laboratory,中性浮力实验室。

我侧着身子沉在水里，玻璃纤维外壳陷进了我的腋窝。为了把头伸进头盔里，我的脖子已经发烫。我们正在练习“修理”，我戴着僵硬的手套用力扣住太阳能电池板的边缘，手指已经发疼。由于太空服被加压到比环境压力高4.9 psi的压强，每一个动作都像是在对抗一个重型弹簧。这和在真空中工作并不完全相似，但它会让人以为，在真空中工作是一件十分令人疲惫的事。我的手套起了皱，手套上的纹路感觉就像金属丝穿过我的指关节。但如果你问我感觉如何，我一定会说我非常非常开心。

在面板的另一边，因为手套从扳手上滑落，拉斐尔·阿维利诺用葡萄牙语咒骂着。我们周围虽然浮着一小群支援潜水员，但他们任由扳手漂走了。他们的工作是保证我们的安全，而我们的工作是学习如何在零重力下进行维修。扳手被拴在宇航服胸前的MWS[①]或者说“迷你工作站”上，所以并没有漂远，但要把它拉回来还是很令人苦恼。

通信器嗡嗡地传来拉斐尔的咒骂声，我戴着头盔笑了，“我开始明白帕克为什么要学习葡萄牙语了。”

莱纳德在我左边略低于我的位置，他帮我稳住面板，等拉斐尔把扳手拉回来，“想要骂脏话发泄，我们都需要学会更多的语种。我刚学了拉丁语和希腊语，目前为止能学的也就这么多了。”

“哦，是吗？拉丁语的脏话怎么说？”拉斐尔把扳手放好，把脚固定

① Mini Work Station，迷你工作站。

在模型飞船外部的WIF[①]机械感受器中的束脚装置里。WIF是什么意思？不知道。有的时候，缩写词就变成了名字。WIF……小工具界面，随便吧。

在太空中建造飞船的其中一个好处在于我们不用担心空气动力学问题。WIF和手柄覆盖了飞船的表面。拉斐尔的扳手又一次滑落，但他牢牢抓住了。"因为现在我需要更多拉丁语的脏话。"

莱纳德犹豫了一下，然后笑着说："其实……大部分的话我没法儿在混合团队里说。"

"拜托……"等拉斐尔终于将扳手卡到位，我钩住束脚器，"说他妈的拉丁语。"

这句话引得他俩哈哈大笑，尽管这么说让我脸颊发烫。谢天谢地，头盔让他们看不清我的脸。即使是为了搞笑，这种词语也不在我的常用词汇中。

然后，可想而知，我们的航程模拟监督员杰森·曹的声音，噼里啪啦地传进了我们的耳朵："注意用语。"

"倒霉，屎都出来了。"[②]莱纳德的语气非常郑重。

拉斐尔抬起戴着头盔的脑袋，"嘿嘿。和葡萄牙语很接近，我居然听懂了。大体上。"

"先生们，女士们。"作为一个芝加哥人，曹有时候一本正经的，

① Widget Interface，窗口小部件界面。

② 原文为拉丁语。

“我们有客人,他们正在听着。”

我们三个人交换了一下眼神,拉斐尔翻了个白眼,“他们说什么语言?”

“英语。”透过话筒,我们只是能听出背景中有人在说话,但听不出对话的内容。模拟监督员的回应清晰而干脆,“不行,提前把他们带上来,这绝对不符合……”然后他的声音就断了。

出什么事了? 在水中,我不知道那些人在想什么,所以我只是站在那里抵着面板。模拟监督员不像是会把话筒开着的人,那么问题来了,究竟是什么样的访客让他如此分心。更别说谁会要求我们提前退出NBL训练了。

拉斐尔拧紧了螺栓,我们继续以小队为单位移动,去拓展下一块面板。这已经是我们第四次进行这种NBL练习了,每次我们都会完成得更快一些。当然,我不可能是那个做EVA[①]的人,但IAC相信有备无患,而鉴于自己起步较晚,我也支持他们这样做。此外,要是我早知道舱外活动的人面对的是什么,担当IV人——舱内活动的人,会更容易接受。考虑到执行任务过程中的通信延迟,我们无法在所有情况下依靠地面控制中心来指导舱外团队。

“各位——我们要停止扩大战线了。”模拟监督员的声音再次噼里啪啦地响了起来,然后话筒沙沙作响,仿佛他正要把话筒递给谁。

我们漂浮在水下,耳边不断传来风扇的嗡嗡声和自己的呼吸

① Extravehicular Activity,舱外活动。

声。然后克莱蒙斯局长出现在通信频道中，“弗兰纳里博士得出来——但约克博士和阿维利诺上尉留下，进行清理工作。弗兰纳里博士，我需要你马上离开水池。”

莱纳德吸了一口气，仿佛想要争辩，然后又猛地闭上了嘴。我听到他的牙齿咔嗒响了一声。“好的，长官。岸上见。”

我很惭愧地说，我的第一反应不是好奇，甚至也不是为我们的训练被打断而生气，而是解脱，因为这一次，终于不是叫我出去了。莱纳德转身离开了我们，让潜水员把他从水中拖到平台上，然后把他托出水面。

拉斐尔和我漂浮在水池里。我把头靠在头盔边上，闭上眼睛休息了一会儿，与此同时，我们的支援潜水员则把模拟飞船重新配置到运行的最终状态。我们花了这么长时间才穿上宇航服，趁我们在水底的时候，让我们抓紧练习运行结束状态是合情合理的。我专注地听着通信器里的声音，等着曹告诉我们莱纳德的情况。

等潜水员准备完毕，我们再次开启运行，但把对话控制在了工作需要的最低限度内。我刚松了一口气，却又陷入了“这他妈怎么回事”的情绪中。我以前也曾被从训练中叫出去过，但不是从正式的NBL训练中。这需要重新开始整个训练，那是很费钱的，还损失了大量的训练时间。见鬼，按照太空服的配置，光是换一个队员就需要两天时间。除非是紧急医疗事故或设备故障，否则没有任何事情能中断NBL训练。那么，克莱蒙斯认为是什么事重要到一会儿都不能等？

而且,他们为什么不告诉我们呢?

乘坐电梯从NBL的水池里出来花了很长时间。等我的头盔终于露出水面后,绑着我的支架承受着一百四十公斤重的宇航服。想在地球引力条件下穿着全套宇航服行走是不可能的。何况裤子也像……像铅做的滑雪服里的尿布。《迷失太空》[①]里的机器人都比我们更优雅。

我挂在穿衣架上,一群宇航服技术人员帮我们脱衣服。当你想要追寻答案时,一切过程似乎都变得更加漫长。我等待着我的宇航服技术员取下工具、系绳和腿部负重物。虽然我很想催促她,但一切都必须按部就班地进行。在穿衣架的另一边,拉斐尔也在经历着同样缓慢、谨慎地脱离宇航服的过程。

我的宇航服技术员打开侧面的阀门,将宇航服减压到一个大气压以下。她的动作慢得仿佛在水下移动。当然,我现在可以说话了,她也能听到我的声音,但其他所有人也都能听到通信情况。

我的宇航服技术员把她的手放在我手套的放气口上,“呼气。”

等她打开手套时,我将剩余的一点儿压差从肺里呼出来释放掉。我的肺不会炸,但过度预防是IAC的惯例。

等她取下手套,我身上的部分就搞定了,最后她伸手去拿头盔。摘下头盔的那一刻,我问她:“发生了什么事?”

“FBI。”她回头看了看控制室,“我们被告知要赶快给你清理。”

我像个白痴一样眨了一分钟的眼睛,然后我的大脑才厘清情

① 美国科幻电视剧。

况。如果他们想跟莱纳德和我谈谈,那么一定是和抗议者有关,但是……从劫持事件到现在已经快七个月了。他们到底为什么要现在和我们谈?

第八章

社会模范被控占有种族优势

堪萨斯州堪萨斯城1962年1月4日报道(作者弗雷德·普莱杰[1])一位著名民权律师指控“我们的社会模范”犯了抵制联邦宪法的罪行。这位律师是NAACP[2]的法律顾问和教育基金主任,杰克·格林伯格[3],他在基金的年度报告中表示:“那些想维持种族等级制度的人,通过武力、欺骗、表面文章、拖延诉讼,以及诸如冗长演说之类的立法手段来抵制宪法和法院的裁决。可悲的是,对这些逃避行为负责的人是我们的‘社会模范们’——学校董事会成员、教育总监、律师协会的领

① 弗雷德·普莱杰(Fred Powledge,1935—2018),美国《纽约时报》前记者,以报道民权运动闻名。

② The National Association for the Advancement of Colored People,美国有色人种协进会。

③ 杰克·格林伯格(Jack Greenberg,1924—2016),美国律师、法学家。

导人、宇航员和民选官员。”

等我终于被送进会议室，一位联邦调查局的探员起身迎接我。他瘦得吓人，颧骨看起来好像会刺破他那羊皮纸一般的皮肤，“约克博士，我是布恩探员。这是我的同事惠特克探员。”

惠特克探员一直坐着，在笔记本上胡乱画着，几乎没有抬眼。他长得还算英俊，可惜前额发际线下一道丑陋的红疤破坏了美感，落得平平无奇。

布恩看了一眼他的同事，耸了耸肩，好像已经习惯了这个人的无礼，“感谢您抽出时间来和我们见面。”

“我有得选吗？”我用微笑化解痛苦，但我心里更多的是恼火。他们催着我离开模拟舱后，又让我足足等了一个半小时。“说实话，能有时间坐下来阅读，我也松了一口气。”

“好吧，我们会尽快让你离开这里。”他指了指会议桌对面一把正对着的椅子，“请坐。要咖啡吗？”

“谢谢，那太好了。”对他请我喝本来就属于IAC的咖啡的事，我不予置评，“可以的话，加奶加糖。”

“我喜欢吃甜食，如果加多了你就告诉我。”他从桌上抓起杯子，走到房间后面，“关于火箭坠毁和关押你们的人，我们有一些问题。”

“没问题……不过我不知道除了我在汇报里说的，还有什么可以告诉你们的。”

惠特克在笔记本上狠狠地画了一道，依旧没有看我，“哦，我想应该有。”

“我很想听听你觉得还有什么。”我的手一直放在腿上，按照母亲教我的方式轻轻交叠。我穿的是裤子而不是裙子，这一点一定会吓到她，但淑女风度依旧是个好工具。

房间后面，布恩往我的咖啡杯里倒了大量的糖，“嗯……我们先设定一些参数。”

“现在你听起来像个火箭科学家了。”

他笑了，羊皮纸一般的皮肤在嘴边折出了深深的皱纹，“我倒是希望我有那么聪明。”

惠特克朝他的伙伴使了个眼色，“你和我都希望。”他猛地推开笔记本，“你认识莱纳德·弗兰纳里多久了？”

我的嘴巴一张一合的，像鱼一样。我完全没想到他们会问这个问题。我一直以为他们会回顾之前的谈话内容，或者回忆一些琐碎的细节。“嗯……两年？左右？”我眯起眼睛，努力回忆他在哪个班级，“没错……他是和59级的新兵一起被录用的。我想HR应该能告诉你。”

“那么在他加入IAC之前，你从未见过他？”布恩把咖啡杯放在我面前，杯子表面升起袅袅蒸汽。

“没错。”我的手一直放在腿上，没有伸手去拿杯子。倒不是说他真的会掺什么东西，只是现在这个话题让我感到很不安，“你为什么这么问？”

“能不能跟我们说说，你认识他的这段时间，他的脾气怎么样？”

“不好意思。我以为我们是来谈火箭坠毁的事的。”

惠特克把椅子往后一倾，“他的脾气怎么样？”

什，么，鬼。“你刚刚和他相处了一个半小时……你觉得他脾气怎么样？”

惠特克把椅子往前一挪，手肘撑在桌上，“你为什么拒绝回答问题，约克博士？”

“约翰。”布恩探员拉出我旁边的椅子，坐了下来，“抱歉。调查过程十分漫长。我们知道你没有义务回答所有问题，但我们会非常感谢你的配合。你和弗兰纳里博士共事期间，感受如何？”

他的彬彬有礼并没有让我对他产生任何好感。“非常合得来。在我被派往火星任务之前，我和他的交集并不多，但我从来没有从他那里听到过哪怕是一句不妥之词。我也没听说过其他人有这样的经历。”

布恩啜了一口咖啡，似乎很惬意，“没人有不满的迹象？”

“没有。”我拿起杯子，主要是为了用杯子暖手，而不是为了别的什么。我的手冻僵了，光滑的瓷器让我手掌发烫。

布恩点点头，看向惠特克，耸了耸肩。不管这有什么意味，都让惠特克拿起了他的记事本，向前翻了几页，“弗兰纳里和恐怖分子谈了很久。他说了什么？”

布恩向前倾了倾身子，手放在桌子上，“我们想在不影响你证词的前提下，确认目击者证词。所以，你只要尽你所能重复你能回忆起的一切就行。”

我对他眨了眨眼睛，不确定他想听到的是什么。“谈了很久？我不……”我摇了摇头，试图寻找角落里的记忆，“我不记得他们第一次上船后，谈了多少话。但他只是试图说服他们不要去执行这个计划。”

“你觉得他为什么乐意和他们沟通？”

我尽量避免提到*因为罗伊是黑人*，尽管我确信，这就是他们要找的答案。相反，我耸了耸肩，“可能是因为他在过道另一头，我的对面，他们只是停在那里和我说话。而且我不确定我们中谁能被定性为‘乐意’。”

布恩啜了一口咖啡，我几乎认为咖啡会从内部浸染他那干瘪的脸颊。“你不如把这句话念给约克博士听。”

惠特克点点头，手指放在记事本上标出位置，“你有没有听到他说：‘我同意你们的做法，我想要帮助你们。’”

“什么？没有。”他们是想把他描绘成一个绑架团伙的合作者？“他与这个最接近的说法是……”但事实上，他曾说过，他认同他们所做所为的出发点。

“是什么，约克博士？”

“他是想让他们不要用我做人质。他认为这会使事情变得更糟。这就是他想提供的帮助——和我所做的一样。他没有——他没有与他们合作。”

惠特克在笔记本上做了个记号。他的银色笔杆像火箭一样闪闪发光,在纸上画出一道道墨迹。布恩在我右边啜饮咖啡,从杯沿上方看着我。

"你们不会真的认为他与坠机有关吧。"如果他们认为他能从客舱里影响航行,那他们对火箭的工作原理肯定一无所知。"他是个地质学家。"

"这有什么关系?"惠特克抬起头来。

"因为他不是领航员。"我从一个人看向另一个人,试图让他们明白现在的调查轨迹到底偏离航线有多远,"他可以谈论岩石,寻找地下水。他还擅长其他六种事情,但他不可能影响我们降落。"

"我们从来没有说他做过。"惠特克低头看了看他的文件,"换个话题。和我们谈谈副驾驶威哈德·布鲁姆威尔。"

我差点儿打翻了咖啡,一切豁然开朗。布鲁姆威尔也是黑人。"他是个好人。"

"我相信他是。"布恩那张羊皮纸一样的脸笑起来皱巴巴的,"你认识他多久了?"

我小心翼翼地把咖啡杯放回它在桌上留下的冷凝圈中央。"你说过我不必回答所有问题,那么,请原谅,先生们,我还有工作要做。"

我把椅子往后挪的时候,布恩把自己的杯子放在桌上,手指抚摸着杯沿。"克莱蒙斯局长希望你能全力配合我们。"他抬起头,微笑着说,"我们试图寻找一些答案。我相信你一定明白,在审议预算问题之前，全面了解情况对国会非常重要。”

混蛋。为什么总是回到资金问题上？虽然我很想逃离他们的轨道，但他们已经清楚表明会让我们所有人停飞。我把椅子拉回桌边，感觉就像宇航员初到地球时一样难受，“好吧，要我说什么？”

老实说，我不知道在FBI事件之后，莱纳德是如何继续工作的。我很难集中精力，因为我在等待结果公布，然而……什么都没有。几周过去了，我们只是继续着常规课程和模拟训练。

在还原火星指挥舱的模拟驾驶舱里，帕克坐在舰长椅上，低头不语。

“好……我们刚刚和任务控制中心失去了联系。”

面对模拟监督员刚刚扔给我们的最新“绿卡”，我们发出了呻吟——但声音不大，因为他就坐在外面的绝尘控制区，监视着我们的测试过程。

“我们要进行火星轨道转移燃烧了。”泰鲁扎斯在副驾驶座上说。

这意味着该我上场了——这就是他们要在船上配一名导航计算师的原因，预防我们与任务控制中心失去联系。“我来计算燃烧。”

“收到。”帕克在座位上点了点头，继续他的工作——让我们的飞船保持“航行”在航线上。

我摸索着六分仪，试图将它瞄准我们模拟窗外的模拟星星，计算我们的模拟位置。如果我的没把握也被模拟出来就好了。这个过程应该很简单。我先找到IAC在这次飞行中使用的三颗星，用六分仪瞄准它们，然后，吧嗒——我就知道“上”在哪个方向了，这样我就可以知道我们与IAC发来的原始航行计划的位置关系。如果我们偏离了航线，那么我就得计算出我们的发动机需要指向哪里，需要保持多长时间。

但是——

但是我必须先找到IAC在最后一次发送航线调整时选择的“星星”，以便与任务控制中心为这种突发事件准备的表格进行比较。那么……哪一颗是摇光[1]？

找到小北斗七星，然后“顺着弧线找到大角星，加速找到角宿一”，然后……好吧。找到了，也就是说摇光在……哪里？我紧咬牙关，试图搜寻脑海中的记忆。问题是，书上的星图和实际的星空有很大不同，而实际的星空又和模拟的星空不同。如果六分仪训练期间，我留在阿德勒天文馆的话……但我没有。

“抓紧时间，约克。”

我点点头，指出了那片区域里我认得出的星星，希望能在过程中识别出摇光。轸宿一、南十字二、角宿一、库楼三……这意味着那颗就是摇光。我将六分仪对准它，然后开始计算。

五分钟后，我意识到，这些数字与正确值相差甚远。我所选的星星中一定有一颗是错的。我对角宿一很有信心，但摇光……我可以再

---

① 北斗七星的第七星，位于斗柄的最末端，全天第39亮星。

试一次,但时间在流逝,如果这是现实,最好的结果是陷入尴尬。更可能的结果是,我会把我们送出狭窄的航行路线,我们会错过火星,然后我们都会死。

如果我在太空中没有把握,我会向别人求助。叹了口气,我从计算中抬起头来,“谁能帮我指出摇光?”

“我来。”弗洛伦斯滑过来,脸颊紧贴着我,让我们的视线尽可能接近。她眯着眼睛,指着一颗星,比我选的那颗还要往上数三颗。“那颗。在一个直角的角上。看到了吗?”

教科书上的图像突然变得清晰起来:“看到了,谢谢你。”

“为了避免你杀了我们,我可以做任何事。”她滑回座位,又坐到了自己的位置上。

我希望她是在开玩笑。

联合国安全小组护送我穿过我们楼外的一大群摄影师,上楼来到我们的公寓门口。尽管疲惫不堪,我依然记得母亲的训练,“谢谢。要喝点儿什么吗?”

“不用了,夫人。”他笑了笑,拍了拍我们放在大厅里的椅子,“我带了本好书,这就够了。”

“好吧……有什么需要就叫我。”我的生活真奇怪。留下一个人坐在我们走廊里让我心里很不舒服,即使进了公寓,关上了我身后的门,这种感觉也没有消失。

纳撒尼尔坐在餐桌旁，一只手转着铅笔，弓着腰处理一叠文件。我们已经把折叠床拉下来了，被子也盖回来了，折叠床占据了我们小屋子的一半。不过，与我在月球的宿舍相比，这个房间还是显得很大。

等我关上门，纳撒尼尔抬起头来，微笑着说："我还在想他们会不会让你走。"

"嗯……我害死了我们，所以模拟停止了，否则我们还会在里面。"那个该死的人造星域一直在给我使绊子，"我们明天再来。"

他脸上的笑容凝固了一瞬，然后他吸了口气，笑了笑，刚才的事本来就是个笑话。他将椅子往后一滑，站了起来，"吃过了吗？"

"吃了，但只是在模拟过程中吃了一点儿口粮。"我径直走向厨房，把文件夹放在了桌子上。你如何判断你丈夫在隐瞒某些事情？他的面部有些僵硬？反应迟缓，仿佛他在思索正确的言行？他背对着你，装模作样地打开冰箱？"你还好吗？"

他拉开冷冻室的门，"我还有些汤，但我想你可能需要这个。"

纳撒尼尔转过身来，手里拿着两杯马提尼，玻璃杯因为放在冰箱里而结了霜。他眨了眨眼，"我想你听到应该很高兴，配给制取消了，也就是说杜松子酒不再贵得跟黄金似的了。"

"忘了杜松子酒吧。"我从他手中接过酒杯，对着光滑冰凉的酒杯叹了口气，"你从哪儿弄来的橄榄？"

"沃金州长。"他啜了一口，面部的紧张有些缓和，"我在扑克之夜赢来的。"

不知怎么的,我都忘了,我们在天上的时候,他和其他宇航员的丈夫一起打过牌。“雷纳德怎么样了? 我是说,跟……”我指了指我的文件夹,好像这样就能解释海伦留在地球而我去火星这整件事。

纳撒尼尔耸了耸肩,一条线在他的眉间出现又消失,“他很高兴她能回家。这是……对了。汤。我本来打算给你做晚饭的。”

我喝了一口美妙的马提尼,看着他。他站在冰箱前,背对着我,拿出一口锅。我可爱的丈夫,装作什么事都没发生。我放下杯子,“你还记得……我去看治疗师但没告诉你的时候吗?”

纳撒尼尔停住了,锅子还没放到料理台上。“记得。”他直起身子,把它放在炉子上,金属碰撞发出咔嗒声。

“那你能告诉我你在烦恼什么吗?”

他打开炉灶,划了根火柴点燃煤气。随着一声轻响,蓝色的火焰包裹了锅底,火苗轻舔底部。纳撒尼尔伸手从炉子旁的餐具罐里拿了一把木勺,“老实说……老实说,我宁愿不说。”

“好吧。”妥协脱口而出。他不想谈? 好吧。我们就不谈。我低头凑近马提尼酒,任咸橄榄的香气给我一个落脚点。嘬了一口,我坐在厨房的桌子旁,试图把注意力放在杜松子酒清凉的草药香和橄榄的盐味上。但是,该死的。他在烦恼什么?

他站在炉子边上搅拌着汤,肩膀微驼,“你明天什么时候去?”

“早上七点。”我拉近他正在研究的文件,用数学来分散自己的注意力。任务中途中止的应急预案。“哦。”

应急预案……这是IAC的暗语：如果有人死了，我们该怎么办？

我放下马提尼酒，站起来走到炉子旁，手臂环住纳撒尼尔的腰，靠进他温暖的怀里，“我想提醒你，模拟是为了让我们把错误都留在这里。今天这件事害死了我们，未来在太空中拖累我们的事情就少了一件。”

“少了一件。”他不再搅动汤汁，深红色液体的边缘卷起缕缕蒸汽。透过他背后的衬衫，我看出他呼吸一滞，哽住了。纳撒尼尔放下汤不管，两只手放在我的手上，“对不起，我以为——”

我把脸颊贴在他的肩胛骨上，等待着。

“我以为我已经习惯了。看着你被发射进太空，了解冗长清单上记录的种种可能失败的项目。”他一只手摸索着我的结婚戒指，轻轻转动，“但在这里我知道什么会出问题。可在外面？你可能……你可能永远都回不了家。”

“这话说得没错。”我把他抱得更紧了，“我是说，我还有可能撞上有轨电车。”

“但那样的话我能知道。”在我的怀抱里，他直起身子，带着点儿笑意，“天哪。这听起来很不错……‘哎呀，亲爱的，你可能会死，但你能让我知道细节吗？谢谢！’”

我哼了一声，踮起脚尖，亲吻他的后颈。“你个小傻瓜。”我一把揽过他的腰，“过来。”

“去哪儿？”纳撒尼尔一边用一只手擦着脸，一边关掉了燃气灶。

我带着他绕过桌子来到床边，礼貌地忽略他泛红的双眼。事实上，我不知道该如何安慰他。发射太多了，纳撒尼尔已经无法全部监控，克莱蒙斯，可真好心，下令不允许纳撒尼尔参与跟我有关的工作。不过这可能很残忍，这让纳撒尼尔失去了对结果的掌控。他害怕的是这件事？这非常真实。勒博古瓦去年死于一次例行轨道调整，一个开关出了问题导致他的反推进火箭点火失败。我把丈夫拉到床上坐下，搂着他，就这样抱着。

过了一会儿，他向后一仰，我们俩倒在床上，身体交缠。他的脸紧贴着我的脸，那双蓝色的眼睛，眼眶泛红，像看星图一样搜寻着我。纳撒尼尔从我的眉毛开始，顺着我的脸颊画了一条线，留下了一道温暖的痕迹。“我爱你，而且——”他停了下来，闭上眼睛，喉结耸动，“这就是我不想谈这个的原因，因为支持你和坦诚相待……我不知道自己能不能做到。”

我的内心因为他的痛苦而酸涩。我只能把他拉得更近，尽量不哭，因为我最不愿意看到的就是明明是我试图安慰他，最后却是他来安慰我。考虑我应该去火星还是留在地球时，我们谈了很多，在这当中，纳撒尼尔的恐惧并没有出现在考量范围内。它是一个隐藏的变量，使整件事情有些失衡。

“我能做什么呢？”

他无声无息地笑了笑，“别死？”

“我尽量不死。”我抬起手，在他的手臂上画了一个圈儿，“还有什么吗?”

纳撒尼尔又叹了口气,“首席工程师和宇航员结婚的问题在于,我知道你们在健康报告上是怎么撒谎的。你们会在任何你们认为的、对任务无关紧要的项目上,给我们展现最光明的一面。”

我打了个寒战。他说的没错。“不如……”

他睁开眼睛,瞳孔像太空一样深邃,“不如什么?”

“好吧,问这个很蠢。”

“我很少看到你在没有动力的情况下犯蠢。”

我把手滑到他的裤子上,看看是否达到了发射条件。还没有。这意味着我需要给燃料电池加点儿料。“嗯……你提到了报告。如果我可以给你私人报告呢?”

纳撒尼尔翻身撑在手肘上,“你是说,私人报告。”然后他摇了摇头,“这主意不好。以你们无线电的频宽,地球上的每个人都会知道你在搞什么。”

“如果用代码就不会。”

“人们看到代码的那一刻,就会有人试图破解它。”

“啊……”我用手肘把自己撑起来,这样我就可以亲吻他了。这时我计算师的工作经验就派上了用场,而且我还学习了电传打字系统在这次任务中的工作原理。“但如果他们看不到密码,他们就不知道有什么可破解的。比如说,电传信息开头和结尾的乱码。”

纳撒尼尔盯着我看了一会儿——或者说,他盯着我的方向看了好一会儿。但看他眉宇间的线条,以及他来回扫视的眼神,仿佛他在黑暗的小巷里追寻一个想法的样子,我很确定他在为电传机编程。他回过神来,然后笑了,弯腰吻我。他的嘴很温暖,还带着一点儿杜松子酒的味道。

某个地方,推进器也上线了,我们要去发射了。

第九章

种族主义事件在联合国引起争议

堪萨斯州堪萨斯城1962年3月24日电　市内发生了一系列不愉快的种族事件,美国官员一直在老练地安抚亚洲和非洲外交官。非白人外交官相关事件引起了国际社会的强烈不满。最近一起事件是两周前毛里塔尼亚代表团一秘[①]约瑟夫·古耶[②]遭到袭击。

这位讲法语的外交官在傍晚外出散步时,被一群白人青年搭讪。他说,这群人对他大喊大叫,然后用啤酒瓶打他。他的面部被割伤,需要住院治疗。

---

① 一等秘书,驻外外交人员职务之一,排在参赞之后,二等秘书之前。

② 约瑟夫·古耶(Youssouf Gueye,1928—1988),毛里塔尼亚法语作家、诗人和历史学家。曾任毛里塔尼亚作家协会主席,在毛里塔尼亚独立后,曾任公务员,后因批评政府入狱。

我在海伦家门口见到了她，她穿着一件薄荷绿的日常连衣裙，她面带紧张的笑容道："谢谢你过来。"

我们没有拥抱。"很高兴见到你。"当然，我在工作中也见得到她，但自从我取代她之后，我们就没有进行过什么社交活动。被邀请来参加桥牌之夜让我感到很惊喜。

"你想喝点儿什么？"她领着我穿过一条短短的走廊，来到客厅。弗洛伦斯·格雷坐在沙发上喝着威士忌和苏打水。

奇怪的是，牌桌和椅子还没有摆好。海伦走到白桦木餐具柜前，托盘上放着一桶冰，凝结了水珠，"喝马提尼吗？"

"如果不麻烦的话，那就太好了。"我把手提包放在茶几上，"晚上好，弗洛伦斯。"

"约克。"她拿起苏打水嘬了一口，从杯沿上看着我。

这将是一个充满激情的夜晚。门铃响了，一定是艾达。这给了我逃离一会儿的借口，"我去开门。"

海伦在旁边的吧台处点了点头，她正在量苦艾酒，准备把酒加进水壶里。我退回大厅，拉开了门。艾达站在卡穆奇家的小门廊上，咧着嘴，提着一篮子草莓。"埃尔玛！"她飞快地给了我一个拥抱，"我们什么时候才能带你回九十九人俱乐部的机场去飞一飞？我们都很想你。"

"你知道任务的准备情况。"我苦笑着回头朝客厅看了一眼。我压低声音说："不过我不想谈任务的事……海伦，你懂吗？"

她皱了皱眉头，“对不起，我忘了。”她摆出一副笑脸，从我身边走过，向大厅走去，“女士们！我带着草莓和酥饼来了！”

“你真是女人中的女神。”弗洛伦斯从桌子上站起来，用拥抱和灿烂的笑容迎接艾达。

“草莓！”海伦搅动着雕花玻璃罐里的马提尼酒，回头对艾达笑了笑，“如果现在能有点儿可以加草莓的香槟就好了。”

“亲爱的，如果你在调马提尼，就不用再费别的心了。”

我游荡在房间的边缘，突然意识到我是在场的唯一一个白人女性。我把双手背在身后，仿佛掩饰自己的肤色就能转移别人的注意力似的。几分钟后，海伦拿来了马提尼，我不得不松开手。至少现在我的手有了用武之地。

2、3、5、7、9……不会有问题的。

“需要我把牌桌摆好吗？”一旦我们开始打牌，紧张的气氛就会消失。

“其实……”海伦又往罐子里倒了一斗杜松子酒，“那是我为了请你来编的借口。”

哦，完了。我咽了口唾沫，抿了一口马提尼，也咽了下去。肠胃里的不安感并没有消失。

她又倒了点儿苦艾酒，我趁机与艾达和弗洛伦斯交换了一下眼神。至少她们看起来和我一样困惑。“埃尔玛，你可能已经知道这件事了。”海伦继续说着。

“不知道，你继续说。”

“上次雷纳德他们打牌的时候，沃金州长提到了火箭事故的事。”我们等着她继续说。她将几块冰块扔进罐里，拿起银勺搅拌，“联邦调查局正在调查莱纳德·弗兰纳里是否与此有关。”

我放下马提尼酒，“他们问过我了。”

冰块与罐子碰撞的叮当声慢了下来，海伦停止搅拌，转身盯着我，“他们？”

“联邦调查局的人。几周前，他们把我和莱纳德从中性浮力池的模拟中叫了出来。他们问了一堆蠢问题，关于他能否从火箭内部导致那次事故。我告诉他们，他做不到，也不可能参与其中。”

“嗯，显然他们掌握的证人说他可以。”海伦用勺子敲了敲玻璃，放在了一边。

“瞎扯。”弗洛伦斯从沙发上坐了起来，“谁？”

海伦耸了耸肩，“雷纳德没有想到去问。”

而纳撒尼尔根本没想告诉我谈话的内容。“他们问我的时候，说有人举报了那次对话。一个证人。所以……是船上的人。对吗？”

艾达轻声咒骂，走到边上，“最好赶紧喝完那杯马提尼，因为我看得出，我不会喜欢这次谈话的走向。”

我坐进一张扶手椅，“雷纳德还说了什么？”

海伦专心致志地把马提尼酒倒进酒杯里，皱起了眉头，“显然，沃金州长担心FBI这件事传出去，国会可能会把莱纳德撤下来。”她放下酒壶，转身对着房间，“还有弗洛伦斯。”

“什么?!”我们几乎异口同声，周围响起各种各样的咒骂声。弗洛伦斯的威士忌和苏打水洒出了杯子边缘。

她一边用鸡尾酒餐巾擦拭，一边说：“凭什么?”

“你们俩都是有色人种协进会的成员，那些登船的人也是。”海伦摇了摇头，走到我们中间。

艾达跟在她身后，“我也是，大多数有色人种宇航员都是。”

“他们也问了飞行员的情况。”我把马提尼放在手提包旁边的桌子上，“好吧，就让我们来解决这个问题吧。”

艾达喝了一大口马提尼，以宇航员在太空中遇到问题时常问的问题作为回应，“好啊。接下来又是什么要置我们于死地?”

“我要杀人了，这是肯定的。”弗洛伦斯坐回沙发上，“不过我猜测问题之一是我的嘴。”

“舆论。”海伦在弗洛伦斯旁边的沙发上坐了下来，“那玩意儿会害死我们。”

它已经杀死了海伦进入火星任务的机会。我伸手拿包，翻出了我的记事本，“好，舆论。还有什么?”

“谎言。”弗洛伦斯摇了摇头，“我们需要弄清楚谁在莱纳德的事情上撒了谎。”

我潦草地记下了这一点，我们开始罗列所有可能出错的事情。接着海伦调了更多的马提尼酒，我们开始寻找解决方案。

直到午夜后我才回家，但纳撒尼尔还没睡。应该说，他正醒着看书。他把所有的枕头垫在背后，坐在我们的折叠床上，腿上盖着一条床单。琥珀色的灯光下，他淡金色的头发垂在胸前，就像日落时分的云彩一样。他抬起头来，笑了笑。

"我对你很生气。"这可能是我第三次喝完马提尼酒说胡话了，我把手提包放在厨房的桌子上，踢掉鞋子，穿着丝袜站在新地毯上。地毯非常柔软。但这植绒的东方瑰宝并没有减少我的怒气。"或者说是恼怒。"

他坐了起来，把书放在一边，"为什么？"

"因为你没有告诉我FBI、莱纳德和弗洛伦斯的事。"

"哦。"他掀开床单。床单下，他没有穿睡衣。有意思，但这不能让我从主要问题上分心。纳撒尼尔得意扬扬地、全裸地站着，"这就是海伦邀请你去的原因吗？"

"我们现在讨论的是你为什么不告诉我。"

纳撒尼尔叹了口气，微微耸了耸肩，"什么时候？"

"什么什么时候？"

"我该什么时候告诉你？"他伸手捋了捋头发，结果卡住了，仿佛是重力迫使他在轨道上停了下来，"你回家晚。我还没醒你就走了。难道在工作的时候告诉你吗？"

"今早你醒之前我没有离开。我们一起去了犹太教堂。还吃了午饭！今天去海伦家之前，我们大部分时间都在一起。”

“是的，请原谅我只想和妻子一起度过一天，不谈论工作。”

我惊得后退一步，“我们一直在谈工作。”

纳撒尼尔又叹了口气，用手捂住脸。“我知道。”他拿开手时，肩膀已经垂了下去，“事实是，到了周末，我就忘了这回事。”

“你忘了。你忘了联邦调查局正在调查我的两个队友？”

“是的。”他俯身从客厅的椅背上拿起他的睡袍，“不管你信不信，比起牌局里的闲谈，我心里还有别的事。”

“这不只是……”

“我知道！我没有不当回事。我告诉了克莱蒙斯。行了吧？”他套上睡袍，把腰带拉得很紧，一定很疼。“海伦的事已经让你很难过了。我不想让你感到更加内疚。”

我惊讶得合不拢嘴，“内疚？莱纳德和弗洛伦斯又不是我害的。我为什么会内疚？”

“你是犹太人。你是南方人。光是活着，你就感到内疚了。”

我哼了一声，“好。好。我承认这点。就这一点。”

他坐到椅子上，手肘撑着扶手。“好吧，感谢上帝你能那么想。”纳撒尼尔抬头看着我，头歪向一边，“你看，埃尔玛。对此，你无能为力，所以——”

“哈！”

他突然坐直：“你有什么打算？”

我用脚尖在地毯上画了一个圈。这真的是一块漂亮的地毯。也许我应该在喝完第二杯马提尼的时候就停下来的。“也许我也应该保留一些自己的秘密。”

“这不是一个……知道吗？随便你。”他双手在空气中挥了挥，“打桥牌谁赢了？”

“我们没有打桥牌。”

纳撒尼尔盯着我看。他以前在面对一个在概念设计中，不考虑阻力系数的工程师时，也露出过这种表情。记忆中，唯一一次被这种平淡而略带委屈的表情所吸引，是我把他的燕尾服衬衫洗成粉红色的时候。(是的，我应该把它送去洗衣店，但当时我们刚结婚，我想省点儿钱。)他盯着我的眼神虽然和妈妈的眼神不同，但也很接近了。

我清了清嗓子，“你是真的想知道，还是只是想在知道以后打消我的念头？”

他眨了眨眼，三到四次，“什么——”

纳撒尼尔摇了摇头，站了起来，在房间里走来走去，最后回到他一直坐着的椅子那里。纳撒尼尔双手撑在椅背上，全身的重量都压在上面，“我什么时候——曾经——妨碍过你想做的事？”

热量在我的脸上释放，就像分离时喷射的火箭。他不会。从来不会。即使是我想离开他三年、去火星上撒欢儿的时候也没有阻止。“对不起。”

“我们在争什么？”

“我不——”我坐下来。坐在茶几上,在沙发前,但此时我并不在意这种事。“我不知道。我只是希望你告诉了我。”

窗外,一辆辆夜间有轨电车从铁轨上辚辚而过。我盯着自己的手,双手紧握。指关节因压力而变白。我不应该喝那第三杯马提尼。

“对不起,我没有告诉你。”

我不清楚他是在道歉,还是只是在后悔做了引我们争论的事情。逼问此事似乎并不明智。

我叹了口气,想发泄一下紧张的情绪,“你说的没错。我和你在一起的时间太短了。”

“我知道你的日程表。”房间的另一头传来布料的沙沙声,他在撑着椅背挪动,“也知道除此之外,你还有很多课要补。”

“克莱蒙斯怎么说?”

“说不可能替换莱纳德。说他真的写了一本关于火星地质和着陆点的书。”

“但弗洛伦斯不一定。”

他又动了动。房里一片寂静,连有轨电车的声音都没有了。

我的脚趾抠进地毯上复杂的图案里,“她甚至都不在火箭上。”

“她对IAC的不平等现象非常直言不讳。”纳撒尼尔清了清嗓子,“早就有人抱怨。”

我抬起头来。我和她相处得并不融洽,但除了纳撒尼尔,我从来没有向任何人表达过这一点,“你不会——”

他气冲冲的，“你，到底，以为你嫁了个什么人？”

“对不起。”

纳撒尼尔仰起头，盯着天花板，刻意地缓缓吸了一口气。呼气时他抿着嘴唇，像克莱蒙斯的烟圈一样。“埃尔玛，我不会和别人分享我们的私人谈话。”

“你跟医生说过。”

“没有。”他的目光猛然看向我，“我他妈倒是想，但我，没，有。我们对彼此的誓言？还记得吗？我把你的身体症状告诉了医生，仅此而已。你和弗洛伦斯不和的事？拜托。”

“我很抱歉。”这句话的力量紧紧攫住了我，我的头垂下来，靠在膝盖上。我双手抱着头说：“对不起。”

在我双臂的束缚之外，纳撒尼尔的脚在地毯上摩擦。片刻后，他的手压在了我的背上。他亲吻了我的头，“你为什么生我的气？”

因为我可以对你生气。我咬紧牙关抵抗这个想法，但它已经发生了。“因为，因为……”*你在这里*。“因为我感到无助。”

他的鼻息搅动我颈间的头发，“我也是。”

“我很抱歉。”

“你已经说过了。”

我咯咯地笑了，我借此坐了起来。我需要擦眼睛，还好我没有流鼻涕，“嗯，我说过。我不应该拿你出气。”

“我也应该找时间告诉你。”他阴沉着脸，看向一边，“我忘了你对这些事情有多在意，这太蠢了——不是说你介意，是说我忘记了。”

我跟着他的思路走，“什么事？”

“不公正。”他盘腿坐在地毯上，抬头看着我，“那你们都想到了什么？我们能做些什么呢？”

我有没有说过，嫁给这个男人我是多么幸运？睡袍敞开着，露出了他大部分的胸膛，还有整条小腿。我伸出手抚摸着他的脸颊，“我们有一个想法。但是——哦。”这才是我生气的真正原因。

纳撒尼尔扬起眉毛，表达自己的疑惑。

“我意识到我为什么生气了……”我的治疗师会很自豪的：我想明白了，即使喝了三杯马提尼酒。“我生气是因为我对我所求的事情感到愧疚。”

他眯起眼睛，但他忍住了没开口，给了我说话的空间。

“IAC在美国领土上，”我吞了吞口水，“‘卢内塔’不在。”

他盯着我看了好一会儿，我看得出他的思维轨迹正慢慢赶上我的跳跃，因为他的脸慢慢失去了颜色。“妈的。你们所有人？”

我点了点头。在我们到达之前，海伦就已经想明白了。唯一能确保弗洛伦斯和莱纳德不陷入联邦调查局和国会无休止的会议中的方法，就是让他们离开那个管辖区。离发射只有六个月的时间，克莱蒙斯可以提出预算案，指出一旦替换队员，任务必须推迟一年半，同时会造成成本严重超支。但如果克莱蒙斯只派莱纳德和弗洛伦斯去“卢内塔”，我们就无法继续以团队进行训练，而且这么做的动机也显而易见。整个第一火星探险队都得去。

“海伦觉得我作为宇航员夫人，必须在那里‘引导舆论’，关于我们在空间站的原因。”

纳撒尼尔叹息着后仰倒向地毯——只是他忘了折叠床已经放了下来，他的头撞在了钢架上。“咚！”

他蜷缩着身子，摸着后脑勺，“该死的。”

我跪在他身边，不记得是怎么跨越了我们之间的距离。“你没事吧？”

“还好。”他拿开手，看了看。没有血迹。“只是傻了。”

“我去拿点儿冰块。”

“我没事儿。”

“我去拿点儿冰块。”我站在一旁，一直盯着他，仿佛他的头随时可能朝地毯上喷血，“你那里会肿起来。”

他叹了口气，坐了起来，双腿张开，睡袍什么也遮不住了——没错，即使在这种时候，我也会注意到我丈夫的身体。纳撒尼尔用一只手探了探后脑勺，“我很好。”

他是个出色的火箭科学家，但有时却蠢得厉害。公寓很小，走到冰箱面前只需要片刻，我拉出冰盒。冰冷的金属刺痛我的皮肤，我抓住把手，拽着它把盒子里的冰敲碎。我拿起一条干净的厨房毛巾，把冰块倒进毛巾里。

“你会回家吗？”

“什么?”我转过身,一手拿着毛巾。

“没什么。”他闭上眼睛,还在揉着后脑勺那个地方。他喘了口气,“去了火星之后,你还会回家吗?”

“会。”这是什么问题。他难道以为我会永远留在火星上吗?

他笑得很苦涩,可能只是因为他头上的撞伤。我们都假装是这样。“那就好。”

我绕过厨房的桌子,跪下来把冰块递给他,“给你。”

“我没事。”不过他还是接过冰块,把湿漉漉的布抵在脑后。

“看?”我坐在地上,靠着他,“我必须回家,因为必须有人阻止你成为一个白痴。”

他笑了,搂着我的肩膀把我拉近,“海伦有计划吗?需要我去推动‘卢内塔’计划吗?”

我点了点头,我的头滑过他的丝质睡袍,“对不起。”

“我也是。”他吻了一下我的头顶,“但我无论如何都会做的。”

第十章

火星探险队员赴太空训练

堪萨斯州堪萨斯城1962年7月18日电　三个月后，美国中部夏令时上午9点32分，几个世纪来的梦想和近十年的技术积淀汇集成火光四射、震耳欲聋的瞬间。十四名代表联合国的宇航员将被发射至火星，这是人类首次登陆这个星球。

漫长的火星之旅将历时三年，其往返旅程准备工作正按计划顺利进行。在39A发射台上，火星探险队的指挥官斯泰森·帕克上校和他的队员们正准备点火起飞，继续他们在“卢内塔”空间站及火星舰队中的训练，这样他们就可以不受世俗干扰地完成三千四百万英里任务的准备工作。

我们一抵达空间站，我就开始认真思索，为什么一直以来的计划不是这样。我的意思是，为什么我们明明可以在实际的零重力环境下练习，却要把我们放在中性浮力池里模拟零重力？好吧，我的意思是，除了在太空中更容易死这个明显的事实以外。但除此之外，一切都变得简单了。

我把我的六分仪对准了窗外真正的星星，开始观测。即使在流星坠落前，地球大气层也会掩盖微小的颜色差异，但现在它们在天鹅绒般的黑夜中闪烁，形成晶莹的奇观。太空中可见的行星，在数量上比地球上最好的天文台都要多成千上万个，但是从茫茫星海中挑选出某一颗星星的工作，在这里却变得更加容易。

我记录下摇光和角宿一，降低转速找到地球，然后，电光石火之间，我找到了确认状态矢量需要的坐标。我潦草地记下了答案。正0771145，正2085346，负0116167，负15115，正04514，负19587。“完成！”

在我身后，帕克摁了一下秒表，“目前的最佳纪录。”

某个飘在我们身后的观察员发出了一声嗤笑。即使还没听见他独有的南非腔，我也能确定那一定是范德比尔特·德比。“她可以随便写一个背好的坐标，你也会相信的。”

“平塔号”的导航计算师海蒂·沃格利啪的一声合上了笔记本，“拜托，德比。你知道的可不止这些。”

她掏出一块亚麻手帕，擦拭她那精工细作的瑞士六分仪。我承认我有些羡慕这个精美的不锈钢奇迹。它有一个内置笔槽，一个可折叠秒表，你可以用秒表来记录每次用的时间，支撑臂上的雕刻尽管完全是多余的，却非常好看。

“是的，但我只是想说，没有人能检查，你们任何一个人都可以作弊，我们不会知道。”

脱离束脚器后，我转身给了他一个我母亲独有的冷漠而礼貌的眼神，“我以为我练习的是一项能让我的团队活下去的技能。作弊是我从没想过的事情。为什么……不知道你为什么会这么想？”

从他脸颊上浮现的红晕来看，我可能有点儿太过强调“你”这个字了。

本科斯基单手拍了拍副驾驶的肩膀，“你认识约克的时间没有我长。我们不检查她的答案，是有非常正当的理由的。”

“昂，昂……宇航员夫人嘛。”[①]德比笑了笑，微微鞠躬，“我知道。我知道……我只是天生好胜。没别的意思。”

海蒂轻挑眉毛，正好迎上我的目光。如果德比总是这么质疑海蒂，那和他共事一定乐趣多多，而且他们还要共事三年。突然间，我对帕克有了新的认识，他从来不会在我的专业领域质疑我。

我推离墙面，飘到尼那组上方，“下一个该谁了？”

“格雷。”帕克朝弗洛伦斯挥了一下手，“来吧。”

理论上，我们都需要精通六分仪的使用方法，以防我或海蒂出事。

但这种做法意味着帕克把弗洛伦斯拉进了德比的焦点范围内，德

① 此处德比有方音。

比一向厌恶她的存在，特别是她在任务中的存在。两支队伍一起在太空生活了三个月后，我对平塔队的了解比我们在地球上进行平行训练时更多了。

德比是典型的南非人，他对种族隔离的意义深信不疑。他也在那艘偏离航线的火箭上，我敢打赌，他就是那个向FBI撒谎的人。所以帕克建议弗洛伦斯现在上天，要么是对她高标准严要求，要么就是在打德比的脸。其实……根据我对他的了解，可能两者都有。

弗洛伦斯从我们这队人身后飘了出来，她和莱纳德一直在那里看着。她紧咬牙关，目光一直盯着我刚刚锚定的轨道。我拿出我的六分仪。弗洛伦斯点头接了过去。

本科斯基与帕克交换了一个眼神。我猜不到他们互相传递了什么信息，但帕克转向了德比，“那么……不如下一个你上。”

德比点了点头，但仍然用南非荷兰语小声嘟囔着。“逗后院猴子呢。”[①]

帕克脚尖一踮，跃过整个房间，无比精准地落在德比面前。他的声音干脆利落，同样精准无比，“我认为这很不礼貌。再让我听见一次，就让你永久禁飞。”[②]

德比往后一缩，动作过大，滑稽地扭动着身子向后飞去。本科斯基伸出一只手去纠正副驾驶的动作，对着帕克摇了摇头，“天啊。现

① 原文为南非荷兰语。

② 原文为南非荷兰语。

在南非荷兰语也会了?"

"我喜欢语言。我能说什么呢?"帕克耸了耸肩,又变回了美国公众看到的那个引人注目、傻里傻气、唧哇乱叫的宇航员英雄。

海蒂笑了笑,把六分仪递给德比。"会多少种?"[1]

帕克把头歪向一边,手指抖动着,仿佛在计算着什么,"十一? 不,十二种。实际上,我只使用其中的六七种。"[2]

海蒂又笑了,不难理解为什么瑞士会选海蒂作为他们太空计划的代表。完美的牙齿,天鹅曲线的脖子,一头金色发辫。"只有六七种,他说。"

德比一边钩住弗洛伦斯旁边的束脚器,一边忙着摆弄海蒂的六分仪,"你掌握南非语多久了?"

"从你被分配到火星探险队的那一刻起就开始学了。"

"受宠若惊。"德比说。

"哎,这是我唯一还没学会的语言。"帕克耸了耸肩,"当然我无缘无故学会了闽南语。"

他这么直言不讳地提起海伦倒是吓了我一跳。"可是你学过意第绪语吗?"

"意第绪语,不是犹太西班牙语吗? 我以为你们家是查尔斯顿的。"

① 原文为德语。

② 原文为德语。

我对他眨了眨眼睛，同时我的大脑在为究竟哪一部分最令人惊讶而挣扎。是帕克知道我家人来自哪里这件事吗？是他知道查尔斯顿大部分是南欧系犹太人，而不是德系犹太人这件事吗？还是他知道不是所有的犹太人都说同样的语言这件事呢？“嗯……没错。十八世纪时从德国过来的。你是怎么知道的……”我不知道我该回答他的哪个问题。

“我丈母娘是犹太人。西班牙裔，是从荷兰……”他瞥了我一眼，脸上浮现出怒容，瞬间又被笑容掩盖了，“入境的。”

帕克离开了，在我头顶上做了个华丽的空翻，干净利落地落在观测室的门边，贝蒂正在那里管理我们的报告池。天啊——该死的。他们来早了。帕克把脚钩在其中一条导轨下，即使是在零重力的情况下，也像模像样地模仿着军人在阅兵式上稍息的样子。在我周围，十二名宇航员都露出了标准微笑。

你可能会认为，远在地球之外，我已经逃离了媒体的影响范围。你错了。每一个在火星探险中投入了资金的国家都希望得到消息。纳撒尼尔和克莱蒙斯为了让我们离开地球而耍的把戏，帮我们逃过了国会听证会，但却没有切断让钱流向IAC库房的需要。我甚至不想知道怎样才能让记者获得太空旅行的资格认证。

我去和帕克汇合，一起迎接记者团，希望能给团队里的其他人喘息的空间，让他们继续练习使用六分仪。毕竟，充当门面是我加入任务的原因。

贝蒂身后跟了一队人，排在队伍前头的是欢乐中的欢乐——《泰晤士报》的摄影师杰瑞。也许我可以让他用打孔卡给帕克拍张照。贝蒂在原地转了一圈，按照要求露出微笑。我们为公众笑了那么多次。“哦，天啊！太幸运了。能允许我介绍一下进入太空的第一人，斯泰森·帕克上校吗？”当她向他示意，帕克笑着挥挥手。“当然，还有埃尔玛·约克博士——更广为人知的称谓是宇航员夫人。”

微笑着挥手。微——笑着挥手。

我的工作是让太空看起来尽可能迷人和有趣。这事儿可不容易，因为至少有两个记者面露菜色，带有太空症的早期迹象。看我这运气，他们中的一个可能会把呕吐归咎于“太空病菌”，而不是老套的晕眩。我拍了拍飞行服上的口袋，摸到了呕吐袋令人心安的褶皱，“欢迎来到‘卢内塔’！”

“很高兴你们能加入我们。”帕克对这种套话早就了如指掌，“希望你们一路平安无事。”

“贝蒂，这些工作人员接下来有什么安排？”

“我原本觉得，在行李卸货期间，他们可能想到观测室看看，不过我没想到你们都在这里。”这不是真的，因为我们在周一上午的员工会议上讨论过这次旅行。这个小练习是为了让他们以为这场盛大演出是自然而真实的。人们的反应很有趣。

“我们正在练习使用六分仪，不过欢迎你们来观看。”帕克转身指了指窗口，弗洛伦斯正在那里工作，“我们准备加点儿料，把它变成一场比赛。”

那么问题来了：帕克是故意让弗洛伦斯成为被拍摄对象的，还是说这只是个意外？这很难说，但我很高兴她现在就成为关注的焦点。尤其是地球上传来发射中心静坐抗议消息的时候。

“听起来很有趣，但这不是我答应你们的时候讲好的拍摄场景。对不起，各位。”贝蒂的卷发自由地摆动着，仿佛在水下一般，“如果你们有人想回宿舍，工作人员可以直接护送你们过去。”

如果她说“现金酒吧”，那么我们可能会失去一些记者，但只要不是酒吧，他们都不会冒着损失独家报道的风险离开。她知道这一点。他们都已经把相机准备就绪，在四处拍照了。

“好吧，那我们就回到比赛。”帕克一推，我跟着他回到了“尼那号”那组宇航员旁边。他停了下来，这次他倒挂着。你可能认为“上”和“下”在这里毫无意义，但我们倾向于以同一个方向定位，因为在地球上，我们还是在重力影响下训练的。工程师们也在重力影响下装标签。因为重力，所以灯光在“头顶”。另外还有一个好处，就是更容易阅读面部表情。我们这里没有重力，但我们有“上”和“下”。

我看了看他，“你想让他们晕头转向吗？”

“我想为记者团提供一个生动的摄影瞬间。”

我们的医师卡米拉·沙蒙翻了个白眼，“我向上帝发誓，如果你放屁，我就点燃它。”

“那可真是糟糕的推进剂。”帕克拿出他的秒表，“好吧。他们的目标任务是什么，本科斯基？”

平塔队的宇航员摇了摇头，“约克，上一轮你赢了。你来选。”

“好主意。她可以回去给顶层楼座的看客们做解说。”帕克点了点头，满怀期待地盯着我，倒挂着。

我思索了一会儿，“那就用天津四和毕宿五来指导‘卢内塔’的状态矢量吧。”

他们计算的时候，我蹬了一下回到拍照的记者团旁边。或者说，试图拍照。他们中的大多数人忘了锚定自己的位置，有一个人显然还没有学会反向动作，导致他不仅自由地飘浮着，而且还在打转。我抓过那个身材魁梧的金发男子，帮他安顿好。

我把一只手放在记者身上，对其余人笑了笑，“有什么问题需要我回答吗？”

一个有着电影明星般黑发的记者举起了手，“我是贾斯蒂诺·科罗内尔，来自《圣保罗报》。我们现在在干什么？”

“问得好。”我指了指门右边那一整墙的窗户，“沿着这边的导轨，我们就能看到了。我们大约每九十分钟绕地球一圈，但由于不是沿着黄道运行，所以每转一圈，我们看到的地球都略有不同。”

我脚尖一踢飞到窗前，再从窗户上反弹回来面向他们。

“这么做安全吗？”《泰晤士报》的记者有些畏缩。

“绝对安全。”除非有陨石经过，但没必要吓他们。我紧握把手锚定自己，“每扇窗户有四层玻璃，每层玻璃厚三厘米。所以你和外太空之间有十二厘米的距离。就算在地球上,一个体重九十一公斤的人也可以站在这上面,跳上跳下都没问题。在零重力条件下,我的体重明显低于这个数字。”

《泰晤士报》的记者举起相机,仿佛控制不住自己,“这是为了防备流星吗?”

“撞上别人的午餐盒的可能性更大。”我笑了,又一次。地球呈现一片绚丽的蓝色和银灰色,我低头看着它从我们旁边旋转而过。棕色或绿色的土地像藏着秘密似的,透过云层时隐时现。“我们现在在非洲上空。”

一个瘦高的金发男子挤到队伍前面。“故乡!”他浓重的口音说明他来自非洲的最南端。他举起相机,开始拍照,“能让范德比尔特·德比站在南非前面吗?”

“等他结束,恐怕我们已经绕过南非了。”我看了看弗洛伦斯和德比正在计算的星群,“不过,我们下一次环轨应该还在陆地上空。”

“唉。”记者直起身子,这导致他身体倾斜,离开了窗户。

我抓住他的脚,把他引到栏杆上,“小心。在你习惯零重力环境以前,确保你总有一只手抓着什么东西。”

“你花了多长时间来适应?”巴西记者一只手抓着栏杆,用另一只手稳住相机。

我耸了耸肩,“到第二、第三天,我已经相当适应了,但每个人的情况都不一样。”我指了指那群宇航员,“比如,‘平塔号’的地质学家格雷厄姆·斯图曼,在进入地质学领域之前,是一名奥运会跳水运动员。他进入太空如鱼得水。'平塔号'宇航员德里克·本科斯基,在空军服役时跳过伞,那段经历似乎堪比失重。"

"那另一位地质学家呢?"那个南非记者举起相机对着队伍,调整了一下焦距,但没有拍照。

"弗兰纳里博士属于平均水平。虽然,IAC考察火星探险队候选人的标准之一,事实上就是我们对太空症的适应能力。"

他们所有人猛然转头朝我看过来。其中一个面露菜色的人咯咯直笑,吞咽了一下,大家都听见了。"太空症?类似事故火箭上那些宇航员得的病?"

有时候,想不嘲笑别人真的很难,但说实话,记者不是应该更了解情况吗?"如果你想到的是某种微生物,这里没有那种东西。宇航员遇到的问题是内耳前庭系统紊乱。这很恼火,但没有危险。把它想象成晕船就行。"

大部分记者不约而同地把相机换成了纸本,认真地记录下来。那可能会被解读成"埃尔玛·约克说太空症就像晕船"这样的话。也可能会更糟糕。

"说到事故的火箭,考虑到莱纳德·弗兰纳里正因'天鹅座14号'火箭事故而接受调查,您能否接受他继续参与远征?"又是那个南非来的记者。

常年焦虑让我即使在心跳加速的时候,也能显得很平静,也能保持微笑。虽然这一次是因为愤怒。“莱纳德当时和我一样，都在火箭里，不可能和事故有任何关系。所以，他加入队伍，我完全接受。除此以外，他还真的写了一本关于火星地貌的书。”

“那他的EVA呢？”

我眨了眨眼，这似乎是我受惊吓时的表现。我又眨了眨眼，“什么？”

“据知情人士透露，莱纳德·弗兰纳里在‘天鹅座14号’火箭返回地球的前一天早上，进行了一次EVA练习。他有没有可能趁机破坏飞船呢？”

“据‘知情人士’透露？”这场闹剧唯一的好处是，它缩小了我们对FBI证人的怀疑范围。如果他们和南非记者有共同的消息来源，那么理所当然，南非的宇航员就是这个连接点。

范德比尔特·德比。他和我将会有一次非常有趣的谈话。

第十一章

他们是什么样的人？
——走近火星探险队队员

《时代周刊》1962年7月19日电 斯泰森·帕克上校走进房间，他有着一米八的匀称身材，套着一件保守的格子运动夹克，给人一种精明能干、温文尔雅的印象。他原本浓密的金发修剪得很短，经过修剪，坚实的下巴显得更加突出。他的歪嘴笑表明他意识到自己是历史性人物，并努力想让人们记住他只是一个普通人。人们很容易被他太空第一人的角色所蒙蔽，而忘记了在这迷人的外表下，他是一位经验丰富的战斗机飞行员，在第二次世界大战中执行了八十多次飞行任务。

一整天，我都想趁其他人不在的时候逮住德比，但我有足够的时间冷静下来,意识到我应该先跟弗洛伦斯和莱纳德谈谈。莱纳德在他的实验室里,正在做……某种实验。实验室里有石头。还有一个钻头。总之,我去找了弗洛伦斯,她在健身房里,靠着“卢内塔”这个旋转甜甜圈产生的温柔离心力,在跑步机上跑着步。

我走过微微弯曲的地板,经过举重机上的泰鲁扎斯,和固定自行车上的拉斐尔。“卢内塔”上的部分常规工作人员也在这里,他们穿着联合国发的运动服。一名记者无精打采地缩在角落里,给正在做俯卧撑的德比拍照。

弗洛伦斯肩上披着一条毛巾,边跑边擦着脸。即使“卢内塔”的旋转部分能产生人造重力,汗水也难以像在地球上那样迅速滴落。

她微微点了一下头,表明她看到了我,但还是继续跑着步。

“能打断你一下吗?“我看了看其他人,似乎没有人注意我们在说话,“我有一个通信问题需要你帮忙,是针对下次模拟的。”

弗洛伦斯擦了把脸,“我还要再跑二十分钟。”

我点了点头,快速瞥了德比一眼,确保他还在跟记者炫耀,“好的。我在实验室里和莱纳德一起研究东西。你空了来找我吧。”

她顺着我的目光看去,挑起眉毛。弗洛伦斯抿了抿嘴,点点头,“我会来的。”

我走进实验室时,莱纳德·弗兰纳里博士看上去完全是一副疯狂科学家的样子。他穿了一件白色实验服,戴着护目镜和耳罩。在护目镜上，还架着一副放大镜，这使他的眼睛几乎消失在弧形镜片后面。不管他研究的是什么，总之那玩意儿发出尖叫，还迸出火花。顺便说一下，这就是我们不再在太空中使用纯氧的原因之一，嗯……另外，长期接触纯氧有中毒的危险。

我走进实验室时，莱纳德抬起头来，啪的一声按下奇怪装置上的关闭按钮，微笑着说："约克！我能为你做什么？"

我等着他滑下耳罩，将它挂在脖子上，看着像打了一条奇怪的领带。"有些事我想和你谈谈，但我想等弗洛伦斯到了再说。"

"关于？"

"FBI。"

他的脸色变得灰暗。他把护目镜滑到头顶，用实验桌上的抹布擦了擦手，"我去把事情停了。"

我举起我的文件夹，耸了耸肩，"我带了些东西来做。她说还要二十分钟左右。"

"好吧，二十分钟内我什么正经事都干不了。"他把抹布扔回桌上，"这事还没完了，是吧？"

"我不知道。"

莱纳德取下脖子上的耳罩，把它们夹回工具架。接着把两副护目镜也放上去，他才又把注意力转移到桌上的装置上。

"你在研究什么？"我在试验台旁边的一张凳子上坐下。

"测试新的岩心取样器。"他把机器从刚钻的岩石孔里退了出来，

"我不大喜欢。它花样太多,钻出的洞也不算干净。但我猜有公司想让我们用这玩意儿,而他们又是任务某方面的赞助人。你知道是怎么一回事。'我们的钻头在火星上用过!'"

我哼了一声,"是啊,有人想让我考察的时候带上他们的口红。"

"你在开玩笑吧。"他一手拿着钻头停了下来,然后摇了摇头,"算了,我知道你是说真的。"

我身后,弗洛伦斯问道:"什么说真的?"

我转向她,"有人请你把化妆品带到火星去吗?"

弗洛伦斯已经换下了运动服,但她的头发还挽着一个紧紧的发髻。她翻了个白眼,"直发器。好像我要在太空中使用软化头发的碱液似的。即使在有引力固定的情况下,直发器都够烫够危险的。"

"等等——你用碱液来拉直头发?"

弗洛伦斯挥了挥手,仿佛要把我的问题从空气中挥开,"我提前停止了跑步。你猜为什么?"

"好吧。"我把文件夹放在实验台上,吸了一口气。在成为宇航员之前,我可能会拐弯抹角,慢慢来,顾左右而言他地表达我的观点。现在呢?我不会在任何事情上浪费我队友的时间,只会告诉他们解决问题所需的信息。"那个南非记者……他提到了知情人士。FBI的探员也提到了。所以……我在想会不会是德比。"

"当然是他。"弗洛伦斯在一张凳子上坐下,把一个挤水袋放在实验台上,"你想说的就是这些吗?"

“嗯……我们要怎么应对呢?”

莱纳德和弗洛伦斯交换了一下眼神。他摇了摇头,“就做我现在做的事情。埋头做事,尽量不惹麻烦。”

“但是——但是他在胡编乱造,比如……比如记者说你在火箭离开之前去做了一次EVA。”

“我确实去了。”

我惊掉了下巴。

莱纳德揉了揉额头,“听着,我跟FBI说了这件事,马洛夫当时是和我一起进行的EVA,他们和马洛夫还有任务控制中心确认过,我们根本没有靠近火箭。”

“很好。”我试图让他们明白现在的情形,“但德比想把你们踢出任务组。”

“我们知道。”弗洛伦斯叹了口气,“这就是我们有意不待在一起——或者说不和卡米拉、泰鲁扎斯在一起的原因。我们不想让他觉得‘黑人’在串通一气。”

“所以,我们该和任务控制中心谈谈,然后——”

“不!”莱纳德直起身子,“看在万能的上帝的分儿上,不要和任务控制中心说。出了FBI这摊子事以后,我好不容易才说服克莱蒙斯让我留下来,我可不想在这个当口儿找麻烦。”

我转向弗洛伦斯寻求支持,她对我摇了摇头,“我知道你是好意,但他说的没错。你知道我是个有什么不满就会直言不讳的人,但我也不可能就这么去找任务控制中心。”

我跌坐在凳子上。我们一定能做点儿什么。他们现在说的话，听起来就像海伦当初因为IAC想派我代替她而同意退出任务时给我的理由。就这一点来说，这和母亲总是告诉我要保持安静和保持礼貌的原因也差不了多少。作为一个年轻的犹太女性，我不能给别人任何理由注意我。我紧咬嘴唇，“如果……如果我们能重述这件事，让它与你们无关呢？有没有办法让我利用宇航员夫人的身份，指出德比才是问题所在呢？我的意思是……我可以去找麻烦。他们不会把我怎么样。”

莱纳德头歪向一边，眯着眼睛，像试图看透铅板的超人一样。然后他摇了摇头，直起身子，“不行。这么做的话，问题最终还是会回到我身上。你想帮忙，我很感激，但我希望你不要干涉。等我们出发了，德比就会在另一条船上，那时候就无所谓了。”

弗洛伦斯阴郁地笑了笑，“这是种族隔离唯一对我们有利的一次。”在我疑惑的目光中，她耸了耸肩，“你不知道吗？我们是在隔离而又平等的船上。”

生活在流星时代的一个意想不到的好处是，随着卫星的出现，电话服务得到了极大的改善。电话公司不再需要在美国全境布线，也不需要将跨越大西洋的超长电缆拖入海底。取而代之的是，无线电天线将信号发射到太空中，卫星捕捉到信号后，再将信号发射到地球另一个地方的天线上。

开发这项技术是为了让我们在奔月途中与地球保持通信，后来为了与“卢内塔”通信做了改进，又进一步为火星探险通信做了改进。所有这些都意味着，尽管是在轨道平台上，我还是可以和我的丈夫通话，每周一次。

我把自己拴在“卢内塔”通信舱的一个小隔间里。这个舱室悬挂在空间站其中一个失重悬臂上，仿佛由天线组成的藤壶。我把耳机从小隔间一侧的夹子里拉出来，尽量避免听到小房间里的其他对话。另外四部公用电话正由两名“卢内塔”航天员、一名记者和一名准备前往月球的矿工使用。

我戴好耳机，微弱的静电声响起，其他对话声变小了。我切换线路，让接线员知道我在电话这头，等待她的声音打破静默。这回接线的，是个英国人，“请问是什么号码？”

“堪萨斯西部6–5309。”这是纳撒尼尔办公室的电话，因为现在堪萨斯州还是午后。

“请稍等。”她连接电话线路时，电话里发出咔嗒声和嗡嗡声，不一会儿就响了。

电话连第一声都没响完。“我是纳撒尼尔·约克。”

“你好，帅哥。”

“嗨。”他怎么能把这么多的甜言蜜语融进一个字里？为什么我一听到他的声音就会瞬间软得像果冻？他接工作电话和接我电话时的样子天差地别，就像实用计算尺和小猫之间的差别一样。这可能是我打过的最奇怪的比方，但这是真的。

我拉近话筒，头抵在隔间的墙上，仿佛那是纳撒尼尔的肩膀，“我很想你。”

“是啊……我也是。”办公桌上的风扇在他背后呼呼作响，“上面情况如何？”

这个当口儿，我想告诉他德比的事，还有我和莱纳德、弗洛伦斯的谈话，但我和其他人在一个房间里，而且我们用的是公司的电话线路。“还行。”

我丈夫听出了我的犹豫，我觉得。“只是还行？”

“度日如年。另外，这里还有一大群记者。”就这个。我可以聊这个，“你知道我多喜欢有记者在身边。”

他笑了一下，“我知道。但我得承认，我很高兴能偶尔看到你的照片。”

“至少他们没让我拿着打孔卡摆造型。”

“你在走廊上‘飞’的那张很可爱。”电话里发出沙沙声，他换了个姿势，“你还好吧？”

“老实说，我已经准备好结束训练了。如果不是因为轨道问题，我想德比现在就会带着他的团队出去，试图在我们之前到达火星。”我清了清嗓子，“他是个……有趣的人。”

“哦？”听着我老公的声音，我仿佛可以看到他眉头一皱，以及他思考时在桌上敲击铅笔的样子。“那个,埃尔玛……我不想在我们的私人电话时间里问你工作上的事,但明天什么时候你要不要进行一次电传打字测试?”

感谢他。我一直在想办法做这件事,却想不出来。但嫁给首席工程师,意味着他可以偶尔为我灵活安排时间。然而……如果我告诉他德比的事,他就会有所行动。那我还不如忽略弗洛伦斯和莱纳德,直接广播给任务控制中心。我吐了口气,咬了咬腮帮子肉回答道:“我想我没事。”

“你确定?”

“确定。”我不确定,他也知道,但他无法解决任何困扰我的问题。“我保证,如果我需要做测试,我会告诉你。”

“你说的。”哦,上帝,他的声音是那么的不情愿,我想让他放心,一切都好。而对我来说,确实如此。但对我的队友们来说,就不是那么回事了。

我试着用微笑的感觉说话,转移话题,“你呢?打扑克牌又赢橄榄了?”

“唉,没有。而且上次我恐怕不得不把一罐腌洋葱给了雷纳德。对了,他和海伦还向你问好了。”

“也代我问候他们。这里的大家都很想念海伦。”在过去的一年里,我补上了很多课程,但这并不能弥补她和他们一起训练的时间。或者弥补她受到的不公正待遇。我们之间的线路吱啦作响。有时,渴望与他在一起的想法太过沉重，让我说不出话。这不是渴望本身的错，而是我想说的千言万语都汇成了一句话："我想你。"

"我也想你。"他叹了口气，"哦——下个夏天我要招个实习生。"

"真的吗？我还以为你讨厌实习生呢。怎么突然想招了？"

"他很聪明，也很专注。而且他姑妈是我的妻子。"

我飞快地抬起头，这个动作导致我开始在隔间里打转。我伸出一只手稳住自己，笑了起来，"你个大臭蛋。你怎么不一开始就说？什么时候的事？怎么回事？"

他笑了，一时间，我们之间的氛围暖洋洋的，像太阳出来了似的。"汤米写了一封非常优秀的、极其正式的信——甚至称呼我为约克博士。"

"你怎么知道不是写给我的？"

"哈！重点。信封上写着纳撒尼尔·约克博士，所以我想这就缩小了范围。总之，他正在整理他的大学申请，希望在申请表上有一些实践经验。天文学，他说。所以他在考虑伯克利、怀俄明，还有夏威夷。"

"我会去夏威夷看望他的。"

纳撒尼尔笑了，"我就是这么说的！总之，他要来和我一起住，睡在沙发上。"

我吹了吹口哨，试着想象那幅场景。汤米很可爱，但仍然是十几岁的男孩，我们的公寓小得只容得下两个人。当然，我不会在那里……"所以……那将是一个单身汉公寓。"

“类似的吧。”

“我想到了你俩把袜子到处丢、边看电视边吃晚饭、搞扑克之夜的画面。”

“我心里想的是舞女和雪茄。”

“你不要腐蚀我的侄子，纳撒尼尔·埃兹拉·约克。”我把耳机的绳子缠绕在手上。粗布替代着我的丈夫，冷冷的。“瑞秋已经够让他们操心的了。”

“嗯，我想是的。那方面有什么新消息吗？”

“赫舍尔在给我的最后一封信里说，他们要把她送到寄宿学校去。”我不想把信的全部内容分享给飘浮在其他隔间里的人，虽然这不会像有关火星探险队的谈话那样引人注意。“显然，她从艾斯特姑妈那里偷了一枚戒指，然后卖给了当铺。”

我耳边，纳撒尼尔惊奇地吹起了口哨。

“他们把戒指找回来了，谢天谢地，又把她禁足了，但她偷偷溜出去和那个男孩约会。我不知道她怎么回事……赫舍尔说，多丽丝非常担心，觉得自己作为母亲很失败。”

“她只需要看看汤米就知道这不是真的。”耳机里传来纳撒尼尔叹气时的呼吸声，时刻提醒着我，他跟我之间的距离有多远，“有时候人们会做出莫名其妙的决定，但瑞秋有自己的主见，这些都是她自己的决定。也许寄宿学校会给她空间，让她开始做更好的选择。”

他一定会是个好父亲。我闭上眼睛，把突然涌出的泪水挡在眼皮后面。在零重力状态下哭泣是一件很麻烦的事——眼泪掉不下来，所以它们就在眼睛周围积聚成一个咸咸的半球，阻挡你的视线。“好吧。等汤米到了，你好好照顾他。”

“我会的。”他笑着说，“虽然我已经接到他的指示，让我在他实习期间叫他托马斯。他担心‘汤米’对于一个上大学的年轻人来说，显得太幼稚。”

我抬起胳膊把衬衫的袖口压在眼睛上，袖子吸走了积聚的泪水。三年。三年后，他们都会在哪里？

第十二章

“天鹅座14号”事故疑涉种族主义阴谋

南非约翰内斯堡1962年9月19日电 美国温和派领导人近期愈加相信，一个至少包含二十名成员的有色人种协进会小组组织策划了“天鹅座14号”火箭的事故。据国际航空航天联盟内部消息人士称，部分阴谋者本身就是宇航员。一名国际航空航天联盟的员工匿名表示，自坠毁事件发生以来，黑人宇航员一直受到联邦调查局特工的严密监视。“最让我感到不安的是，”他说，“IAC内部很多人不愿意面对这一事实，一切是有预谋的，这不是一个意外。”

我顺着梯子从寝室滑到“卢内塔”的失重中心，进入围绕空间站的环形空间。从零重力到有重力的过渡并不像回到地球的过程那样艰难。当你从梯子上滑下来时，人变得更重了，有点儿像你待在浴缸里，然后把浴缸里的水都放掉。也许只有我一个人这样尝试过。

总之，我通常会在梯子底部停留片刻，搞清楚自己的方位，然后再离开。但在我去参加周一上午的员工会议的路上，我还没滑到梯子底部就听见了喊叫声。我的脚一蹬橡胶地板，转向会议室。转弯的速度太快了，我不得不伸出一只手抓住梯子稳住自己，因为科里奥利效应[①]会影响我。这就是我们在太空中常说“欲速则不达”的众多原因之一。

“——没有证据证明是我！”德比的声音从会议室里传出来，传到了长长的弯曲的大厅。

帕克应了一声，声音很大，传得很远，但又不足以让我听清。

到底是什么情况？我冲向会议室。在我身后，我听到有人落在梯子的底部。

“不过是报纸上的文章。难道只要和南非有关就都要怪我吗？”

“范，冷静点儿。”我在门边听到了本科斯基轻松的声音，“他不是这个意思。”

房间里已经有几位宇航员了，他们端着咖啡杯，吃着运来的甜甜圈。帕克站在桌子一头，双手撑在简报的两边。

他的脸涨得通红，脖子上青筋鼓起，但他的声音却控制得很好。“我的意思是，这个，”他向前滑动了一页，“其他类似的新闻报道会导致任务被取消或推后，鉴于目前的经济形势，两者是一个意思。”

---

① 由科里奥利力引起的一种在旋转坐标系中移动的物体发生偏转的现象。

“这与我无关。”德比双臂交叉在胸前，正低头看着帕克。

“那么当我说从现在开始，任何与记者的接触都要在一位IAC代表的陪同下进行时，你没有理由反对。”帕克扫视了一下房间，目光短暂地停留在我身上，“这适用于所有人。包括我在内。”

“所以我不能和同胞说话？你说的是这个意思吗？”

“如果那个同胞是记者的话，是的。”

德比一副想往地上吐口水的样子，“我要向IAC提出抗议。”

“是克莱蒙斯下的命令。”帕克耸了耸肩，“所以，如果你想的话也可以去抗议，但这对你来说没有好处。”

“他会选择简单的处理办法，而他的重点应该是文章中提出的指控。”德比朝莱纳德弹了弹手指，此时莱纳德坐在房间后面，低着头，双手交叠在腿上。

泰鲁扎斯和海蒂进了房间，两人脸上都挂着一副“什么——”的表情。

不管发生了什么，都与纳撒尼尔无关。或者与我无关。但愿如此。“什么指控？”

德比朝我转过身来，脸上带着嘲讽的微笑，“IAC试图掩盖一个黑鬼——黑人宇航员与‘天鹅座14号’火箭事故有关的事实。”

“他们不能‘掩盖’没有发生的事情。”我双手交叉在胸前，学他的样子，“我们都在那里，所以你知道没有那回事。”

他的笑容松动了，仿佛突然想起自己在和谁说话，“是，是的，我们在。但你当时在火箭的最前面,所以你可能也不记得弗兰纳里博士花了很长时间与恐怖分子低声交谈。”

“没人记得,因为这事儿没发生过。”虽然他说的没错:如果莱纳德趁我在船舱门口充当中间人期间与任何一个抗议者交谈,我都不会知道。但我确信,莱纳德没有参与其中。我背对着德比,“还有甜甜圈吗?”

拉斐尔靠在内置塑料料理台上,指着真空包装的糕点,“直接从最后一艘补给船上运来的。味道几乎可以说是新鲜。”

泰鲁扎斯短促地笑了一声,加入对话一起努力转移话题,“如果你觉得那东西新鲜,那看来你在天上待得太久了。”

帕克坐了下来,敲打着书页,仿佛他是克莱蒙斯,“我们开始谈正事吧,所有人。还有一个月就要发射了,我们得按计划来。”

一个月。我们只有七天的发射窗口,否则我们就得把任务再推迟一年半,等待行星重新排列。如果德比一直想把莱纳德赶出航程,那他一定是个白痴。我祈祷他不是个白痴。

我拿了一个包装好的甜甜圈和一杯咖啡。进入太空的其中一个初期问题是,鼻塞和吮吸包装意味着你无法真正闻到咖啡的香味,这让咖啡的乐趣减少了一半。不过是苦味液体。但仍然是含有咖啡因的苦味液体。离心环让一切变得不同。如果你认为这不重要,那你可真不了解咖啡驱动着多少太空产业。我朝拉斐尔和卡米拉之间的空位走去,芬芳的蒸汽扑面而来。

“尼那号”的船员喜欢一起坐在桌子左侧，而“平塔号”的成员则坐在右侧。这并不是有意为之，但我们或多或少也倾向于跟对方成员相对而坐，所以我在椅子上坐下来时，向海蒂·沃格利点了点头。

她点了点头作为回应，转头看向桌子前面的德比。随后她发出一声叹息，我从中读出了一些同情。

帕克在桌子前面喝着咖啡，等着大家安顿好。他放下杯子，轻轻地点了点头，“这周我们的工作重点是清点物资，确保它们安全储存。‘卢内塔’的成员一直在为我们运送物资并装船，但我们要确保这些东西真的都在那里。”

“去火星的路上没法儿跑去商店再买一加仑[①]牛奶。”本科斯基眨了眨眼。

帕克没理他，继续说：“‘尼那号’由泰鲁扎斯、阿维利诺和弗兰纳里负责。同时，沙蒙去检查医疗用品。格雷和约克，你们负责厨房。”

我非常惊讶，他竟然让女人负责厨房清点工作。是什么原因让他把我们分配到那里？

“‘平塔号’由德比、施诺豪斯和斯图曼负责。唐纳森负责检查医疗舱和物资。厨房由萨巴多斯和沃格利负责。”

唐纳森、沃格利和萨巴多斯彼此挨着坐在“平塔号”一侧，仿佛她们可能会把什么女人病传染给男人们似的。沃格利俯身对萨巴多斯低声说了些什么，萨巴多斯抿着嘴掩饰着笑容。

---

① 英美制容量单位，英制1加仑等于4.546升，美制1加仑等于3.785升。

“本科斯基，你和我负责‘忙蜂号’，运送人员往返飞船，然后对‘忙蜂号’进行全面检查。”帕克从文件中抬起头来，“任务控制中心预计我们耗时六小时，他们希望我们能及时回到‘卢内塔’上，参加今天晚上的新闻发布会。”

桌子那头，拉斐尔哼了一声。我知道他的意思。如果一切都在地心引力环境下，那么，当然，六个小时也许就足够了。但是，光是从“卢内塔”到“忙蜂号”里的飞船，单程就得花上半个小时。更不用说还得换衣服。完成一整天的盘点之后还要开新闻发布会？呃。

我咬了一口甜甜圈，像是泡沫塑料做的。外面的糖也有一点儿像塑料。新闻发布会上他们最好准备了零食。

帕克任我们抱怨了一会儿，然后才露出了一丝微笑，“我告诉他们这不合理，所以我们有两天的时间，但新闻发布会依然安排在今天晚上。”

“平塔号”的军医鲁比·唐纳森端起咖啡，“天父保佑。”

帕克摇了摇头，“提醒一下，没有IAC代表在场，谁也不能和记者说话。如果你需要协助，就跟贝蒂说。”

德比用南非语嘟囔着什么，在文件夹的一页上狠狠画了一条线。

帕克向前倾了倾身体，“我听到了，也听懂了。不如你用英语说给大家听？”

德比红着脸，牙关紧咬，然后他耸了耸肩，“如果我们需要贝蒂，会在你的床位上找到她吗？”

房间里安静了下来，只有风扇的呼呼声，是“卢内塔”的背景声。我们都知道这件事。我们都知道贝蒂和帕克在空间站里还是旧情未了。但他们很谨慎，没人说什么，因为老实说，帕克能做爱时人还不错。

帕克盯着德比，“谢谢你和全船人分享。我要说明一下，郑重说明，南非荷兰语‘婊子’这个词发音和英语一样。不管新闻发布会有多烦人，用‘婊子’这个词称呼任何记者都很难听。这些人和我们一样，都有工作要做，跟他们合作有助于更快完成工作。”

“当他们——”弗洛伦斯停下来，清了清嗓子，“当记者们问起有色人种船员的问题时，他们是在合作吗?”

“这个话题已经结束了。”帕克把注意力拉回文件上，无视弗洛伦斯的怒气与嘲讽，“提醒一下，下周，任务控制中心将派一队人来，做出发前的最后一次检查。他们的队伍人员稍有变动，增加了我们的首席工程师。”

纳撒尼尔。

房间里顿时热了起来。每个人都转过身来看着我，我真想融化在桌子底下。我们离开之前，没有人能见到他们的家人。他不应该做出这样的改变，但他这么做了，我超级超级高兴。

“约克，你和贝蒂一起去接那艘火箭。要知道，记者团会在那里，所以我建议你提前和她谈谈，听听她有没有战术建议。”帕克笑得像条鲨鱼，“顺便说一句，‘忙蜂号’隔音。”

我恨死他了。我开始背斐波那契数列，全神贯注地背，这样我就不会扑到桌子对面去扇他耳掴子。1、1、2、3、5、8、13……

隔着桌子，海蒂带着不加掩饰的怒气瞪着我。哦，纳撒尼尔……我刚刚让大家接受了我，把我当成团队的一员，而不是为了宣传而来的入侵者。为什么克莱蒙斯会答应？他们一定知道这会对士气造成什么影响。

我的脸涨得通红。德比却在此时向本科斯基靠了靠，“看，我就说他们那艘船是宣传船。”

认识我多年的本科斯基脸上露出了酸溜溜的笑容，像是不想对我皱眉。他笑了笑，“是啊。好吧。约克一向很会宣传。”

“我们各有分工。”帕克依旧保持着他鲨鱼般的笑容，露出他完美的牙齿，“约克。你上午就可以休息了，保证你能以漂亮的姿态去迎接你男人。媒体会喜欢的。”

最近一班来自地球的火箭即将到达，我飘浮在“卢内塔”其中一个失重区的气闸旁边。在空间站训练期间，我已经融入了我的队员们的节奏中。当帕克告诉我纳撒尼尔要来的时候，我还没注意他来的日期。

纳撒尼尔会在这里过犹太新年。

每个人都在船上为出发做准备。除了我、贝蒂和整个记者团。记者们飘浮在我的身后。屡次抢走真正宇航员的位置往返空间站后，他们对零重力已经非常适应。

一位空间站工作人员脚尖轻踢，飞到舱门前，他仔细检查了压力，然后从舷窗中窥视，进行目视判定。尽管三角压力表显示的数字为4.9，但这并不意味着门的另一边一定有什么航天器——还可能是短路。过了一会儿，他拉动棘轮手柄，把气闸门拖了回来。

内部，穿梭机的舱门打开了，短暂地释放出地球气息。我确信这是我的想象，因为在太空中，我的嗅觉非常糟糕，但仿佛从地球来的空气的味道，和我们在这里用的循环空气有所不同。乘客们鱼贯而出，工作人员向他们认识的人打招呼。他们中的大多数人是在前往月球的途中，或者是要上“卢内塔”进行轮岗。

等宇航员们都出来了，任务控制中心的团队才飘过气闸。泡泡、迈克尔·邦迪，肯·哈里森，还有霍华德·邓。除了邓，其他的都是白人。

队伍后面，最后一个离开火箭的人，笑得仿佛要哭出来了，那是我丈夫。

摄影师们围在我的身后，我把模式化的笑容涂抹在内心深处的每一丝欢乐和忧伤上，“先生们，欢迎来到‘卢内塔’。工作人员会妥善放置你们的私人行李，与此同时，我将驾驶一架‘忙蜂号’把你们拉到‘尼那号’和‘平塔号’上。”

在我身后，《泰晤士报》的记者带着饱满的英国口音喊道：“约克博士！见到你妻子的感觉如何？”

“很好。”纳撒尼尔蹬了一脚，来到队伍的前面，动作很笨拙。他以前也进过太空，但那已经是几年前的事了。他试了两次才把脚钩到其中一根导轨下面。

泡泡抓着一根导轨，同时也成功地弹了起来，“啊，快去亲她吧。你不这样做的话，就没有宣传作用了。”

我想，这是我一生中唯一一次不愿意亲吻我丈夫。我一动，所有的相机就会咔嚓咔嚓地拍下来。我对这个体系已经非常了解，我知道地球上的各大报纸会刊登我们接吻的照片。但是，正如帕克善意提醒的那样，我们都有工作要做，我的工作就是让太空和火星看起来对地球上的女人更有吸引力。

我的案头工作可能是计算师，但我还是为群星打广告的海报女郎。

我保持微笑，脚尖轻踢，来到导轨旁的我丈夫身边。纳撒尼尔身上散发出温暖的气息。我深吸一口气，但零重力导致的鼻塞堵住了他的气息。我羞涩得像个初婚的新娘，对着我十二年来的丈夫微笑，“你好，约克博士。”

“约克博士，很高兴见到你。”纳撒尼尔握住我的手，我发现他食指上有老茧。他俯身低声说：“愿你有一个题签封缄的美好新年！”[①]

我们没有正式的晚餐，也听不到响亮的羊角号，甚至点不了蜡烛，但我们至少可以互相问候新年的到来。我低声回道：“愿你有一个题

---

① 原文为希伯来语。是犹太新年的前十天中，虔诚的犹太人互相赐予的传统祝福。

签封缄的美好新年。”

他笑了笑，然后朝我们身后的人群点了点头，“可以吗？”

我咬着下唇，点了点头。3.141……

他弯下腰，遮住了机库、记者、工程师、贝蒂、地球和一切。我的丈夫有一股新鲜薄荷味，还有他自己独有的味道。他的脸颊像婴儿般柔软，除了嘴唇下面那一小块胡茬儿，他总是漏掉那一块。

退开身子，我的脸颊发烫，工程师们爆发出掌声和欢呼声。灯光在我们周围咔嚓咔嚓闪个不停。我紧紧抓住纳撒尼尔的手，多握了一会儿，尝试均匀地吸一口气。

3.141592……

就像我的治疗师多年前教我的那样，我强行呼出一口气，直到我的肺部空空如也，吸气几乎就自然而然了。纳撒尼尔把空闲的手放在我的后腰上，清了清嗓子，“好了，我想IAC分配了四分半钟的问候时间，我们要遵守时间表。”

这话引起了走廊上的一阵笑声，包括一些在附近闲逛，来看纳撒尼尔的“卢内塔”成员。我松开丈夫的手，向后滑去，“‘忙蜂号’就在这边，请大家跟我来。火星探险队的队员们都很期待见到你们。”

我不应该在犹太新年期间工作，但至少这么干的不只我一个人。

纳撒尼尔把他的团队分到了两艘船上。我不知道是谁做的决定，但纳撒尼尔负责检查“平塔号”，而不是我的船，一起的还有泡泡，其他人被派去检查“尼那号”。同样，我也不知道是谁做的决定，但我注意到，邓被分配到我们“隔离而又平等”的船上。

这一天很漫长，与你想象中的检查一样无聊。我觉得最激动人心的时刻是邓发现了拉斐尔私藏的巧克力，并威胁要“好好检查”那会儿。我们的团队很团结，至少就工作而言是这样的。

检查结束后，吃了一顿集体晚餐，接着又开了一场新闻发布会，我才再次见到纳撒尼尔。我把他拉进了“忙蜂号”。这艘小船不过是一个带引擎和座位的防护桶。当然，它有生命支持系统，但它是为了在没有空气的环境里载人而设计的，撑不过重返地球。

我启动了与主空间站进行空气循环的风扇，关闭舱门，把我们封在里面。纳撒尼尔飘到我身后，把我拉进他的怀里。他双臂搂着我，脸埋在我的脖子上。我因为想念他而全身发疼。

他的呼吸温暖着我的脸颊，搅动着我颈后的绒毛，“德比的情况有多糟糕？”

我在他怀里转过身，这使得我们俩在“忙蜂”的过道里慢慢旋转起来，“这就是你来这里的原因？”

纳撒尼尔露出一个熟悉的笑容，找到了我飞行服的拉链，“嗯……也有其他原因。”

我对他翻了个白眼，尽管我的发动机已经点燃，“我还以为你是为了犹太新年来的。”

“只是时间上的巧合。”他的拇指沿着我的锁骨边缘抚摸，“你也知道的。我不是个称职的犹太人。”

“你要怎么熬过三年?”

“不知道。”他叹了口气,然后他用脚踝钩住椅子,停止了转动,“跟我说说德比的事。”

我继续转了一会儿,从他身边绕了过去。我一只手抓住他的上臂,稳住自己,“我想等我们出发以后,他不会再是一个问题。我的意思是,他依旧可以是个混蛋,但他不会像现在这样有捣鬼的机会。”

“是啊……我希望南非能给我们派个别的什么人来。”纳撒尼尔拉开我制服的拉链,一阵舒适的凉意传来,“还好他只是‘平塔号’的副驾驶。”

“本科斯基会盯住他的。”我希望如此。我空闲的手滑过纳撒尼尔的肩膀,摸索他衬衫的纽扣,“我告诉过你,我很好。”

“然后南非报纸的文章出来后,关于黑人宇航员的一切又开始了。克莱蒙斯——”

“告诉我你没有跟他说过这件事。”

纳撒尼尔靠过来,用鼻子蹭着我锁骨下裸露的皮肤,“那你觉得我是怎么被轮换回检查组的?”

“如果我想让你——等等。你说‘回’是什么意思?”

他把我的飞行服拨到一边,我的肩膀露了出来。他的手指从我的胸罩肩带下插入,做了个鬼脸,“啊。你被分配到火星任务后,人们普遍认为,我们的关系可能会导致我混淆任务的优先级。”

“显然他们不了解你。”

“不,他们确实了解我。为了保护你的安全,我愿意牺牲两艘船上的所有人。”他拨开胸罩肩带,顺着带子探进罩杯,然后用手裹住了我的乳房。

“我要你别为我破例。”

“我尽量不破例,但这其实是不可能的。这也是海伦当初被派来执行这项任务时,我们把卡穆奇从很多工作中抽调出来的原因。”

“求你了。”我把自己拉到纳撒尼尔身边,亲吻他的脖子。在这里,我的脸紧紧地贴着我的丈夫,我终于可以闻到熟悉的他的气味了。“如果有偏袒,团队内部会更难办。”

纳撒尼尔毫不客气地拽下我飞行服的另一只袖子。我们旋转着离开座位,沿着“忙蜂号”的中央过道飘去。“我之所以被允许上来,是因为克莱蒙斯知道,你进组之后,对我来说,没有什么比看到火星机组人员安全回来更重要的了。”

我从袖子里抽出手,手臂在凉爽的空气中有些发抖。也可能是因为丈夫的手正滑过我的后背,绕过我的两侧,朝我的胸前伸去,接着不断重复这个轨迹。一个人怎么可能既感到冰冷,又感到如火焚身呢?

“我们的分歧来了,因为对我来说,看到火星队员们安全归来,比我自己更重要。”

纳撒尼尔抬起头来,“比我还重要吗?”

老天,救救我,我犹豫了。

他睁大了眼睛,笑了,“好吧,我早该想到的。”

“不——”我抓住了他的两只手,送到我的唇边,“不是那样的。是我无法想象我必须做出这样的选择,你的生命还是他们的生命。而你或许会做出选择。”

“是的。”他的蓝眼睛探寻着我的目光。我不知道他在寻找什么。“我会。原谅我。”

犹太新年是宽恕和赎罪的时刻,是欢乐和反思的时刻。我们接下来的谈话就是这样,不用语言,虽然也不一定是无声的。

至少帕克是对的:“忙蜂号”隔音。

第十三章

十四名宇航员以每小时三万六千英里的速度飞向火星

《国家时报》堪萨斯州堪萨斯城1962年10月19日电(记者约翰·诺布尔·威尔福) 特稿:第一批火星探险队的十四名宇航员今晚穿越漆黑的宇宙深空,踏上了人类与火星的第一次会合之路。三艘火星舰队飞船启动强大的引擎。对于地球上的人来说,它们看起来就像一颗颗明亮的星星排成紧密对称的队形在夜空中盘旋。这次点火标志着人类迄今为止最远大的旅程已经开始。他们将绕轨道飞行两圈,待提升到每小时三万六千英里的惊人速度后,舰队将点燃助推火箭,将飞船送出地球轨道,驶向火星。宇航员需要三百二十天才能抵达这颗红色星球。

你还记得第一批火星探险队离开地球轨道时你在哪里吗? 听

说，地球上四分之一的人或通过电视、望远镜观看到了我们的画面，或通过收音机听到了我们的声音。月球上百分之百的人都看了。指挥舱里的摄影机为后人记录下我们的航行。在更远的地方，他们无法传送清晰的画面，但在出发时，地球上的人可以看到我们的工作画面，同时插播沃尔特·克朗凯特的评论。

我以前做过导算师。我坐在窗边，拿着六分仪和星图，拿着铅笔和图表纸，外面是……无尽的黑暗。

黑暗和地球。那颗旋转的地球，闪烁着莹莹的蓝色和白色，城市发出点点白光，像散落在地上的星星。而云层下面的某个地方，有我的丈夫。

通信器噼里啪啦地响着，马洛夫以通信主管的身份上线了，"'尼那1号'，这里是堪萨斯。"

帕克切换到通信器，"堪萨斯请讲。这里是'尼那1号'。"

"好的。按照飞行计划，还有三小时十五分钟才到启程时间，但我们准许你们出发。"

"收到。出发。"帕克笑了笑，环视了一下机舱里的我们。显然，我们是专业人士，但这是让我们离开地球的指令。

"可以预计，S-ⅣB[①]在分离姿态下，俯仰角会偏离十度；不过，前进就是这样。没有任何问题。"

① 一种助推器，"土星5号"助推器的第三级，"土星1B号"运载火箭的第二级。

“收到。”他关掉话筒，看了看我，“你听到了？”

“确认。”我更新了导航手册上的记号。俯仰角十度偏差属于预测范围内的小问题——呵，我们模拟操作期间遇到的问题比这大多了——但是，要是我们现在对问题视而不见，误差会影响后续所有数据。我是多余的，除非我们和地球以及地球上的计算师失去了联系。

在我的周围，其他队员都在做他们的指定任务，而我则忙着研究关于太空的数学。数字在我的手指下舞蹈，仿佛天上的星星。

马洛夫又上线了，“‘尼那1号’，堪萨斯州。我们想问一下，你是否做了一个 VERB 66 ENTER 把状态矢量从 MSM 转移到 MM 插槽。中心这边没有记录。”

弗洛伦斯从机械电脑上抬起头来，她正在那里记录我算出来的数值。“我还没做。”

帕克皱了皱眉头，“我们没做。”

“好。”

好？就这样？我把铅笔搁在纸上，蓄势待发，“他要我们现在就做吗？日程表上还没到——”

“你希望我们现在就做吗？”

“看你方便。”

“收到。”帕克拨开了话筒，“明白了吗，格雷？”

“确认。”她在机械电脑拨动装置一侧的平板上写了一个数字。

这么做是因为，如果我们与地球失去联系，而我又出了状况，机械计算机可以作为增援,但它的容量只能存储大约三十次操作。为什么他们要我们现在更新,我说不上来,但任务控制中心的工作方式有时非常神秘。

我朝弗洛伦斯靠了靠,"需要帮助吗?"

她摇了摇头,"在他们想测试VHF[①]之前,我在无线电上还能休息一会儿,而且根据我对模拟的记忆,后面够你忙的,等——"

"'尼那1号',这里是堪萨斯。我们需要你们分离演习的近似GET值,以便我们使用星历跟踪数据。"

我翻了个白眼。在地面上,他们有时会忘记做一件事需要多长时间。如果他们一直依靠机械电脑,弗洛伦斯可能还在输入数据。我尽量不让自己听起来很得意,因为我比她回答得更快。"三小时四十分钟零秒。"

帕克扬起眉毛,"你根本没查过。"

"这就是我拿钱多的原因。"

帕克向马洛夫重复了一遍GET。在地球上,任务控制中心的人将对我们发送的数据进行确认,以确保一切都已校准无误并走上正轨。

帕克不时地拨动临时呼叫开关,观察着他的仪表,"有给堪萨斯的资料吗,约克?"

"我这里可以给你准确的标注,还有一份燃烧状态报告。"我点了点头,没有从文件上抬眼。机械装置那边,可怜的弗洛伦斯还在键入

① Very High Frequency,甚高频,频段范围30~300MHz。

数字。机械计算机可能会算得更快,前提是不算给这该死的东西编程所花的时间。“*DELTA-VX*[①]负00011,*DELTA-VY*正0002,*DELTA-VZ*负0002,滚转角0,俯仰角180,偏航角0。”

帕克向地面重复了所有数值,而我则回去更新导航计划。没错,地面控制中心确实会把更新信息发给我们,但我需要提前把事情都准备好,以防我们失去联络。

“该死。”泰鲁扎斯朝窗外靠了靠,然后坐回座位上,摇了摇头,“惯性导致S-ⅣB一直跟在我们尾巴后面。”

那是出发前把我们推到全速行驶的火箭。我阴沉着脸,迎向泰鲁扎斯的目光,“又要像奔月时一样了。帕克,你能让我们远离它吗?否则等它喷射的时候,星域会被遮挡。”

“好吧。”帕克摇了摇头,“我得做几个小动作,才能远离S-ⅣB。”

“太迟了。”我的窗外,星星似乎化成了几十万只小萤火虫。在光的照射下,冰冻的推进剂像星星一样闪闪发光,我的工作突然困难了成千上万倍,就像在月球任务中一样。幸运的是,我在努力识别星星方面做了很多练习。

帕克叹了口气,接通了任务控制中心,“堪萨斯州,这里是‘尼那1号’,S-ⅣB正在喷射,它就在我们后面。”

“收到。明白。那应该是一个无推进力喷射。大排放操作从04:

① 原文为*DELTA-VX*,*DELTA-V*是火箭加速后速度与加速前速度的差值,对由且仅由火箭发动机产生的加速度求时间积分得来。后文*DELTA-VY*,*DELTA-VZ*同理。

44:55开始,喷射发生在05:07:55。"

泰鲁扎斯哼了哼,"无推进力,也许吧,但它跟喷泉似的。"

马洛夫问,"你们现在离S-ⅣB有多远?"

"一百五十米到三百米。"

"好的,帕克。在你的附加分离操作中,我们建议你做径向燃烧,将你的正x轴指向地球,推力负X为每秒零点九一米。完毕。"

"我不想这么做,我会看不到S-ⅣB的。"

"好吧。我们之所以要进行径向燃烧,是为了提升中途校正,以便我们能使用SPS[1]。就此待命。"

我抬起头来,"我们不需要这样做。现在,我们的万向节角度大约是……滚转角大约是190,俯仰角大约是320,偏航角大约是340。我们可以在这个位置上做。"

"'尼那1号',这里是堪萨斯。你与助推器的相对位置如何?"

帕克研究了我一秒钟,才回答道:"我们在S-ⅣB的正上方,太阳在助推器的右侧,我们通过左侧一号窗口可以看到。"他一关掉话筒,就转向我,"帮我准备好数据。他们会问。"

"收到。"我点点头,把那些数字写在纸上,以描述我脑海中的飞船模型。我完全成年后才意识到其他人与数字的联系并不能像我这样紧密。对他们来说,它们是一页纸上的抽象符号,充其量只是与物体的数量有关。对我来说,它们有形状、定义、质量、质地和颜色。我

① Service Planning Segment,服务规划段落。

可以把飞船、S-ⅣB、火星和地球放在脑海里,烧掉杂质,只留下单纯的、流畅的空间微积分运算。

地球上,马洛夫说:“好。明白。太阳在S-ⅣB的右侧,一号窗口可视。而你——你给我们这些角度,就表示你的正x轴以这些角度指向助推器的,能确认吗?”

“确认。但约克认为我们可以在不改变万向节角度的情况下进行燃烧。”

为了仔细核对我的数字,我翻到文件夹里的参考页,“你可以调整P52,应该可以解决这个问题。S-ⅣB的俯仰角大约……在弹弓操作姿态,它的最终姿态会俯仰约十度。”

弗洛伦斯在工作台的机械电脑上按了一个键,机器开始哐当哐当地运转,同时还伴随着真空管点火的噼啪声。

帕克抿了抿嘴,向泰鲁扎斯点点头,“每秒二点四米的速度,你觉得行吗?”

“这样我们就能保持队形脱身。”泰鲁扎斯向前俯身看向窗外,“它还在同一个位置。”

帕克点了点头,把话筒切到任务控制中心,“堪萨斯,我们得暂停航向火星,直到完成下一步操作。”

“确认,帕克。我们明白。”我听得出马洛夫身后,任务控制中心里低沉的嗡嗡声。即使精神高度集中,我也无法分辨出纳撒尼尔的声音。“你的正x轴指向助推器时,能给我们一个最新的万向节角度读数吗?”

“准备好了。”帕克转头看向我,“你能把COAS[①]弄上去吗?”

“确认。”我无法回视地球,但如果我利用六分仪上的遮光板,也可以选择太阳。

“‘尼那1号’,这里是堪萨斯。”

“请讲,堪萨斯。”

“方便的时候,帕克,能不能给我们发送万向节角度。”

帕克翻了个白眼,我当时就在他旁边。在太空中,一切都比任务控制中心想象的耗时要长。他回答的时候声音非常平静,“约克现在正在让COAS进入指定位置,所以会很准确。”

我手上的工作不停,喃喃地说了声:“谢谢。”

“做不好就重做,这是我老爹常说的。”

我瞄准了最后的角度,从窗口向后靠了一点儿,“好的。COAS就在S-ⅣB上,滚转角为105,俯仰角为275,偏航角约为325。”

帕克向我重复了一遍数字,转身回到话筒前,向马洛夫重复了一遍,马洛夫在宇航员一连串无休止的呼叫和回应中,再向帕克复述了一遍。“我将以每秒二点四米的速度开始燃烧,沿径向向上。”

我们身下的推进器点燃了,我的臀部拍打着座椅,因为我们突然又有了重量。虽然只是一个*G*的一小部分,但在经历了过去九个小

① Crew Optical Alignment Sight,船员光学瞄准镜。

时的失重之后，感觉仿佛又回到了地球上。帕克松开油门时，惯性让我撞上肩部绑带。这就是我们在演习时要系好安全带的原因。

“堪萨斯，我们在7.7+*X*+00001*Y*的方向上进行了燃烧；*Z*都是零。万向节角度，滚转角180，俯仰角310，偏航角020。”

“确认。助推器现在的情况如何？是迅速飘走了，还是怎么样？”

帕克向前俯身看向窗外，“泰鲁扎斯，你看到了吗？”

“稍等。”他也向前靠了靠，“看到了。我们与它的x轴成九十度，我们肯定在三百米外，并在逐渐远离。”

帕克望着泰鲁扎斯对面的我，“现在的距离，星域对你来说足够清晰了吗？”

我把头靠在窗户上，望着外面的黑暗。S-ⅣB的喷射口喷出的雾气仿佛人造星星一样清晰地飘浮在助推器周围，但我们周围的夜空漆黑而纯净。“确认。”

“堪萨斯，这是‘尼那1号’。我想我们已经拥有清晰星域；我们的P23有点儿落后了，我建议我们现在就开启。”

“确认，帕克。谢谢你。方便的时候，能给我们PRD[①]的读数吗？启动P23后，正好可以使用。看来你的第一颗星，也就是三十一号星，在05:15 GET之前应该可以用于导航。完毕。”

三十一号。沿弧线飞向大角星，保持前行直到天亮。

---

① Payload Retention Device，载荷保持装置。

第十四章

播音员：美国广播公司推出由泰勒·格兰特主播的《本期头条》。1962年11月2日报道。

格兰特：有几条涉及我们国防的有趣新闻，其中一条是布拉德利将军今天在堪萨斯城发表演讲。他在全国妇女新闻俱乐部发表讲话，并告诉台下的女士们，美国必须在可预见的未来的军备上投入大量资金。结束海内外动荡、恢复世界秩序，对于给经济增长提供稳定基础至关重要。

我们才航行了两个星期，就发生了第一次设备故障。

在去往指挥舱的路上，我飘进零重力厕所时，抓住门框狠狠刹住了车。小小的舱体中飘浮着一颗旋转的尿液球，周围还飘着几颗“伴生卫星”。

“哦，真要命。”我退出厕所，上下扫视着主轴——主轴贯穿“尼那号”的长廊——想看看罪魁祸首是谁,但堵住这东西的人已经离开了。

离心环里有一个重力厕所,但这个厕所是给指挥舱里值班的人用的。理论上是这样的。实际上,下到环里去比操作零重力厕所更快。但这并不意味着它出了故障,我们还可以放任不管。虽然我很想忽略这个问题,但既然是我发现的,而我也有时间,那就该由我来解决。我们船上只有七个人。没有人会比我更想去修厕所,而留下它不管肯定会让大家对我不满。再一次不满。

真该怪当初弄脏它的人,但我的怒火可以等到尿液被控制住之后再发作。

排泄物“卫星”很恶心,但不像液体废物那么麻烦。我们最不愿意看到的就是一团团尿液嗖嗖地顺着主轴流下来。部分原因是它很恶心,但也因为大量液体可能会对电力系统造成各种危害。还有进气口。而且,很恶心。

为了躲避这些球状物,我扯了一大段厕纸。第一件事就是处理这些小球,这样我才能在不被尿液覆盖的情况下深入舱体。我在空中挥舞着卫生纸,边走边捕捉小水滴,仿佛在跳某种怪异的舞蹈。纸张几乎立刻就被浸透了。

没有什么能比别人的排泄物更恶心的了。我把纸塞进了处理袋,又抓了更多的纸巾,这纯粹的恶心感紧紧地包围了我的皮肤。显然,我没法儿用纸巾把它吸光,因为那样会浪费我们的配给。马桶是利用真空将废物抽进水箱的,卫生纸只用于排泄结束后的清理。

我滑进卫生间,拉开小橱柜,找出一个干净的处理袋。我打开袋子,把纸巾塞进去,做成一个小垫子。我用双手撑开袋子,把它带到主球体上。

这有点儿像用网捕蝴蝶。但很恶心。

尿液碰到纸巾的瞬间,它的表面张力被破坏,一些尿液被吸进纸巾里,直到达到纸巾的饱和点。剩余的残渣开始在袋子里打转。我捏紧袋口,又把它塞进了另一个袋子里。然后把纸巾当作手套,抓住"卫星",塞进袋子里。

说真的,要求人们用完厕所后自己打扫卫生很过分吗?

这个工作虽然很恶心,但也真没花我太多时间。我把袋子塞进处理槽。周一会议上我一定要说这事儿。见鬼,我可能会在晚餐时提出来。我拿起酒精擦拭布,开始擦洗我的手。感觉手上像是覆盖了一层污垢,尤其是指甲下面。

马桶打了个嗝儿。一道弧线尿液飘进房间里,像一条长长的黄色橡胶。它收缩着,形成另一个球体。

"开什么玩笑。"我又拿起一个袋子,往里面塞了更多的卫生纸。

我刚用袋子罩住尿球,马桶又打了个嗝儿。我退缩了一下,只是一点点,但足以让袋子的边缘划开球体。尿液粘在我的手上,像一只温暖的液体手套包裹着我。我艰难地咽了口唾沫,绷紧了下巴。太,恶,心,了。我小心翼翼地移动,用干净的手取了一叠纸巾放进袋子。纸巾的一端伸进袋子里,另一端盖在我手上。在纸张和表面张力的作用下，大部分尿液都被吸进了袋子里。

此时，我真的不在乎浪费纸。我只希望我的手是干净的。

我还需要快速处理掉这个袋子，这样我才能关注马桶本身，因为我不想重蹈覆辙。等我的手干得差不多，液体也控制住了，我立刻把袋子扔进了处理槽。我把自己拉向马桶，任双腿飘到走廊上。

深吸一口气，我强迫自己放慢速度，“欲速则不达，埃尔玛。”匆匆忙忙只会让我的手再次陷入恶心之中。

借助这个有利位置，我能够到达厕所的维修口。谢天谢地，它是摩擦扣件式的，这样我就可以把它打开。我关上盖子，把它放在马桶上。马桶上的背带是用来把我们固定在座位上的，我可以用它把盖子紧紧勒住。这算不上是完美的密封，但能把大部分污秽都封在马桶里。希望如此。

勉强弄好，我立刻伸进维修口内，拍打了一下切断开关。什么也没发生。我又拍了一下。

有点儿尴尬的是，我直到那个时候才发现风扇没有运转。没法儿切断开关的原因是真空机已经关上了。

好消息是，这意味着问题并不是因为某人犯蠢造成的。坏消息是，没了可以为疏忽而负责的人，那就真的是我的问题了。

我叹了口气，向后一踢，离开舱体，在半空中旋转着面对指挥舱。推开导轨，我像超人似的飞向CM[①]。我左手轻轻用力，调整身体角度，

---

① Command Module，驾驶舱。

干净利落地穿过门，我将膝盖抬起来，利用部分动能翻筋斗。趁竖直的时候舒展身体，伸出一只脚钩住了CM地板上的一根导轨。

泰鲁扎斯坐在领航椅上，监测着我们与“平塔号”和补给船“圣玛丽亚号”之间的距离。除非有什么戏剧性的事情发生，否则惯性应该能让我们在太空中保持匀速前进。再过一会儿，我们就可以开启无人驾驶模式，离开舰桥了，但任务控制中心对航行的第一阶段十分谨慎，这无可厚非。

拉斐尔飘浮起来，离开了驾驶座。他回过头，清了清嗓子，“约克，怎么了？”

“厕所堵了。”我把自己拉到工具箱旁，“只是过来拿工具箱。”

“需要帮忙吗？”他把飞行服的拉链拉高了一点儿，一只手撑着泰鲁扎斯的肩膀，正对着我，“我刚结束这边的工作。”

“我也想啊，但空间太小了。我来吧。”

“好吧。”他咧嘴笑了，一只手拂过头发，“需要我帮忙就叫我。”

我刚才应该直接说“需要”的。有的时候，我南方人的教养会以一种毫无裨益的方式流露出来。比如，拉斐尔是我们的工程师，他比我更适合修理厕所，然而……然而，我已经拒绝了，因为我接受的教育就是凡事低调处理。

我之所以拒绝是因为，在南方，他会再次提出帮助，然后我就可以大方接受。但拉斐尔不是南方人，这不是一次社交活动，他也没有给我提供冰茶——这是一份工作。妈的，我有时候真蠢。

但我还是从柜子里抓起工具包，轻踢一脚进入主轴，朝厕所飞去。到了那里，我把工具包塞进船壁上一个内置凹槽里。我弹开盖子，滑出装手套的隔层。漂亮的，美好的，乳胶手套。

看到乳胶，我从来没有这么高兴过。嗯，我的意思是……至少在工作场合没有。

呃哼。戴上手套后，我撬开马桶盖的一角，窥视了一眼。是的，它又打嗝儿了。

我趁着在CM的时间，思考了整件事情。要知道，在进入航行训练之前，我可以修理飞机，也可以短路启动汽车，但我的技能不包含管道处理。IAC坚信全面训练和有备无患的重要性，所以我们所有人现在都是宇航员、水管工和地质学家。至少都达到基本水平。

我估摸着，应该是一块排泄物阻塞了气流，而风扇为了防止被烧坏停止了运转。这意味着我所要做的就是清除障碍物，然后重新启动风扇，然后一切都会好起来的。理论上是这样的。

我把我的临时盖子留在原地，然后把自己拉到检修口。我把手伸进去，密封了废物舱。谢天谢地，废物舱是内置的，这样我们就可以安全地清空这个东西。封好后，我启动了倾倒功能，把我们的废物送进了堆肥箱。这样至少可以防止马桶把东西吐回厕所里。

真的，我早该这么做。我说过，有些时候我也会犯傻。

“怎么样了？”

拉斐尔的声音让我惊叫了一声，非常尴尬。看，这就是没人会提到的关于太空的事。为了循环空气，风扇无时无刻不在运转，所以很吵。人在飘浮时又没有脚步声。偷偷摸摸靠近一个人简单得不费吹灰之力，即使你不是故意的。

我一手扶住墙，稳住身形，“还行。我刚把废物倒掉，好把抽吸泵拉出来。我猜它堵了，所以才会发生回流。”

“听起来很有道理。”他重新调整了方向，让头留在房间里，我们俩的腿都伸在走廊里。“你把风扇关了？”

“它自己关的。”我再次把手伸进检修口松开了泵，默默感谢IAC把一切模块化，让维修变得简单。我们为船上的每个部分都携带了备件，“圣玛丽亚号”上还有更多。“能给我递个袋子吗？”

拉斐尔在这里能帮上我大忙。如果他提供进一步的帮助，我绝对会接受。塑料袋沙沙作响，他把一个已经打开了的袋子滑到我的视野里。

我抓起袋子，把打开的一端尽可能多地缠在管子上，这样当我把泵拉开时，混乱的局面至少能得到一点儿控制。零重力的好处在于，你不必担心滴水。但会飘来飘去、撞到东西？是的，但不滴水就行。

我把吸气泵拉到灯光下，确实有一个障碍物横在上面。不是我以为的粪便。除了人的排泄物之外，其他东西都不应该留在马桶里。这东西颜色很浅，是半透明的，就像一只乳胶手套——只能容纳一只手指的乳胶手套，为某种非常特殊的目的而设计的。

我用戴着手套的手，把避孕套拉了出来。

帕克。

当然，船上还有其他男人，但帕克有前科。我当年不得不为每一个没能拒绝他的年轻WASP[①]擦干眼泪……我叹了口气，转身去拿另一个袋子。我得去跟弗洛伦斯和卡米拉聊一下，确保她们没事。

拉斐尔已经准备好了袋子，让我把避孕套塞进去。他把袋子封好，“见鬼。你不应该看到的——我来接手搞定。”

差一点儿——我差一点儿又拒绝了，差一点儿坚持说避孕套没什么好令人惊讶的。哎呀，纳撒尼尔和我经常用。或者说曾经经常用。或者说以后经常用。管它呢。没关系，因为拉斐尔是船上的工程师，让他来做这件事更合理。我吸了一口气，点了点头，“谢谢，我很感激。”

他把袋子塞进处理槽，“对不起，你不得不……”

“我以前见过避孕套。”我推了一把，向后滑入过道，飘出来后我扯下手套，“不过，我想你应该不愿意跟他们提这事吧？我来说的话可能会很尴尬。”

拉斐尔哼了一声，“嗯。我知道是谁的。我会和他说的。”

“谢谢。”但我还是要和卡米拉和弗洛伦斯谈谈，因为废物适当处理只是问题中最小的一部分。

---

① Woman Airforce Service Pilot，空军女飞行员。

第十五章

播音员：美国广播公司推出由泰勒·格兰特主播的《本期头条》。1962年11月9日报道。

格兰特：数千名“地球至上”运动的成员聚集在国际航空航天联盟堪萨斯园区外，抗议他们严重浪费开支。他们在园区入口形成了人墙，阻止员工进出。联合国被迫出动军队，驱散抗议者。

卡米拉拿着一把新鲜小萝卜走进厨房。想到那些没有经过冷冻干燥，没有真空包装，没被辐照过的东西，我口水都快流出来了。她双手捧着萝卜，摆了个姿势，把萝卜像战利品一样举过头顶，“我是带着贡品来的。”

“我接受你的贡品，并表示感谢。”说实话，我有点儿嫉妒她在本周的值班表上抽到了园艺。花园舱是我在“尼那号”上最喜欢的地方。但这周我在厨房值班。原本我们每天都会轮流值班，但事实证明，在同一区域值班一周，计划起来会更加容易。自私地讲，对我来说，这意味着有一个星期，我可以勉强保持犹太式的饮食。“就放在台子上吧。”

“需要帮忙吗？”她把红色小球放在料理台上。虽然离心运动能创造引力，但尝试烹饪后，你才会真正意识到引力的好处。尤其是在你想进行烘焙的时候，你需要引力来让面包膨胀。而我今晚正要尝试做白面包卷[①]。

“我应付得过——”我又犯蠢了。厨房里只有我和她，其他人要到晚饭时间才会进来，我正好可以趁此机会和她谈谈帕克的事。“其实，需要。你能不能在我处理土豆的时候把这些萝卜洗干净？”

“我在花园舱洗过了。”她拿起一个萝卜向我展示，“把土壤留在那儿了。要我把叶子扯下来吗？”

“完美。再切成薄片？”说话时，我正把土豆磨碎放进碗里准备做风味布丁[②]，“我很庆幸，自火星项目初期以来，情况已经有了改善，否则我不知道自己能不能忍受吃整整三年的吸管食物。”

卡米拉做了个鬼脸，笑了起来，“我鼓起勇气尝了尝‘肉饼’。我从没想过能吃到比医院的食物更难吃的东西。”

“苹果酱还不错，因为它本来就是要捣碎的。”我顺着磨碎器，把土豆往下捋，尽量不夹到手指，“那是你没见过狗食。”

---

① 犹太人在安息日和节日吃的一种面包。

② 一种犹太糕点。

“你不是认真的吧。”卡米拉正像做外科手术一样精准地切割萝卜，听了这话抬起头来，“狗食?”

“一杯狗食就是一整餐饭。重量轻——在他们开发出U-MORS之前，重量是个大问题。”U-MORS是高层大气分子氧补充站。“某个联合国航空航天委员会的聪明人推荐了担任军方营养学家的姐夫。不过他是个兽医。”

这话惹得卡米拉一阵狂笑，笑得鼻尖都弯了，乌黑的眼睛皱得快要眯起来了。毫无疑问，她是我们之中最漂亮的那一个，她有一头乌黑亮丽的长发，在颈后挽成一个发髻。“他们在想什么?”

“男人。亏他们有这份心。”

“我不知道。拉斐尔是个相当不错的厨师。”

“没错。”我又抓起一个土豆，思考着我要不要转移话题。我没法儿直接问她帕克的事，因为我不想让她以为我觉得她是那种女人，“但帕克就……”

卡米拉皱起了鼻头，但似乎并没有因为我提到他而烦恼，“你觉得我们能不能让任务控制中心排一下值班表，让他再也进不了厨房?”

“说你不喜欢吃烤焦的热狗和没烤熟的土豆?”

“这是建议每天轮班的好理由。因为，说实话……再像那样过一周，我会死的。”她直起身子，挥舞手里的刀，“其实，作为随船医生，我可以提出一个很好的理由，那就是为了机组人员的健康和安全着想。”

啊！谈话时机。我把磨碎器随意往料理台上一扔，就冲了过去，

“说到健康和安全……我之前清理了主轴尾端的零重力厕所里的堵塞物。”

“呃。你戴手套了吗？没有受伤吧？”

“嗯，戴了，我的妈呀。”我拉开柜子拿起烤盘，转过身以便观察她的面部表情，“厕所被避孕套堵住了。”

卡米拉停下切萝卜的动作，抬起头，惊讶地微微张开嘴，“不会吧。这就开始了？”

“什么——你说‘这就开始了’是什么意思？”

“我们才待了三个星期，而且——”她摇了摇头，“抱歉。性活动是随船医生之间讨论得相当多的一个话题。之前有人主张过全男性机组，但出于宣传需要，主张被否决了。而我要谢谢你，宇航员夫人，否则我就不会在这里了。”

我的脸大概红得跟萝卜一样。没错，我是一个已婚女性。没错，我喜欢和丈夫一起“发射火箭”。但是开个会讨论这种事情？就像我母亲说的那样，打消这种念头吧。“所以，这是IAC的避孕套？”然后我又有了另一个想法，“他们该不会——我是说……他们该不会是盼着我们……”

卡米拉笑了起来，“哦，老天，当然没有。虽然，你要知道，一般的非官方共识是，有些船员可能会在某些时候结成一对，但只要没有人说起，没造成任何问题，那就没什么大碍。”她眨了眨眼，“我的医疗箱里有一个按摩器。如果你有什么，嗯，肌肉酸痛的话。”

我突然非常需要全神贯注地给做布丁的平底锅抹油。我不是不知道什么是震动棒。妮可在月球上也有一个,我当时看到吓了一跳,她还嘲笑了我一番。我只是从来没有用过,即使在我痛苦地想念纳撒尼尔的时候。我清了清嗓子,“男人怎么解决?”

卡米拉用左手做了个手势。我之前还以为我的脸不会更烫了。

我真是个假正经,“我总是忘记你是个军医。”

“哦,我从小就知道这个手势。”她低下头,把萝卜码得整整齐齐的,“如果你是家里唯一的女孩,有两个哥哥和三个弟弟,你就会学到一些不太合适的东西。我们住同一间卧室,所以他们所有对话我都听得到。”

“真的吗?你们六个人共处一室?”

“我父母也在。”她耸耸肩,“我们不是有钱人家。”

八个人住在同一间卧室。陨石坠落之后,这很常见,当时住房资源已经非常短缺——难民和好心开门收留他们的亲戚或陌生人挤在一起。但卡米拉和我同龄。“你的兄弟们现在在做什么?”

“在摩洛哥的某个地方腐烂。”她擦干净刀,放在料理台上,“你想让我怎么处理这些萝卜?”

“还有一碗生菜……把它们加进去吗?”这就是参加这种任务训练的有趣之处。你可以连续一年每天好几个小时和一群人在一起,却仍然只能了解他们非常局限的一部分。我知道卡米拉幽默中带着粗俗。我知道她是穆斯林,来自阿尔及尔。我知道她和我一样强烈厌恶煮熟的胡萝卜。但我不知道她所有的兄弟都死于二战。

她把萝卜滑入碗中,我又冲了一些鸡蛋粉,“那……你觉得我们该和弗洛伦斯谈谈吗?”

“为什么?”卡米拉把碗放在我旁边的料理台上,眉毛皱了起来。

“嗯……我是说。”我紧闭双唇,为自己的愚蠢摇头。我这是在保护谁的感情?“帕克有前科,我只是想确定她……我不想他给她施压。”

卡米拉靠在料理台上,头歪向一边,“呵,我不知道该先问哪个问题,所以我就一起问吧。你为什么觉得是帕克和弗洛伦斯?还有,他有什么前科?”

“如果不是你和我,船上就只剩下一个女人了。”

卡米拉盯着我,抿着嘴。她张了张嘴,似乎想说什么,然后摇了摇头,“那前科呢?”

“战争期间……我是个WASP,驾驶运输机飞往他的基地。他……有的年轻女孩不敢拒绝他。”我打开放香料的抽屉,所有香料都泡在油里,装在密封的小罐子中,用磁铁固定在抽屉底部。这是月球的遗留资产,月球上我们没有奢侈的人工重力来防止颗粒飘到空气中。我吸了一口气,从抽屉里拿出那罐油浸黑胡椒,“我父亲是将军,所以我举报了帕克。为此,他接受了审判。”

卡米拉深吸一口气,“这就是他恨你的原因。”

这件事如此显而易见,引得我的胸口一阵刺痛,我点点头,“另外,他一向不喜欢宇航员队伍里的女人。”

“嗯,IAC 里大部分人都这样,不是吗?”她大笑着说,“又多了一个让我希望生而为男人的理由。”

“不管怎么说,这就是我担心他可能会……让弗洛伦斯陷入困境的原因。”

“你真的以为她会对这种事情保持沉默吗?如果这事儿违背了她的意愿?”

我皱着眉头,努力想象着,不断想起我认识的那些女性,事实上,她们就是会对这种事情保持沉默。原本直言不讳的勇敢女人,会因为不必要的羞愧,或者是害怕不被相信,而对这些事闭口不谈。另外,看看弗洛伦斯对待德比的方式,低着脑袋,保持微笑。“也许吧?我是说,如果对方是任务指挥官,她能有什么办法?我们要在一起待三年。”

卡米拉叹了口气,摇了摇头,“好吧,我会留意的,但她可能没被牵扯进去。”

她在说——“哦。男人们?真的吗?”

又来了,她耸耸肩,把态度展现得淋漓尽致,“这在全男性的环境中并不罕见。寄宿学校,潜艇,战壕。难以启齿又难以接受,没错,但秘而不宣。”

“可是……避孕套?我是说——男人又不会怀孕。”

“埃尔玛、埃尔玛、埃尔玛……让我和你谈谈润滑和——”

“天啊,这里可真暖和。”确实暖和,但我过分突出了我的南方口音,还眨了眨眼睛。

卡米拉大笑起来。我跟着她笑起来,庆幸在这个特殊的话题上,我逃脱了比预期更多的说教。我好奇吗?当然,但没有好奇到想知道更多其他细节。

揉了揉额头,卡米拉收敛了笑容,“我更担心帕克的这段前科。在任何一次医疗会议上都没被提到过。”

“他被无罪释放了。没有一个女人愿意作证。”我往鸡蛋液中撒了一些胡椒,看着这些黑色斑点像太阳黑子一样在黄色中旋转,“除了我。”

她低低的吹了一声口哨,“真见鬼了。恕我直言,但他们为什么非要把你们两个人安排在同一艘船上?”

至少,我能回答这个问题,“我们在一起可以达到很好的宣传效果。”

即使是在太空中,布置餐桌也是一件很有成就感的事情。这也是你能看出我是我母亲女儿的方法之一。她曾为拥有一张优雅的餐桌而感到非常自豪。尤其是安息日的晚餐。

在太空里,没有一天可以休息。如果一天不帮忙维护飞船,我们的生命就会受到威胁,所以拉比规定,犹太宇航员可以在安息日做必要的工作。至少我的拉比是这么说的。据我所知,这规定仍有争议。

但我还是尽我所能地遵守教规。轮到我在厨房值班时,我做了土豆风味布丁,烘烤了白面包卷——我告诉你,让脱水鸡蛋保持恰当的黏稠度非常具有挑战性。我很喜欢太空安息日的挑战。

也可能只是因为当我做了一顿好饭时,连帕克都变得更友善了。

他嘲笑着莱纳德刚才说的那句拉丁语,“这是我最喜欢的拉丁文新句子。‘Utinam barbari spatium proprium tuum invadant.’”

莱纳德笑了笑,“我也是!”他看了看我们其他人,“翻译一下:愿野蛮人入侵你的私人空间!”

帕克用手拍打着桌子,朝前坐了点儿,靠近他的盘子,“好吧,关键任务来了。我们需要更多语言来对付任务控制中心。快来帮我。”

“哦,敬爱的MC[①]。”泰鲁扎斯翻了个白眼,挥舞叉子上的萝卜沙拉,“试试这个:‘pollas en vinagre’[②]。醋里的那话儿。”

“腌那话儿!”帕克拍了拍手,笑着说,“真是太完美了。”

在桌子对面,拉斐尔身子朝前倾了倾,“‘Vai pentear macacos’[③]怎么样?滚去给猴子梳毛。”

“不,不。”卡米拉拿起一块白面包卷指着拉斐尔,“MC说这个太温柔了。你不知道我替你们省了多少次抽血。MC是kos omak yom el khamees[④]。”

我不知道她说了什么,于是瞄了一眼帕克,他口中念念有词,然后大笑起来。

---

① Mission Commander,任务指挥官。

② 西班牙语。

③ 葡萄牙语。

④ 阿拉伯语。

卡米拉皱起鼻子，为我们其他人翻译："星期四去你妈的。"

"你的嘴可真损。"

"女孩对士兵说道。"卡米拉眨了眨眼，房间里充满了笑声，仿佛赋予生命的氧气。

帕克用餐巾纸擦了擦眼睛，转向我，"怎么样，约克？有什么意第绪语给我吗？"

"给你？还是给任务控制中心？"

"哪个更起劲儿就给哪个。"他笑了笑，我想那个笑是真诚的。"来吧，跟我说说。"

我笑了笑，手指敲着嘴唇想了一下。说实话，我不算真的会说意第绪语——或者，只能说，我只是小时候在和祖母的交谈过程中学到了一点儿。"这个怎么样……'Ale tseyn zoln dir aroysfaln, nor eyner zol dir blaybn af tsonveytik.'"

帕克睁大了眼睛，"再说一遍？慢点儿说？"

"Ale tseyn zoln dir aroysfaln…"我一直等到他点头，眼神专注得像在对接"卢内塔"，"Nor eyner zol dir blaybn af tsonveytik."

"我……我不知道这些词。"他把椅子往后推，"泰鲁扎斯，跟我换个座位吧。"

泰鲁扎斯笑着推开椅子，起身时抓起盘子，"关键任务怎么了？"

"出现了一种我不会的语言，兄弟。必须征服。"帕克举起双手，手指蜷起来，仿佛召唤恶魔的巫师，"必须！征服！"

汗水顺着我的后脖颈滑下来。帕克以前也干过这样的事,当时他表面和气,后来却把我击倒在地。我不是指语言,而是说别的时候,表面上他似乎已经放下了对我的仇恨,回头又让苦涩的情绪翻涌起来。

我用餐巾擦了擦手,帕克绕过桌子,懒懒地靠在泰鲁扎斯空出来的椅子上。他笑得像个拿到新玩具的孩子,“这是什么意思?”

“愿你所有的牙齿都掉光,只留一颗让你牙疼。”

“哦,还不错……再给我说一遍呢? 尽量慢点儿。”

我一个字一个字地念,每个字中间都停顿一下,“Ale tseyn zoln dir aroysfaln, nor eyner zol dir blaybn af tsonveytik.”

帕克跟着我一起念念有词,仿佛在咀嚼这些词语:“Tseyn… Tsonveytik. 牙和牙痛?”

我不该感到惊讶,“正是。”

“卖弄!”莱纳德卷起餐巾,朝帕克扔去。餐巾从他的头上弹下来,落在桌子上。

“我学会了两个词! 就这样吧。”帕克抢过餐巾纸扔了回去,“瞧瞧这个,傻瓜!”①

主广播噼里啪啦地响了起来,房间里的动作都停止了。“‘尼那1号’,这里是堪萨斯。”

帕克从椅子上跳了下来,跑到墙上内置的麦克风前答道:“堪萨斯,这里是‘尼那1号’。请讲。”

① 原文为拉丁语。

任务控制中心可以随时使用全系统的舰载扬声器，但到目前为止，他们只在测试系统时这么做过。在模拟中，这意味着出了问题。我把椅子往后推，从桌子上抓起盘子。如果我们要进行任何艰难的机动，所有的东西都需要被固定。

五秒钟后，任务控制中心的回应从地球传到了我们这里。马洛夫的声音很平静，仿佛在谈论今天是个适合野餐的好天气，"'尼那1号'，'平塔号'报告发生火灾。"

第十六章

播音员：美国广播公司推出由泰勒·格兰特主播的《本期头条》1962年11月9日报道。

格兰特：今天是联合国月球聚居地建成的五周年纪念日。从一个只有六名居民的临时前哨到一个三百人的繁荣小镇，“阿尔忒弥斯”基地是全人类共同努力的成果。为了纪念这一时刻，居民们建立了纪念石园，石园的中心伫立着一座玻璃方尖碑，上面刻着近十年前陨石撞击地球的日期和时间。

任务控制中心还没说完句子的后半部分，整个团队已经开始行动了。我们各自进入出发前在各种模拟中演练过的角色，一切有条不紊，看上去就像这不过是一次普通的餐后清理。火灾是太空中的常见隐患。为了降低成本，也为了使EVA更容易，飞船在4.9 psi的压力下运行，同时为了产生足够的分压将氧气压进肺部，舱内氧气浓度高达

70%。但这意味着,比起含氧量21%的地球正常大气,这里的空气能让火苗燃烧得更旺更快。

所以简简单单的一句“火灾报告”意味着一场灾难。

“做好会合准备。船员去以下地点报到:泰鲁扎斯和阿维利诺去‘忙蜂号’报到,准备疏散程序。沙蒙负责医疗舱,以防有伤员到来。约克和帕克负责指挥舱。”

“堪萨斯,信息确认。船员已去往各自位置。”帕克从墙边转过来时,我们已经开始行动了。我的脚刚踏上通往主轴的梯子。

奇怪的是,从帕克考我意第绪语时,我的心率就降了下来。火灾不是好事,但它是一个我可以解决的问题,而帕克不是。

莱纳德说:“需要我们待在医疗舱或机库里吗?”

就在帕克抓住通往主轴的梯子时,他在我下方摇了摇头,“你和格雷保证厨房的安全。如果我们必须机动的话,我可不想有东西飘来飘去。约克,别让我推你上梯子。”

我费劲儿脱离离心力,终于可以飘浮起来了。甩开重力影响,我轻轻一踢往上飘去。我伸开双臂拍打上方的梯级,把自己推得更高。进入主轴后,我抓住一根导轨改变方向。在我身后,帕克从梯管里蹦了出来,我俩就像赫舍尔某本漫画书里的超级英雄一样,从主轴飞进了CM。

我们刚转进去,帕克就拍开开关,这样我们就能听到“平塔号”的通信情况了。隔着一片虚无,本科斯基的声音听上去非常稳定,“……

在睡眠区。我们已经封锁了四号和五号舱。”

“‘平塔1号’,这里是堪萨斯。确认四号舱和五号舱已经密封。你现在去排出氧气。”马洛夫的语气就像一个会计师在讨论审计工作。

我滑进座位,靠近窗户观察“平塔号”。它表面的灯和窗户里发出的光令它在永恒的黑夜中明亮夺目。“可视范围看起来大约有一点五公里的距离。”

扬声器里传来本科斯基的声音,他说:“确认。开启清除序列。全体船员注意,氧气排空过程中保护好自己。”

借助六分仪,我发现了环绕“平塔号”腰线的定位指示灯线。指示灯线的角度,再加上已知“平塔号”的尺寸,我能准确算出距离。“一点三七公里。”

“收到,一点三七公里。”帕克已经坐上领航员的座位,绑好了安全带,“如果必须靠近,我希望从他们前方接近,以避开碎片场。”

“确认。正在绘制航线,除非你想从座位飞——哇!”窗外,“平塔号”排出了氧气,氧气结晶成一簇簇“星星”。

扬声器里德比报告:“堪萨斯,这里是‘平塔1号’。排气完成。指示器读数显示健身房内为真空。”

五秒钟后,任务控制中心说:“确认,‘平塔1号’。这里的指示器读数结果相同。”

在马洛夫身后,在任务控制中心的茫茫杂音中,我听到我丈夫的声音:“告诉他们,半个小时后再重新增压,确保所有东西都是凉的。

有复燃的可能就不能让空气进去。”

这感觉就像一粒离子击穿了我的心脏,在我和地球之间留下一条炽热的射线。渴望的心情压得我喘不过气。

帕克伸出手放在我的肩膀上。他轻轻一捏,然后把手放回仪表盘上,“把那些坐标给我,好吗?”

我见过他对他手下的其他人这样做,那种触碰,那种敏锐的理解。这也是他令我懊恼的原因之一,因为他能清楚地读懂他人的心思,知道该按哪些按钮才能得到他想要的东西。而有时他就是想要令别人痛苦。

但此时此刻,那种触碰,以及对我无法回应纳撒尼尔的痛苦的理解,正是让我稳定下来的东西。我从椅子上的插槽里取出导算师的拍纸本,翻到一张干净的工作表,“正在计算。你想保留两船对接的可能性,还是只计算撤离?”

“只撤离。我们会——”

“‘尼那1号’,这里是堪萨斯。紧急情况已经控制住了,你们都可以退下了。”马洛夫对着话筒叹了口气,“但预计下周会有一个关于清理烘干机绒毛的新协议。”

我从工作表上抬起头来,“你在跟我开玩笑呢吧。”

帕克笑着摇摇头,“这周谁负责洗衣房?”

“格雷厄姆·斯图曼。”马洛夫说,“机器还在运转时,他就离开了。预计这个协议也会改变。虽然两艘船隔着真空,但我也很惊讶你们不知道鲁比给了他什么处罚。”

我对着画面咧嘴一笑。鲁比·唐纳森，“平塔号”的军医，身高刚刚达到宇航员身高的最低标准，一头金发扎成了小辫子。想象《绿野仙踪》里的桃乐丝咬你的画面。“我可不羡慕他。”

“见鬼，不是这个意思。”帕克笑了，这是我为数不多的几次逗笑他，“告诉克莱蒙斯，这正是我们应该把洗衣房放在女性值班表上的原因。既然你要把她们送进太空，至少要利用她们的专长。”

没错。他就是个混蛋。我合上本子，放回槽里，“我想这意味着我该回厨房了？那是属于我的地盘。”

帕克翻了个白眼，关掉连接任务控制中心的话筒，“那是个玩笑，约克。别生气。”

我敬了个礼，“确认没生气。”

我转身离开CM时，帕克在我身后叹了口气：“总有一天，我希望你能把屁股上的那根棍子拔出来，别再做这样的婊子。”

我还没飘出CM，就一把抓住门刹了车，“说我吗？是你一直在说些无聊的话。”

“那是个玩笑。”

“你看我笑了吗？”

“这需要幽默感。”帕克解开了他的安全带，“有时间试试吧，笑一笑能让每一件事都变得更顺利。”

“没被当成笑柄的时候，笑起来当然容易多了。”

"'没被当成……'你听听你说的话?"他一把将自己推离座位,借势转向门口,"你可真是个小公主。"

"真棒。现在你又把反犹太主义加到你的剧目里了。"

他停在门边,转身面向我,我们之间堪堪隔了一臂的距离,"我妻子就是犹太人。"

"如果你不是那么明显地以她为耻,这话会更有分量。"

他举起了拳头,有那么一瞬间,我以为他要揍我。帕克有很多缺点,但他没有暴力倾向。他咬紧牙关,脖子上青筋凸起,"我的妻子是我认识的最勇敢的、最好的女人。"

我该道歉的,起码应该有所退让。但我没有。我可以归咎于肾上腺素,"平塔号"紧急事件后,它们依旧在我体内奔腾——所有无处可去的能量都被召唤出来了。我仰起头,迎向帕克的目光,"然而,你却把她藏起来,仿佛她是什么不洁之物。"

"她在他妈的铁肺[①]里!"帕克稳住自己,靠过来,缩小了我们之间的距离。他的声音很低沉,濒临失控,"我告诉过你,别提起她。不管你那颗小气的报复心想怎么攻击我都行,但是不要冲着她,否则我会要你好看。"

他抓住门框,纵身跃进长长的主轴。我飘浮在CM里,盯着他的身影,认识他这么多年,很多记忆里的片段都豁然开朗:他对赫舍尔腿

① 一种协助丧失自主呼吸能力的病人进行呼吸的医疗设备,是一个连接着泵的严密封闭金属筒。病人躺在筒内,只剩下头部露在外面。

部支架的见怪不怪，他提及妻子鼓励他去时脸上的痛苦神情。天啊。我和纳撒尼尔谈起此次任务时已经那么艰难，对她来说一定更是如此？米瑞安。我在死亡模拟中得知了她的名字。

我没说出口的道歉哽住了，喉咙里塞满了话，很不舒服。

铁肺。我对哥哥的小儿麻痹症已经见怪不怪。在我出生前他就已经是这样的了。因为戴着腿部支架，赫舍尔既不勇敢，也不能鼓舞人心。他只是赫舍尔。但……但这种疾病是徘徊在我童年的一只幽灵，我明白他的病情随时有可能恶化。

我慢慢地跟在帕克身后，希望在我追上他以前，他有足够的时间冷静下来。也希望我有时间让自己冷静下来。拉斐尔和泰鲁扎斯远远地飘在上面，用西班牙语闲聊着什么。

泰鲁扎斯看到我，笑了笑，“我要请帕克重新分配值班表，别让男人负责洗衣房了。为了任务能顺利进行。”

拉斐尔推了一把泰鲁扎斯，飘向了相反的方向，“我有能力自己洗衣服。”

“谢谢你，拉斐尔。我很高兴有人能意识到，只要经过适当的训练，任何人都能洗衣服。”我在空中扭转身子，把脚对准梯子。我抓住边上的栏杆，把自己拉下来，直到人工重力把我抓住，那感觉就像水被吸进浴缸一样。

卡米拉站在离梯子底部不远的地方，笑得前仰后合。

帕克用手捂着脸，“为什么，为什么我手下的船员是这样的？”

“为什么，老爷。我按造（照）你缩（说）的做啦！”[①]一尘不染的厨房那头，弗洛伦斯把咖啡滤纸折了折，插在头发上，作为临时的女仆帽，“我们做得不错吧，老爷？”

我身后，泰鲁扎斯和拉斐尔砰的一声落在地上。拉斐尔笑了起来，“什么？”

莱纳德坐在桌前，摇了摇头，“这件事和我没有关系。”

“好吧，格雷。女仆是怎么回事？”帕克低垂着手，“我让女人负责清理工作，是不是冒犯你了？弗兰纳里也在这里。”

她停止那一套矫揉造作的动作，双手叉腰，“那我们有什么共同点呢？”

帕克看了看弗洛伦斯浅褐色的皮肤，又看了看莱纳德深褐色的皮肤，“哦，拜托你好不好。你知道不是这样的。你知道必须确保这个房间的安全。你知道其他的站点都有人了。”

“是的，我还知道弗兰纳里比阿维利诺和泰鲁扎斯更擅长EVA，所以你扪心自问，为什么任务控制中心把我们俩都排除在任务名单之外，”她扯下头发上的咖啡滤纸，“长官？”

他们对视了一会儿，帕克转向我，“约克，你做了甜点吗？”

“巧克力棋派。”我的道歉得等到我们不在满是人的屋子里的时候再说。但不管发生什么，我有理由肯定，如果帕克侵犯了弗洛伦斯，我们一定会有所耳闻。

① 弗洛伦斯刻意使用了非裔美国人白话英语，后文同理。

纳撒尼尔和我想出的电传代码相当简单。在每次空间传输前后，机器连接时都会产生一些垃圾信息。如果你写的东西看起来像垃圾信息，那么接收端的人就会认为信息还没有开始，除非他们知道垃圾信息里藏了代码。

我们用的是带密钥的恺撒密码，以防万一，每次传输时我们都会改变密钥。我在大学里玩过加密技术，而纳撒尼尔在战争期间对它产生了浓厚的兴趣。据我所知，他差点儿就进入情报部门、在战争期间从事加密工作了。

我输入了“78,14,3”，这代表了鲁德亚德·吉卜林[①]的《原来如此》中的页、行和字。纳撒尼尔拿到抄本后，就会在书中查找这个词，然后这个词就会成为恺撒密码的“密钥”。今天的词是“大象(elephant)”，这意味着我把字母表重新排列为“ELPHANTBCDFGIJKMOQRSUV-WXYZ”。所以“亲爱的纳撒尼尔(Dear Nathaniel)”就变成了“Haeq Jesbejcag”。

我喜欢在上到通信舱之前就把信写好，因为其中有些部分被任务控制中心看到也没关系。所有安全的废话我都会保留纯文本，然后把剩下的部分加到信的开头和结尾，再把它们键入。

今天的编码部分是：

---

① 鲁德亚德·吉卜林(Rudyard Kipling，1985—1936)，英国作家、诗人。

C pkimgecjah elkus cs. Huqcjt sba nctbs—ejh C’i jks axepsgy ruqa bkw wa tks sbaqa—ba skgh ia sbes bcr wcna ber mkgck ejh wer cj ej cqkj gujt. C naag durs bkqqclga elkus egg sba sciar sbes C’va sbkutbs rba wer elurah kq sbes ba durs hchj’s peqa ajkutb elkus baq sk lqcjt baq qkujh sk ejy kn sba geujpbar. C’i e gcssga rsettaqah, jkw sbes C’va beh scia sk sbcjf elkus cs, sbes baq pkjhcsckj werj’s sba rkuqpa kn knncpa tkrrcm. Mgaera sagg ia yku hchj’s fjkw.

翻译过来就是:

我和帕克今天吵了一架。他说洗衣服应该是女人的工作,我就抱怨了一番。在吵架的过程中——我也不太清楚我们是怎么吵起来的——他告诉我,他老婆有小儿麻痹症,而且待在铁肺里。我感觉太糟糕了,这么长时间以来,我一直以为她被虐待,或者说他只是不够爱她,所以才没有带她来参加任何一次发射。我有点儿吃惊,既然我已经有时间思考了,我发现她的状况不是办公室流言蜚语的来源。拜托你告诉我你不知道这些。

亲爱的纳撒尼尔:

旅行快速进行着。你一定知道,“平塔号”早些时候遇到了些小麻烦,我们兴奋了好一阵。在任务控制中心的传输过程中,有那么一瞬间,我听到了你的声音,无比清晰。我本来以为我不会再想你了,但那一点点声音又让我的思念开始泛滥。不过,我还是不想让你为我担心。我用巧克力棋派来安慰自己。

它和真正的棋派不太一样,但我已经学会用脱水鸡蛋做出凑合的成品,只需要等鸡蛋恢复原状后再打发一下就行了。另外,巧克力有助于掩盖轻微的粉质感。

知道“平塔号”上的定位灯完全按照计划工作,你一定很高兴。我能够给帕克提供两艘飞船之间的距离,没有任何问题。事实上,整个任务过程进行得非常顺利,我们几乎都开始感到无聊了。既然鲁比告诉我们“平塔号”上的每个人都没事(除了斯图曼,他为了扑火,手上起了水泡),我必须承认,这点儿刺激缓解了一些乏味。

泰鲁扎斯提议为另一艘船上的人表演广播剧,只为了打破千篇一律的生活。哦,亲爱的,我听起来像个百无聊赖的社交名媛,但是亲爱的,真的,你为确保一切顺利所做的努力都得到了回报。

深深爱着你的

埃尔玛

Cj qarmkjra sk ykuq gers gassaq, C ei waeqcjt iy ngctbs rucs lus hk jks beva e lqe kj. Cn yku waqa baqa, C wkugh sefa yku cjsk sba teqhaj ikhuga ejh gaej kvaq sba skiesk lahr rk sbes er yku skkf ia nqki labcjh, iy nepa wkugh la mqarrah cjsk sba nqetqejs tqaaj gaevar wcsb aepb sbqurs.

(翻译:回应你的上一封信,我穿着我的飞行服,但没有穿胸罩。如果你在这里……

（转念一想，我可能不该在这翻译这句话。纳撒尼尔知道我说了什么就够了）。

帕克避着我。你以为在你的世界只剩六个人的时候，很难避开一个人，那你错了。“平塔号”和“尼那号”可以容纳十四名船员，以防我们不得不撤离其中一艘船，所以有时候你可以挨个儿走完所有的房间，却不碰到任何人。

我走完了整个环形过道，部分原因是我需要锻炼，同时也希望能逮到他落单。我穿过长长的弧形走廊，进入花园舱，仅仅闻到潮湿的土壤和绿色植物的气味，就能使我紧绷的肩膀放松下来。我深深地吸了一口气，胃里的结解开了一点儿。

泰鲁扎斯从西红柿植株上抬起头来，举起其中一个红色的圆球。至少，他看到我时总是很高兴的。“我忍不住想这和我们的月球之旅有什么不同。”

我轻哼一声，绕着成排的植物架子走了一圈儿，“我想你可以把我们的两个锡罐装进‘忙蜂号’。”

“哦，嘿。我有个想法想跟你说说。”他把西红柿和篮子里的其他一些西红柿放在一起，“你觉得我们的广播剧演《飞侠哥顿》[①]怎么样？”

“《飞侠哥顿》？”我一直期待着用“忙蜂”做一些辅助工作，起码是

---

① 英国太空歌剧动作片。

和工作有关的事,“这是不是有点儿……太相似了?”

“也许吧。”他放下篮子,靠在水培床上,“但我们现在真的在外太空,和我小时候用收音机听《飞侠哥顿》时想象的一模一样。”

“西班牙也有《飞侠哥顿》?”

他露着牙齿,笑容十分晃眼,“我最开始就是这么学英语的。总之,我在想,我们可以用船际广播系统给‘平塔号’做个广播节目。做个肥皂剧,鉴于他们必须手洗衣服了。那一定很有趣。”

“约克。”帕克的声音吓了我一跳,“我想,分散别人的注意力应该不在你的值班表上吧。”

“我正在运动间歇休息。”注意,我很好,也没有上钩,“我还希望能碰到你呢。”

我身后,泰鲁扎斯拿起一篮子西红柿,“我要把这些拿到厨房去。”

“约克可以帮你。她闲着呢。”帕克绕过我,从泰鲁扎斯手中接过那篮西红柿,把它推给我,“去吧。”

“我能和你聊一会儿吗?”我的手紧靠着篮子,把它抱在胸前,仿佛这是一件盔甲。

“真希望我有时间。抱歉。”他背对我,肩膀挡住了泰鲁扎斯的视线。为了更明确地释放拒绝的信号,他换成了西班牙语,叽叽喳喳地说着什么,速度太快,每个词之间连间隔都没有。

我在那里站了一会儿,不由自主地感觉像回到了我十四岁上大学的时候。我觉得自己既置身事外,被人忽视,同时又身处关注的中心,因为帕克极力假装我不存在。他很有领袖风采。我待的时间越长，就越是尴尬，但我始终希望他能原谅我。

他从连体衣内部的一个口袋里拿出几页文件，摊在水培桌上。泰鲁扎斯从他身后向我投来痛苦的目光，耸了耸肩，仿佛在说他无能为力。

我抱着篮子里的西红柿，离开这里去完成我的环线步行。毕竟，帕克才是任务指挥官。

第十七章

播音员：美国广播公司推出由泰勒·格兰特主播的《本期头条》。1962年11月23日报道。

格兰特：一场大范围的飓风横扫海地后，势头丝毫不减，继续穿越大洋向佛罗里达进发。得益于“卢内塔”空间站的提前预警，岛国海地为这场毁灭性的风暴提前做好了准备，在风暴来袭之前疏散了海岸居民。据海地政府报道，虽然财产损失严重，但人员伤亡却没有预想的那么严重。不过，这是有史以来最早的飓风，标志着该地区天气模式的持续变化。

弗洛伦斯拍打着枕头套，仿佛在抽它鞭子，“我拿了两个博士学位可不是为了干这个。”

“要是IAC给我们带了淀粉浆，我一定会好好浆一浆帕克的内裤。”我从那台古怪的前开门洗衣机里取出一堆衣服，这洗衣机是为月球聚居地发明的——不过，如果杂志上的说法可信的话，地球上不少家庭主妇都在自己家里安装了太空同款自动洗衣机。“不敢相信，任务控制中心居然接受了整个‘女人的工作’的说法。”

“培养了他们的无能。”弗洛伦斯哼了哼，又抓起一个枕套，“男人很擅长这一套。”

“我承认我自己有时也会这么做。”我把手放在胸前，眨巴着眼皮，“哦，你能帮帮人家吗？你又大又壮。”

她回我一脸笑容，“好吧，如果男人要当着我的面，说他们如何如何‘保护’我，那占他们的便宜也没什么不好。又不是我的错，他们太笨了，活不下去。”

“不是所有的人都这么坏。”我把一堆湿衣服倒进烘干机里——在清理了棉絮圈以后，可谢谢您嘞。“拉斐尔洗衣服的技术很好。”

“样本太少。”

“纳撒尼尔的鸡尾酒调得很不错。他还会洗碗。”

她只是给了我一个恨铁不成钢的表情，仿佛她正戴着一副眼镜，从眼镜上方看着我似的。弗洛伦斯摇了摇头，抓起一件衬衣叠起来，然后意味深长地叹了一口气，“你走了，他过得怎么样？”

现在轮到我叹气了。我用膝盖关上烘干机，拍了拍按钮，开启机器，“还行。”衣服开始在各自的小轨道上旋转，烘干机叮叮当当地响起来。我游荡过去帮她叠衣服，“我侄子会过来和他一起，他在IAC实习。纳撒尼尔会去固定的牌局。还有工作。他总是在工作，即使我在家的时候也一样。”

“你俩结婚多久了?”

“十三年了。”我把一件泰鲁扎斯的T恤摊在桌上抚平。柔软的棉布在我的手底抻紧。“你呢?有什么特别的人吗?”

“没啦。曾经有个家伙求过婚,但他希望我放弃工作。‘要工作还是要我。’嗯……做这个选择很容易。从那以后……”弗洛伦斯微微耸了耸肩,把头歪向一边。她做了一个这样的动作,然后把正在叠的衬衫放在衣服堆上,“你知道是怎么回事。如果女人太聪明,男人会被吓到。”

这是我们最亲密的一次谈话。我不知道是什么改变了她,让她敞开心扉,对我说了这么多话。也许只是因为一起叠衣服的共同任务和共同屈辱。不管是什么,我都不打算刨根问底,“对啊,好吧,和我们一起工作的人似乎没怎么被吓到。”

“得了吧。”她冷哼一声,翻了个白眼,“你觉得他们为什么要让我们洗衣服?这根本不是因为他们无能或是懒惰。”

全船的喇叭噼里啪啦地响起,帕克的声音闯进了洗衣房,“格雷,我是帕克。我需要你到通信舱来。”

“好吧,好吧……我真该去做我的工作。”她站起身来,走到扬声器前按下回复按钮,“帕克,我是格雷。收到。正在赶往通信舱。”

我拿着衬衫向她敬了个礼,“好好利用你的博士学位吧。”

直到那天晚上吃晚饭的时候，我才知道帕克要弗洛伦斯去干什么。我循着宇宙中大蒜制品的香气，穿过环形走廊走向厨房舱。即使没看值班表，我也清楚地知道是泰鲁扎斯在做饭。

我进去时，他正在炉子上搅拌着什么，“……必须做点儿什么。”

弗洛伦斯坐在桌边，摊着双手说:“任务控制中心说不行。”

“好吧，其实没什么事情是我们能做而他们自己做不了的。”卡米拉正站在料理台前切新鲜的西红柿，“而且感染我们这边的概率相当高。”

“感染?”古老的太空细菌幽灵来了，在我面前翩翩起舞，仿佛汽车电影院里的乳胶怪兽服。我们离地球那么远，谁知道会发生什么?“怎么回事?”

卡米拉把西红柿滑进盘子里，“‘平塔号’上出现了大肠杆菌感染事件，鲁比认为事情是从大米中的枯草杆菌开始的。”

弗洛伦斯抬头看我，“瞧见了吧？我就说他们太笨了，活不下去。”

“等等——大米？我们需要担心‘尼那号’也上有这个吗？情况有多严重？还有——我不该再问问题了，你先回答。”我握紧双手，按住性子试着等待。

“我退回去，从头说。帕克把我叫到通信舱，是因为‘平塔号’的天线失准了，所以我不得不调整接收机以获得足够清晰的信号。据鲁比说，火灾发生后，他们把晚餐留在外面，后来又回去了。她认为大米染上了……什么来着，小卡[①]？”

“枯草芽孢杆菌。这是一种很常见的病原体，经常出现在大米中。病菌感染了斯图曼和萨巴多斯，不幸的是，他们在零重力状态下，症状就发作了。于是，他们中的一个人就成了大肠杆菌感染其他人的媒介。那边的情况不太乐观。”

我打了个寒战。零重力下，腹泻会导致各种问题。尿液确实很烦人，但腹泻比这糟糕一百万倍——这是个很难统计的数据。“我们要做点儿什么吗？”

泰鲁扎斯用勺子指着我，“我也问了这个问题。”

“不用。”帕克停在梯子的底部，“任务控制中心和那儿所有的飞行外科医生都确认了，我们什么都不要做。负责评估那边情况的鲁比也叫我们不要过去。”

“可是——”我不知道我在反对什么。这是个正确的决定，和我们做过的模拟相差无几。这是我们配备两艘船的原因，每一艘船都可以候补。但不去帮助他们真的很难，我想这就是面对不认识的受苦群众和面对熟人时的直接区别。“我们可以做一些不需要和他们接触的事情。”

帕克扬了扬眉毛，这是我从他那里得到的所有回应。他穿过厨房，“闻起来不错，泰鲁扎斯。”

泰鲁扎斯用勺子敲打着锅的边缘，抖掉他正在做的美味，“约克

① 卡米拉的昵称。

说得对。我们可以把东西留在气闸里。或者穿着我们的宇航服进入飞船帮忙清理。或者把船员放在‘忙蜂号’里,用它作为——”

“那个。”帕克手指着他,“那就是我们不去的原因。你只用三句话就把他们推向了我们。这会儿,大肠杆菌的传染性很强,对吗,沙蒙?”

“对的。”

“就算两艘船都没事的时候,任务控制中心也能比我们召集更多的人集中脑力在某个问题上。我们会保持航向。”帕克拍了拍手,“晚餐吃什么?”

泰鲁扎斯在围裙上擦了擦手,“仿海鲜饭。是……是一种米饭制的食物。”

关于泰鲁扎斯,有两件事需要知道。他是一个对戏剧有着深刻而持久热爱的拙劣演员。另外,当然,他是一名宇航员,这意味着一旦他发现了一个问题,他就会去思考它,直到想出解决方案。这两件事再加上他想帮助“平塔号”的愿望,不知怎的,我就发现自己拿着一双鞋,和莱纳德、泰鲁扎斯、弗洛伦斯,还有拉斐尔一起挤在了通信舱里。

我们离地球太远了,如果不经常护理无线电设备,地球上的电台节目就会越来越模糊,最终变得难以分辨。弗洛伦斯解释过,但尽管我理解波和带宽的理论,但由于她最终飙起了行话,我只能保持微笑,不断点头。

简单点儿说，“平塔号”的船员病得太重，没法儿照料电台了。

展开来说，就是我们准备制作一部广播连续剧，在他们生病期间供他们娱乐。显然，拥有麦克风就是太空版的“我叔叔有一个谷仓”[①]。

泰鲁扎斯靠近话筒，用恰到好处的抑扬顿挫，讲述惊心动魄的场景，“他惬意地坐在一架巨大的客机中，在地球的高空中疾驰，国际著名运动员飞侠哥顿，爱慕地看着过道对面的戴尔·亚顿[②]，他空中航行的年轻小伙伴。忽然，一阵剧烈的震荡。”

他停下来的时候，弗洛伦斯摇晃起一个气球——我说是气球，其实是个吹起来的避孕套，里面装满了干米粒。她在麦克风附近摇晃这东西，怎么听怎么像大爆炸。

泰鲁扎斯的声音变得更有激情，“飞机猛然陷入俯冲，机身不停旋转。飞侠哥顿借助自己训练有素的肌肉穿过过道，来到惊慌失措的女孩身边，把她抱在怀里，然后跳出坠落的飞机。拉开降落伞的拉绳，滑向地球。”

莱纳德在话筒前就位，倒立着飘浮在话筒上。泰鲁扎斯不是我们这里唯一的拙劣演员。“别害怕，戴尔。飞机坠毁了，我们安全了。”

这是我出场的信号。我试着配合他们假笑，“是呀，多亏了你。哦，看，飞侠！那儿有一扇大铁门，它要关上了！”

“怎么回事，那是伟大科学家汉斯·查可夫[③]博士的实验室。他朝

① 电影史上的经典台词之一：嘿，我叔叔有个谷仓，我们来表演一场吧。

②《飞侠哥顿》中的角色。

③ 同上。

这边来了！希望您能原谅我们这样不客气地闯入您的实验室，博士，但是您也看到了，我们当时不得不跳伞。”

我捂住嘴，因为我知道接下来会发生什么。拉斐尔。拉斐尔身高一米七五，喜欢跳舞，他的德国口音是我听过的口音之中最搞笑的。如果你看过查理·卓别林[①]的《大独裁者》就会知道，拉斐尔肯定能演好里面的阿德诺德·希克尔[②]。

拉斐尔对着天花板摇了摇手指，尽管“平塔号”上没人能看到他。他用古怪的德国口音说道：“我看清理（你）们的真面目了——间谍！来偷取我的秘——密！但我已经由（有）了答安（案）。来搭（打）我呀！”

我咬着舌头，努力屏住呼吸。他实在是太有趣了。

我不知道莱纳德是怎么说完下一句话的。“把枪收起来，查可夫教授。”莱纳德靠近麦克风，低声说道：“这个人疯了，戴尔。我们得迁就他。”

“好吧，教授，好吧。”希望我听起来有气无力，而不是像在憋笑，“我们和你一起去。”

“从折（这）梯子上下来，到折（这）塔里去。下来，我告诉你！”拉斐尔指着天花板，我和弗洛伦斯各自拍打鞋子，发出走路的声音。勉强算是吧。我有很多种身份，但音效师却不在其中。拉斐尔摇了摇手

---

① 查理·卓别林（Charlie Chaplin，1889—1977），英国影视演员、导演、编剧。

② 电影《大独裁者》中的独裁者角色，在野外时，因被己方误认为敌人而被逮捕，由卓别林饰演。

指,“到了。额(我)们坐上火箭船,十秒钟后,额(我)们就可以去新的星球了。额(我)们都会死——为科学而死!”

然后他发出狂笑:“哇哈哈哈哈哈哈!哈哈哈哈!哈!”

我弯着腰,努力不让自己笑出声,泰鲁扎斯顺利地飘到话筒前,“更多惊险刺激的冒险故事,请收听下一期的《飞侠哥顿》!”

弗洛伦斯伸手关掉了话筒,“线路关闭了。”

我的笑声在通信舱里跳来跳去,让我就像《欢乐满人间》[①]里的“笑气”篇的人物一样。我擦了擦眼睛,飘过去亲吻拉斐尔的头:“我要被你笑死了。”

他的耳朵变红了,“我不凶吗?”但他笑着眨了眨眼。

“我好怕怕。”趁眼泪还没在房间乱飞,我赶紧用袖子擦掉,“看,我都被你吓哭了。”

舰间广播噼里啪啦地响了起来,“谢谢,伙计们。那太酷了。”我花了点儿时间才分辨出那个沙哑的声音是鲁比的。“我们都很喜欢。”

弗洛伦斯拿起话筒,“你们在那边怎么样?”

“哦,我们很好。不要为我们担心。”她身后的某个地方,有人发出了干呕的声音,“我得忙去了。不过,谢谢了。有你们惦记着,对我们来说意义重大。”

线路安静了下来。

弗洛伦斯叹了口气,把话筒重新放回老地方,“我从来没有听过

---

① 美国奇幻歌舞电影。

这么赤裸裸的谎言。”

“从来没有?”莱纳德眉毛一挑,“那我夸奖你做的那个像馅饼一样的东西的时候呢?”

“你给我闭嘴。”她推了他一把,他旋转着飞向通信舱的顶部,“那是日式水果派。我妈妈的菜谱。”

“你妈妈是日本人吗?”

“你也给我闭嘴。”她回过头来看着扬声器,仿佛能透过它看到“平塔号”,“我不介意表示我很担心他们。”

“卡米拉说他们应该就快度过最糟糕的那一段了。”我的意思是,我也很担心,但我们真的无能为力。对大肠杆菌用药只会使情况更糟,显然,它必须走完它的流程。

弗洛伦斯一边用手指敲打着控制台,一边咬着下唇,“但是情况看起来好像……”

船上的对讲机响了起来,帕克懒洋洋地说:“如果慰问剧团完成了他们的英勇任务,也许他们能主动回到岗位上。”

弗洛伦斯拿起话筒,“我不知道你在说什么。我现在就在我的岗位上。”

我们其余的人飘出门外,向着主轴飘去。在我前面,泰鲁扎斯问拉斐尔,“你觉得帕克听了吗?”

“当然。”他用肩膀轻轻地推了推泰鲁扎斯,“你做得不错。”

那天晚上吃饭时，帕克手里拿着一张电传打字机的纸走进来。我们原本还在哈哈大笑，还没从表演中缓过来。突然就像被按了开关，笑声停止了。

有一种表情总是伴随死亡的消息一起出现。作为宇航员——作为陨石事件的幸存者——作为二战老兵——我们所有人都见过这种表情很多次，我们不是不知道发生了什么。

我们只是不知道是谁。

我放下了手中那一叠盘子。房间里的空气似乎停止了循环，只留下风扇的“呼呼”声。

帕克低头看着那页纸，“鲁比·唐纳森死了。癫痫发作。任务控制中心认为是大肠杆菌引起的溶血性尿毒症。”

“该死。”卡米拉坐下来，额头抵在拳头上，“我们应该过去的。”

“没有什么——”

“那是他妈的谎言。”她用手拍打着桌子，“鲁比在给自己注射抗腹泻药，这样她就能继续帮助其他船员。可是这样一来，志贺毒素[①]就不会被冲走。不冲走毒素，毒素就会开始导致凝血。癫痫发作不是大肠杆菌的并发症，而是我们的决策的并发症。是我们造成的。”

房间里一阵沉默，只有这个事实在回荡。这让我脊背发凉，同时也回忆起了所有的应急方案，在这些方案中，一个宇航员可能不得不选择让一个同事去死，因为试图拯救他会让两个人都完蛋。真的是这

① 由志贺氏菌属细菌所分泌的外毒素。

种情况吗？如果我们过去帮忙，还会有这么大的风险吗？

帕克用明显的吸气声打破了沉默。他穿过房间，蹲在卡米拉面前，“我很抱歉。你说的没错。”他把手放在她的肩上，“任务控制中心做出这个决定时，它还是正确的。”

“我要过去。”

帕克手里还攥着那张纸，他深深地、缓缓地吸了一口气，“我支持你。”他润了润嘴唇，看着我，“约克，你受过护理训练，对吧？”

“只在战争中学了战地医疗。还从我母亲那里学了一些。”这让她听起来像个低劣女巫或什么的。“她是一名医生。”

帕克点了点头，调整了重心，看着地板，“你愿意驾驶‘忙蜂号’过去吗？”

泰鲁扎斯上前一步，“我愿意。”

“我知道你愿意。”帕克抬起头，抿了抿嘴。他又叹了口气，站起来时捏了捏卡米拉的肩膀，“但事实是，约克和我可以违背任务控制中心的命令，而你们谁也做不到。如果宇航员夫人带着沙蒙去执行一项人道主义任务，回来后，他们不会禁飞她。”

“嗯……我有我的优势。”我耸了耸肩，“这会产生很好的宣传效果。他们会喜欢的。”

帕克挤出一个扭曲的笑容，“穿好宇航服。我不希望你们把那玩意儿带回来，更不用说传染给你们中的任何一个人。”

第十八章

播音员:美国广播公司推出由泰勒·格兰特主播的《本期头条》。1962年11月28日报道。

格兰特:首支火星探险队内发生悲剧,来自密歇根州格兰德黑文的鲁比·唐纳森中尉去世。唐纳森中尉是“平塔号”的医护人员,死于受污染的食物引起的感染。世界各地都降下半旗以纪念她的牺牲。

我的呼吸在我耳边嘶嘶作响,火星太空服的硬壳头盔包裹着我。这不是一套完整的EVA服,更像是我第一场发射中穿的压力服。我戴着手套操作“忙蜂号”,行动十分笨拙。我身旁坐着卡米拉,她也被包裹在太空服里。从某种意义上说,我们处于同一空间,但却呼吸着不同的空气。

我驾驶“忙蜂号”缓慢地移动着，保持“平塔号”侧面的对接舱门一直停留在“忙蜂号”的观景窗中央。即使身处这次事件之中，我依旧因为能独自完成对接而感到兴奋。真荒唐。不过，当“忙蜂号”的机头碰上“平塔号”的船身，我们的自动夹钳稳稳抓牢后，我还是看向卡米拉，仿佛她会为我感到骄傲。

她已经开始解安全带了。

我启动了我们的宇航服通信器，“等我先固定好‘忙蜂’。”

“需要我帮你吗？”

“不用，但是——”

“那我先走了。我们只有七个小时的氧气。”她从座位上一跃而起，飘向后方。

“至少让我确保我们已经安全停靠吧。”根据检查清单，我还要固定六个反向推进器。

“三角压力表数值为4.9。”她已经飘到舱门口了。

“卡米拉。”她知道得很清楚。在太空中仓促行事一定会丧命。“我们梳理一下检查清单。欲速则不达。”

“真主在上，你说话的语气好像帕克。”但她放慢了速度，检查各项指标，并通过窗户进行了目视确认。

“嗯，在火箭还是靠铝箔固定的时候，我和他就开始搭档进入太空了。”我切换了频段，向我们的飞船广播，“‘尼那号’，这里是‘忙蜂1号’，我们已完成对接，所有系统都达到最佳状态。”

“打开那个舱门之前,一定要进行目视确认。”

听了帕克的命令,卡米拉看着我笑了起来,“欲速则不达。”

帕克现在一定在重复这句特别的咒语。“是的,长官。卡米拉现在正在确认。”

“我很高兴你们当中有人理智尚存。”

我磨了磨牙,希望麦克风能传达这声音,“等我把‘忙蜂号’固定好,我们就登船。”

“别忘了,你们的氧气只够使用七个小时。”

为什么人们总喜欢说显而易见的事?“好的,长官。我们会留意时间和指标。”

“你们需要留出足够的时间回到这里,完成冲洗。”

我相当肯定他们一定听得到我的叹息,“是,长官。我会提醒卡米拉注意时间限制。‘忙蜂1号’下线。”

等我固定好“忙蜂号”,卡米拉已经解开了医药箱的包装,打开了左舷。另一边,“平塔号”的气闸已准备就绪,一束亮光指明了金属立方体内“上”的方向。主轴外的光亮透过内门上的圆窗照了出来。

早期,舱门只能从里面打开,但在一次模拟试验中,参与EVA的宇航员因为里面的工作人员丧失行动力而丧生,后来他们就做出了改变。有趣的是,事后看来,这件事是如此显而易见。这是IAC和所有模拟积极的一面:我们也可以从那些实际上并不致命的事情中,获得后见之明。

我拿起卡米拉打包好的第二个医疗包，跟着她飘进气闸。泵循环期间，我们必须等待，确保两个空间的压力匹配，然后才能打开门。

现在似乎不是玩气闸游戏的场合，尽管玩游戏总能让时光飞逝。还有什么可说的呢？我们还在“尼那号”上的时候，就已经考虑了整个过程，我清楚我们的行动计划。反复回顾显然只会让我更像帕克。

不过话说回来，他也没说错。我清了清嗓子，“先去健身房？”

“鲁比说他们就住在那儿。”卡米拉瞥了一眼指示器说道，“我发誓，这玩意儿每回都在变慢。”

所以，也许是时候来个气闸游戏了。“我们来玩玩押韵？”

卡米拉哼了一声，“你刚是给了尾韵？”

“我看没有啥毛病。”

“但是不符合规定。”

我咬了咬下嘴唇，“规定”这句真不错……“嗯，有人说押韵得劲儿。”

卡米拉戴着头盔点点头，“而有人说——终于好了！”三角压力表数值升到了安全区，她伸手去开门，“时机已定！”

这句值得一笑。卡米拉拉着一根栏杆推开了门。我们拖着医药箱飘进了“平塔号”的主轴，来到距离船尾大约四分之一距离的地方。

灯光把白色走廊照得亮堂堂的。我之前莫名以为这里的一切都是灰暗的，但电力系统运转得十分完美。我往主轴和环形支架的交会处看去,大吃一惊。一个和我头一样大的、棕色的、疙疙瘩瘩的流体球在气流中缓缓旋转。

另外一个较小的球体则盘旋在主轴更深处。我仔细观察,发现空气中还飘散着几十个小球,“我的天啊。他们需要胡佛[①],不需要大夫。”

“他们两个都需要。”卡米拉把医药箱推到自己面前,然后浮上主轴,“我去健身房。你看看能不能把这个弄干净?”

我曾以为堵塞的厕所已经够糟了。

即使裹着一件旨在保护我免受火星恶劣环境影响的衣服,我还是有想用碱液擦手的冲动。事实上,我清理完主轴后,确实清洗了太空服的手套。分配给我的时间只有五个小时,完成这些花了超过一半的时间,我甚至还没去船员宿舍。我们睡在零重力环境中,我敢打赌,那个区域肯定是个噩梦。鲁比机智地把他们都搬到了健身房,那里的重力会让腹泻情况更受控。

我从梯子上滑到环形走廊中,拖着沉重的步伐来到健身房。火星太空服虽然没有完整的EVA服那么重,但依然碍手碍脚。我进入浴室,再次洗手,瞥见一面墙上的褐色条纹,胃部顿时一紧。有人曾试图清理它,但其实只是把它抹得更糟了。

我只想回到“尼那号”,拿出所有的漂白剂来,然后泡在里面。但

① 一种真空吸尘器。

是我只能洗洗手套，打开供应柜，拿出瓶侧印有“太空计划荣誉赞助商”的来沙尔[①]。我花了三十秒，也许是一分钟，来清理那块污迹。

奇怪的是，那些旋转的球状排泄物并没有像这摊没清理干净的污迹那样充满“疾病”感。那些球体可能只是因为故障从密封装置中溢了出来。而这……这可能是一个宇航员明明知道他们需要清洗，却因为实在病得太严重而无法完成工作才留下的痕迹。

我又把手套洗了一遍，还另外在手套上喷上了来沙尔。

然后我进了健身房。

卡米拉跪在本科斯基身边，用湿布擦拭着他的额头。老实说，我曾认真地想象过她极富英雄主义地脱掉宇航服帮助病人的画面，但她没有。这画面让我回想起自陨石坠落以后，我们已经走了多远。我知道——你会认为人类到外太空就够了，但这已经成了我们的家常便饭。在这种情况下，火星太空服脱颖而出，我重新认识了太空服，银色聚酯薄膜、白色管道、铬合金、钢铁和塑料。我们可能是《飞侠哥顿》或《巴克·罗杰斯》[②]中的某个角色。

“我能做什么？”

“给德比打点滴。他不让我碰他。”她看着我，脸被头盔框住，而我仿佛是在不合时宜的情况下看到了火星太空服，突然想起她的皮肤是多么正宗的棕色。我没有忘记卡米拉是个阿拉伯人，但我忘了

① 一种消毒防腐剂。

② 美国科幻电影。

德比只能看到她的这一面。她一甩头指了指医药箱,"你知道怎么打点滴吗?"

"我明白原理,但我没试过。"我走到放在举重凳上的医药箱前,跪在旁边,"他不让你碰他?真的吗?"

"他神志不清。"她站了起来,蹦蹦跳跳地来到我身边,"我选择相信这一点。"

"他是摊泥泞。当然,这只是为了押韵。"

"如果给我零点一美金……"她打开工具箱,拿出其中一包她打包好的生理盐水,"你得给他做皮下注射,除非你觉得自己戴着这副破手套还能找到静脉。"

"我不戴手套的时候都没找到过。"我发现,奇妙的地方在于,虽然我的心率已经升高了一个等级,但打点滴这件事明显不如帕克问我意第绪语那么让人紧张。大脑有时会完全丧失理智。我从她手中接过点滴时,手完全不抖,"你能给我讲讲吗?"

她耸耸肩,咧嘴笑了,"因为皮下注射不需要戳进静脉,基本上你可以刺他任何地方。如果你刺手部,会更疼,因为那里的神经更多,还有,不等消毒酒精干掉就戳,也会很疼,因为有些酒精会随着针头进入血液,产生一种烧灼感——正如帕克所说,只是分享一个知识点。"

尽管语带威胁,她还是排出管子里的空气,跟着我走到德比蜷缩着的那张摔跤垫旁。他裹着一条沾满污渍的毯子。我能看到他的皮肤已经呈现出泛黄的纸一般的质感,而且嘴唇也开裂了。

我跪在德比身边，他睁开了眼。红色的血管在他蓝色的虹膜周围像蛛网一样蔓延开来，黏液粘在眼角。他突然伸出舌头，舔了舔嘴唇，“约克。”

他咳嗽了一声，然后又闭上了眼。我用发射时特有的专注力注视着他的胸膛，以确定他还在呼吸。

为什么我可以既厌恶一个人，同时又不希望他死？吸了一口循环空气，我拉开毯子，露出他的手臂。他猛然睁开眼睛，抓住毯子。

我手一抖，针头差点儿掉地上，还差点儿刺伤自己。

他咝咝地呼吸，用南非语说着什么。

我实际上并不确定他说了什么，但从他瞟向卡米拉的目光，我猜得八九不离十。他没有神志不清，他只是一个搞种族歧视的混蛋。“要是我坐在他身上呢?”

“我不想冒险，他可能会敲碎你的面板。虽然……”卡米拉转身离开了我，“呵。”

“怎么?”我顺着她的目光看过去，她正在打量体育馆的其他地方。除了德比，其他队员都盖着干净的毯子，至少已经洗过海绵浴了。所有的人都在打点滴。

“好吧。所有重物都在这里。”她拿起一对十公斤重的哑铃，“而且他真的弱得像只小猫。他需要输液。”

“还需要洗澡。”

“否则就要面对我的愤怒。”

我站起来笑了，明白了她的意图。我们可以把这些放在毯子上，然后用这种方式把他压住。“我喜欢这种思路。”

哑铃可能会滚动，所以我抓了一个举重用的杠铃片。要戴着手套操作意味着我只能拿一片，卡米拉搞懂了我的意思，放下了哑铃。她拿起重量匹配的杠铃片，我们像太空版的瓦尔基里[①]一样，从两边接近德比。

他的眼睛又闭上了，还把毯子拉到了脖子处，两只胳膊藏在毯子里面，好像要把自己结成茧一样。我把杠铃片压在他右肩旁的毯子上。卡米拉在另一边也做了同样的事情，有效地固定住了他的胸部。如果他用尽全力，这只能拖慢他的速度，不过，他睁开眼睛的时候，我已经勒住了他的双腿，并压上了我全身重量。

他嘴里咕哝着不停抽搐，接着发出一声呻吟，停止了动作。毯子的一边在腰部皱起，一摊水汪汪的褐色分泌物溢满了摔跤垫。

房间的另一边，海蒂和多恩扶着墙相互倚靠着。多恩一只手臂搂着海蒂，海蒂正在鼓掌，“没人喜欢他。”

紧急情况下，人们不会花精力讲善意的谎言。流星袭击以后，难民说的……“直言不讳”就是慷慨。

我拍了拍他的膝盖，“德比，你得让卡米拉给你输液。”

“你来。”

“我不知道该怎么做。我最多只能给你做皮下注射，但那样效果

① 北欧神话中的女武神。

不够好。”

他摇了摇头，最后把头偏向远离卡米拉那一侧的垫子。这很蠢。我们已经把他压住了，所以这时我抬头看了看卡米拉，穿着宇航服尽力耸了耸肩。

她做了个鬼脸，来到我身边，“如果你能压好他的话，我能在他腿上下针。”

本科斯基借助手肘把自己撑了起来，“哦，看在他娘的上帝的分儿上，德比，像个男人一样，接受点滴。这是直接命令。”

“我穿着火星服，我身上的‘污渍’碰不到你。”卡米拉一脸愤怒地盯着垫子上的那摊水，“要么让我动手，要么你就这么躺在自己的尿里吧。”

扎针时，德比一直把脸贴在垫子上，但他没有挣扎。他要是挣扎，肯定就瘸了。卡米拉示意我从他的腿上下来，然后她把杠铃片滑到一边。她站起来，扯下他身上的毯子，“我们先给他清理一下。”

“希望他不要再喷一次尿。”我站起身来，去浴室拿来沙尔。

卡米拉在我身后说：“呃。他也不是我护理的第一个混蛋了。”

第十九章

播音员：今天是1962年11月28日，星期三，您现在收听的是BBC世界新闻。

鲁比·唐纳森中尉去世后，第一批火星探险队发回的报告引起了国际社会的关注。人们为她举行了守夜活动，部分现场遭到了来自地球至上组织抗议者的阻挠，他们声称，政府公布死因是他们掩盖太空细菌的一步棋。据抗议者表示，这些细菌会对地球生命造成威胁，而且火星表面可能还存在其他污染物。

等我们终于把德比清洗干净，并给他进行了静脉注射后，本科斯基才挣扎着站了起来。他倚靠着椅子，椅子上挂着他的输液袋。

“嘿！”卡米拉冲向他，我没想到，一个穿着宇航服的人还能做出这样的动作，“你要做什么？”

“鲁比。”他耸耸肩，看着地板，“我把她放包里了。”

包。我还在地球上的时候，纳撒尼尔读过一份关于任务中期突发事件的报告，这是报告中提到的情景之一。“突发事件”是指宇航员在太空中死亡。到目前为止，所有在太空中死亡的人，都没有留下可供埋葬的尸体。留下尸体的人则都接受了宇航员版的维京式葬礼[①]，没有预兆，甚至也没有先走一步的机会。这很恐怖，但有时候我们开这些玩笑只是为了生存。

那么，宇航员在三年任务中死去会发生什么？你没法儿把尸体送进地球大气层里烧掉，因为你们离地球有几百万公里远。你要把尸体存放起来，直到抵达火星，还是等回到地球？对船员来说，和他们同事的尸体一路同行，又会有什么影响？

或者，从IAC的角度来说，是否需要创造一个新的系统，让遗体能完完整整、干干净净地回到家中？“包”是一个沉重的塑料尸袋，里面装着宇航员的遗体，这样一来就可以把它们放在气闸里，暴露在太空的真空中，直到里面的尸体冻成固体。

有机物在真空中暴露一个小时，就会变得很容易断裂。摇晃装有冷冻有机物的袋子，它就会变成尘埃，连骨头和牙齿也不例外。尘埃很容易被压实成一个规整的立方体，便于运回家，再按选择的仪式安葬。

---

① 维京人相信人死不过是去另一个世界旅行，如果死的是了不起的大英雄，他们会将死者生前的战船与之一起埋葬。

这个袋子还没真正在人身上用过。

我缓缓地吸了一口气,希望我的空气供应中能多一点儿氧气,“她在气闸里吗?”

他点了点头,“前端三号。只是我没法儿……做别的了。我试过,但是我现在太他妈的虚弱了。”

卡米拉把手放在他的肩膀上,“我们会处理的。”

“我跟你们一起去。”他拿起他的输液袋,放在肩膀上,“先别拒绝,我保证不累着自己,而且之后我会直接回来这里的。”

卡米拉双手叉腰,瞪着他,“没什么你能做的。”

“我可以道个别。”本科斯基挺起身子,看上去勉强像是摆出了一副军人的姿态。我看得出来,过去一个星期里他轻了很多。

我们三个人成群结队地走出了健身房——或者说,卡米拉和我踏着沉重的步子走了出去,本科斯基一手扶着墙,拖着步子跟在我们后面。我停了下来,等他赶上我们,“靠着我。”

他嘴角上扬,露出苦笑,“谢谢你。我感觉自己很没用。”

“你才不是。”我一只手环住他的腰,“你能让德比乖乖听话。”

他把手臂搭在我的肩膀上,把头盔的“O”字形圈压在我脖子底部的肌肉上,“这么说,我该早点儿管住他,但我觉得通过命令让他乖乖地听话,只会让他更加挖空心思去搞种族歧视。”

虽然我戴着头盔尽可能地抬头看他,但他压在“O”字形圈上的重量,让我只看得到他的下巴。“我很惊讶,他竟然成了我们的队员。”

“帕克试过踢走他。”本科斯基叹了口气，然后咳嗽了一声。

我停下来让他喘口气，“我不知道这事。”

“克莱蒙斯说不行。预算的原因。南非给了一大笔钱。”本科斯基直起身子，继续往前走，“我的工作是让飞船保持正常运转，而他是我的副驾驶。真是‘美好时光’。”

“IAC知道他还在给你找麻烦吗？”

“不知道。他们也无能为力，他们可能会尝试用心理辅导或类似的愚蠢行为来解决问题。还有时间延迟。”我们来到通往主轴的梯子脚下，他放开了我，“从这里开始，我能应付了。”

“如果你攀爬有困难，我可以随时推你一把。”

本科斯基笑着拍了拍自己的屁股，“好啊，尿布还没满呢，那就来吧。”

卡米拉从上方俯视我们，“我不会再给你洗屁股了。”

“我可以自己来。”本科斯基开始拖着身体顺着梯子往上爬。

我跟在后面，以防他滑下来，不过如果他滑下来，我该怎么办，我不知道——穿着宇航服躲进梯井里？等我进入主轴，本科斯基已经用一只手把自己固定在墙上了，卡米拉在他身边，看着输液袋。

“该死的。对不起。我早该想到的。我只是分心了……”卡米拉摇了摇头，“你必须回到重力环境。”

“什么？为什么？”

“生理盐水下落靠的是重力。现在这样不行。”她拉着他的肩膀，把他转回梯子,“对不起,但这是现实。”

“我不会有事的。”本科斯基向我寻求支持,“埃尔玛,告诉她我不会有事的。”

“不。”我摇了摇头。我能和很多人争论,但不能和义正词严的医生争论,“别逼我找帕克直接给你下命令。”

他张了张嘴,像是要争辩,然后又闭上,“好吧,我知道了。那我还是懂事地回去吧。”

卡米拉一直等到他开始下梯子,才转身向前端气闸走去,气闸在船员宿舍附近。我们并肩飘浮着向上穿过整艘船的距离,我一直试图找点儿话说。我们要去的地方实在太沉重,几乎产生了自己的重力。

即使本科斯基没说是哪个气闸,目标也很明显,因为三角压力表显示另一边是真空。卡米拉按下了关闭外门的按钮,等外门一关闭,我就打开阀门,让大气咆哮着涌入气闸。我想不出任何韵脚,甚至想不出一句话来开始气闸游戏。

卡米拉在我身边清了清嗓子,“鲁比·唐纳森是个好医生、桥牌高手。她能跳林迪舞,即使在地球上,人们也觉得她不受重力影响。我们是同班的宇航员,我永远不会忘记我们见面的第一天。她的辫子让她看起来像十二岁,有人问她是不是在学校参观时迷路了,她抬头看了那人一眼,说:‘是啊,我来自该死的“社会教你做人”学校,我来这儿就是为了教你不要妄下定论。’我会想念她的。”

直到那一刻,我才哭出来。泪水快要在我眼前汇成池塘了,我用力且快速地眨了眨眼睛,想把泪水挤掉,"鲁比·唐纳森是一位敬业的宇航员,也是一位富有同情心的医生。她认真地对待她工作中的每一个环节,即使是工作中无趣的部分。我从来没有听她抱怨过工作时间长,如果队友需要帮助,她甚至会主动留下来加班。我第一次见到鲁比的时候,她正在月球上学习驾驶一辆漫游者。我永远不会忘记她大喊'哟——吼!'的画面,我真想给她买个套索。"

我透过头盔盯着指示器,呼吸的咝咝声充满了我周围的世界。我们又等了两分钟,压力才升到足以打开舱门。我透过窗户看向昏暗的立方体空间,确认外面的舱门有没有关好。一个半透明的塑料袋飘浮在中间,两端有粗粗的把手。袋子贴着鲁比,你只能看出她肩膀和侧脸的轮廓。

我吞咽一下,打开舱门,把门拉开,靠一根导轨支撑着。卡米拉跟着我一起进入气闸。她把手放在尸体上,捏了捏,"已经硬了。"

我看了看我的氧气指示器。我期望仪表显示氧气含量太低,不宜继续留在这里,这样一来,我们将不得不离开。但仪表显示,我有足够的空气来完成这件事并回到"尼那号"。我咬紧牙关,抓住其中一个把手,另一只手抓住一根导轨。我开始在脑海里背诵送葬者的《珈底什》[①]。Yitgadal v'yitkadash sh'mei raba. B'alma di v'ra …"数到三?"

卡米拉点了点头,抓住另一个把手,"一,二,三。"

…chirutei, v'yamlich malchutei, b'chayeichon…

---

① 犹太教每日做礼拜或为死者祈祷时唱的赞美诗。

袋子向天花板飞去,我们轻松得仿佛在抖床单。在弧线的顶端,我们猛地把它拉了下来。有那么一瞬间,塑料袋勾勒出鲁比的脸和胸部,甚至她的辫子。然后她开始碎裂。在方向突变时,袋子受到了三次重击。

…uv'yomeichon, uv'chayei d'chol beit Yisrael, baagala…

往上。袋子因为无数坚硬的棱角撞击而抖动着。

…uviz'man kariv. V'im'ru. 阿门。

往下。随着几十块石头落下,袋子在我的手中剧烈震颤。

Y'hei sh'mei raba m'varach, l'alam ul'almei almaya.

往上。一个圆圆的东西紧贴袋子内壁,像一个没有特征的孩子的头。

Yitbarach v'yishtabach v'yitpaar, v'yitromam…

往下。气闸里有充分的大气,可惜不像真空那样一片寂静。袋子里的沙砾鼓动着,发出响声。

…v'yitnasei, v'yit'hadar v'yit'halal…

上下,上下,该死的……

在我们完成之后,在我们回到"忙蜂号"后,在我因为看不见、无法飞行而不得不摘下头盔之后,在我们回到"尼那号"之后,我仍然能不断感觉到鲁比的身体在我手部的震动中破碎。

唯一的——唯一能让我觉得庆幸的事情——就是本科斯基没和我们一起去。

第二十章

灾害影响将持续

精神病医生的陨石灾难幸存者报告

《国家时报》加拿大多伦多1962年11月29日电(记者艾玛·哈里森) 特稿:十年前,陨石撞向切萨皮克湾,摧毁了华盛顿特区和东海岸大部分地区。两位精神病医生昨天表示,陨石灾难的幸存者如今表现出明显的心理恶化现象。幸存者们报告了各种身体不适,医生认为都是心理因素造成的。

精神病医生曾倾向于认为,受害者本身的性格是影响事故后精神障碍程度的主要因素,但罗伯特·L.利奥波德博士和哈罗德·狄龙博士提出,一大批人在长时间内出现了类似反应,这使事故前性格理论受到质疑。两位精神病医生曾在灾难发生后立刻对这些人进行了检查,发现了典型的事故后行为。许多人产生困惑、焦虑、失眠、消化不良的症状。一些人看起来不知所措。

在再次检查中,专家发现大多数幸存者比十年前更加焦躁。他们出现了许多新的症状,感觉被孤立、被监视,而且对他人充满了敌意和不信任感。

我需要纳撒尼尔。

鲁比的……不管那是什么鬼东西……给我留下了阴影。我都没有必要去找卡米拉要眠尔通,我们一回来她就主动给了我。显然,她看了我的档案。显然,我需要的时候,船上一定会有。但我不希望我对它的依赖如此明显。

我不想需要它。

我也不知道卡米拉给自己吃了什么药。

我们没有谈论鲁比,虽然在我的事故报告中,我提过"包"永远、永远不该用来装人。

我需要纳撒尼尔。所以我带着一份讲述航行中各种烧伤处理的文件,独自一人来到通信舱。传送延迟的时间太长了,我需要一些东西来让我在等待的时候忙起来。另外,这也能给我解读纳撒尼尔回复中的暗语打掩护。

我拐进舱室,弗洛伦斯从小说中抬起头来,"需要帮忙吗?"

"希望电传机没人用。"机器闲置着,被螺栓固定在通信舱的一侧,

“我要回复纳撒尼尔的消息。”

她朝机器挥挥手,“请便。但希望你别介意我不搭理你——瓦伦丁·迈克尔·史密斯[1]刚刚笑了。”她又埋头看书了。

对我来说,这样更好,因为这样一来,她发现我写乱码的可能性就降低了。今天的恺撒关键词在第三十页第七行第四个单词——“犀牛(rhinoceros)”。所以字母表是RHINOCESABDFGJKLMPQTUVW-XYZ。

30 7 4—Wo srn tk uqo tso hre tsaje tk hpord ul Puhy'q hkny. Lforqo toff go tsrt yku wopo jkt aj tso gootajeq tsrt rllpkvon tsrt skppahfo tsaje. A irj't eot at kut kc gy sorn. Wsrt tso soff wrq lfogkjq tsajdaje tk ikggaqqakj tsrt? Rjn wsk toq- ton at tsrt ikufnj't aggonartofy qoo tso lpkhfogq? Jk kjo qskufn ovop, ovop srvo tk uqo at. A wkujn ul trdaje r Gaft- kwj tk eot tk qfool.

(翻译:我们不得不用那个像袋子一样的东西来分解鲁比的尸体。求求你告诉我,你没有参加批准那种可怕东西的会议。我忘不掉那种感觉。克莱蒙斯怎么会同意?负责测试的人难道没有立刻发现问题?永远、永远不该有人用上它。后来,我还是吃了眠尔通才睡着。)

---

① 罗伯特·海因莱因的科幻小说《异乡异客》中的主角。

亲爱的纳撒尼尔：

我不知道他们在地球上对鲁比的死怎么说，但我要告诉你，直到最后，她都一直在工作。我希望我们当时能早点儿过去，但我明白指挥中心为什么会做出那样的决定。事后诸葛亮总是能看得更清楚，一向如此。但是，我还是忍不住想，我们是不是能救她。

“平塔号”上每个人的情况都好多了。不过既然他们已经恢复了通信，我猜你应该也知道了。本科斯基说他们走路都还不太稳，但大家觉得能工作已经很好了。

说到工作，听说汤米放了秋假我很高兴。我想，这样能让他在实习开始前更好地适应堪萨斯城的生活。谢谢你带他去打保龄球，还把他介绍给阿德勒天文馆的那群人。他想当天文学家已经很久了。我想这对他来说是个好机会。请一定记得拍照，这样我回家以后就能看到了。

全心全意爱你的

埃尔玛

Wsoj A qran tsrt A ujnopqtkkn wsy Gaqqakj Ikjtpkf grno tso noiaqakj tsoy nan, A faon. A nkj’t. A gorj, A nan rt tso tago, hut rq qkkj rq wo sornon kvop aj tso Grpq quatq at buqt qoogon qk khvakuq tsrt wo ikufn srvo nkjo tsrt qkkjop. Rff ikjvopqrtakj rhkut ekaje kvop wrq qsut nkwj hockpo wo ovoj srn r isrjio tk wkpd tso lpkhfog. Skjoqtfy, A tsajd at'q ipagajrf tsrt Puhy'q norn.

(翻译:我曾说我明白指挥中心为什么会做出那样的决定,我说谎了。我不明白。我的意思是,我当时是理解的,但当我们穿着火星宇航服登船时,我发现我们明显应该早点儿这么做。我们还没来得及解决这个问题,所有关于登船的对话就都被叫停了。老实说,我觉得鲁比的死是我们的错。)

我本可以继续说下去,但我还是坐了下来,等他回复。或者说,我等着电传打字机的信号传到几百万公里外的地球。五分钟后,就会有人收到消息,并把它交给纳撒尼尔。他现在应该在办公室,所以除非他在开会,否则他会马上来到机器前。

特别是在我提到了眠尔通之后。

他一定会告诉我小心点儿,还会问我有没有跟别人说过处理"包"多么令人沮丧。仿佛在船上我有什么人可以倾诉似的。我唯一能倾诉的对象就是卡米拉,但她经历了完全相同的事。我没法儿真的跟她抱怨什么。

我抓起我的文件夹,翻开第一页。发射。我们不再需要那一页了。我弹开文件夹,把发射那几页抽出来,塞到两腿之间,避免它们飘走。

关于这个"包",之前有人问过真正上天的宇航员的意见吗?纳撒尼尔回复的时候我要问他,因为如果有人问过,那么我想和那个说这玩意儿管用的S.O.B.[①]谈谈。如果他们没有，那就完全是另一次令人愤怒的对话了。

文件夹里的后面几页是关于地球轨道和切换轨道的内容。这些也可以扔了。

我把这几页抽出来，反作用力使我微微飘向弗洛伦斯的方向，于是我伸出一只手扶着天花板稳住身形。轻轻一推，我缓缓向电传打字机那边飘去。纳撒尼尔现在应该已经收到我的信息了。除非他在开会。他可能是在开会……

我曾经对他的日程安排了如指掌。现在，我唯一能确定的就是他在工作，甚至连这可能都不是真的。他可能出城了——不。如果有出行计划，他一定会告诉我的。不是吗？况且，汤米这周在城里，他哪里也不会去。

我咬咬嘴唇，回神继续看我的文件夹。火星轨道转移喷射燃烧——这些我还是需要的。再过六个月，我们就会离开地球引力的影响范围，进入火星引力的影响范围。我合上活页文件夹的金属环，翻到后面，这样我就可以把刚才的散页插进去。虽说我已经不再需要这些东西了，但IAC总想着把这些全是我手写笔记的东西完整地收回去，给后来人看。

我旁边的电传打字机响了。

弗洛伦斯被这突如其来的声音吓了一跳，往上一转，才抓着桌子

① Son of a bitch，狗娘养的。

稳住身子,“天啊。那东西每次都吓我一跳。每,一,次。”

“我懂你的意思。”我把文件夹夹在电传打字机和墙壁之间。

纸张在滑动托架上滚动,慢慢开始像纸做的豆茎一样攀上天花板。近半页的随机字符过去了,我才看到30、7、4,这意味着之后的内容都是纳撒尼尔用同一个关键词下的密码编的。现在,机器开始变慢,因为它正在响应人类的动作。

电影里,他们有时会把电传打字机塑造成反应迅速的自动化工具,但事实并非如此,更别提在距离这么远的情况下。它们能即时传递打字员的动作,所以在你思索下一句怎么说时,你的每一个笔画、每一个停顿、每一次犹豫都会被传送到和你通信的人那里去。我把手放在机器的侧面,它在我的触摸下嗡嗡作响。

纳撒尼尔打字的时候,我很享受托架上的那些轻轻撞击,就像他的手指在回应我的手指一样。

30 7 4—A’g qkppy yku’po srvaje quis r pkues tago kc at. A porn ykup ckpgrf polkpt rjn at qkujnon fado tso hre cujita kjon rq ajtojnon. A joon qkgo sofl ujnopqtrjnaje wsrt nanj’t wkpd rhkut at. Srvo yku joonon tk trdo rjy ktsop Gaftkwj rctop tsrt capqt jaest?

中间有很长的停顿,长到我甚至担心传输是不是中断了。同时,我也可以想象出纳撒尼尔靠在键盘上,下嘴唇被牙齿咬住,眉间拧成一条线的样子。

Yku djkw A wkppy rhkut yku, hut A'g efrn yku toff go tsajeq fado tsaq.

（翻译：看到你经历了如此痛苦的时光，我很难过。我读了你的正式报告，听起来“包”似乎发挥了应有的作用。我还需要一些说明才能明白它哪里出了问题。第一晚之后，你还需要服用眠尔通吗？[这里——这里他停顿了。]你知道我会担心你，但我很高兴你能告诉我这些事。）

我最亲爱的埃尔玛：

向你和其他工作人员致以诚挚的敬意。这里的每个人都对鲁比的事感到痛心疾首，尤其是她在飞行医疗部门的同事，他们觉得这是他们的失误。当然，他们都比我更了解鲁比，对她的评价也是最高的。

我很庆幸汤米这周在这里。他很好地分散了我的注意力，还鼓励我定期吃饭。他似乎每餐都需要大量食物，我想知道，我在他这个年纪的时候，是不是也每顿饭吃这么多。其实，我知道我是，因为我记得我们的管家抱怨过。她说家里存不下一加仑的牛奶，我现在知道她的感受了。还好，我们的冰箱总是很干净。

汤米是个好伙计。我很期待他夏天能来这里，虽然我可能会搬到一室一厅的公寓里去，为了多一点儿私人空间。你不会介意回来的时候有更多的空间的，对吗？如果你不喜欢的话，我们随时可以再搬家。

爱你如初的

纳撒尼尔

Sq jiitmp qj fo qurq yjt fseuq qrdb qj Brfsdru rhjtq wurqo– vom sp qmjthdsge yjt. S bgjw qurq Krmbom sp gjq r pjtmio jc ijfcjmq, htq Brfsdru rq dorpq jteuq qj ho, qumjteu uom fonsird hribemjtgn. S atpq wjmmy rhjtq yjt doqqsge quo rgxsoqy jvomwuodf yjt rersg.

（翻译：我突然想到，不管你有什么烦恼，你都可以和卡米拉聊聊。我知道帕克不会安慰人，但卡米拉有医学背景，至少她应该会。我只是担心你会让焦虑再次淹没你。）

焦虑和对被迫把同事砸得粉碎而感到的不安之间有很大的区别。我手指放在键盘上准备告诉他，随后又把手指抽走。我不能用纯文本写出来——我得先把它写进我们的代码里。

我缓缓地吸了一口气，在脑海中重新排列了字母表的顺序。安全起见，我把新字母表写在了旧的发射工作表背面，笔用力划在纸上，留下一道划痕。然后我把工作表撑开，让文件飘浮在电传稿旁边，随后编写文字。

Jrtsrjaof. Tsaq aq jkt rjxaoty. A rg jkt rjxakuq rhkut rjytsaje. A rg, skwovop, vaqioprffy naqtuphon hy tso lpkioqq kc lufvopazaje Puhy Nkjrfnqkj. Yku rqdon wsrt "nanj't wkpd rhkut at." Tso hre cujitakjq rq noqaejon rjn rffkwq tso lufvo- pazrtakj kc rjytsaje cpoozo npaon. Hut nupaje tso lpkioqq, at aq lkqqahfo tk qoo poikejazrhfo laoioq kc tso noiorqon qtpadaje tso hre. Yku irj rfqk coof oris qtpado tspkues tso srjnfoq.

（翻译：纳撒尼尔。这不是焦虑。我对任何事情都不焦虑。然而，对粉碎鲁比·唐纳森的过程，我本能地感到心烦意乱。你问"哪里出了问题"。"包"的功效完全符合设计，可以粉碎任何冻干过的东西。但在这个过程中，可以清楚地看到死者的碎片撞击袋子。你还可以通过手柄感觉到每一次撞击。）

我后知后觉地意识到，我不能只发送加密信息，否则它看起来就像乱码一样，没有任何附加的东西。我们刚才在"明文"里谈论的是什么？哦，新公寓。

亲爱的纳撒尼尔：

我不在的时候，我想你应该尽可能让自己舒服点儿。没我的时候你反而需要更多的空间，这实在是有点儿讽刺，不过，我很理解你想找一个地方避开汤米。而且，这样一来你就不用每天都睡折叠床了，我想这样也不错。我知道我一点儿都不怀念把床放下来又收上去的日子。

再过两年半，我才能再看到那个地方。我只要求那时至少能看到一些树。我发现花园舱是我在船上最喜欢的地方之一。我想是泥土和蔬菜的香气给我带来了安慰。原因和我喜爱我们月球上的小小“中央公园”是一样的。只有在你的生活长期缺乏绿色的时候，你才会明白它有多么令人高兴。

爱你的

埃尔玛

Poerpnaje tso hre: Lforqo agreajo ac at wopo go, rjn yku qrw gy crio lpoqqon rerajqt tso ajtopakp kc tso hre. Lforqo agreajo coofaje laoioq kc gy hkny sattaje tso hre rjn tso qt- padoq vahprtaje tspkues tso qtprl aj ykup srjnq, ovoj wats efkvoq kj. Lforqo agreajo coofaje tskqo laoioq eot qgrffop rjn qgrffop ujtaf yku coft kjfy tso saqqaje kc qrjn rerajqt tso ajqano rjn yku djow tsrt at srn kjio hooj go.

（翻译：关于“包”——你想象一下，如果里面是我，而你看到我的脸贴在包的内部。想象你感受到我身体的碎片撞击着包壁，撞击震动着你手中的带子，那种感觉即使戴着手套也感受得到。请想象一下，那些碎片越来越小，直到只感觉到沙子在包的内部发出嗞嗞声，而你知道里面曾经是我。）

我从键盘上拿开手，飘了回来，手指还在颤动，就像我又把鲁比的遗体摇了一遍。

“你要继续和他吵架吗？”弗洛伦斯已经从书中抬起头来，头歪向一边。

“为什么——为什么你觉得我们在吵架？”我从空中抽出我的笔记本，合上。

“因为你敲键盘敲得那么用力？”她鼻子轻哼，合上了她的书，“他做了什么？”

“你不是在看书吗？”

弗洛伦斯把书插进收音机旁墙壁上的一个小网袋里。她双手交叉，嘴唇紧抿，“如果你们没吵架的话，我可能还是在看书，但你刚才搞出那种动静？还是算了。怎么回事？”

如果我不是努力想和弗洛伦斯建立相对和谐的关系，我可能会继续回避这个问题。事实上，我曾以为我需要回应别人对我个人生活的所有好奇。我叹了口气，在空中转了一圈儿，正面面对她，“是那些袋子。我希望IAC取消它们，提出一个不同的计划。”

她抖了一下，“是啊。卡米拉告诉我了。天哪。”

一股强烈的妒意涌上我的心头。但为什么呢？我有什么权利嫉妒卡米拉对弗洛伦斯的信任？她们一起工作的时间比我长，有权力建立工作之外的友谊。但是……

有趣的是，是什么让你恍然大悟。我在船上有同事，但我没能和任何人成为朋友。卡米拉和弗洛伦斯一起欢度过休闲时光，拉斐尔和泰鲁扎斯也是如此。帕克和泰鲁扎斯，莱纳德和弗洛伦斯，卡米拉和拉斐尔……船员们之间遍布友情的纽带，而我却什么也没有。没有真正意义上的。我不确定是因为他们还在怨恨我取代了海伦的位置，还是因为我嫁给了首席工程师，或者只是因为……

我咽下心中的苦涩，"纳撒尼尔认为'包'的作用符合预期，他看不出问题所在。"

"为什么男人都是这样的白痴？"

"让人摸不着头脑。真是这样。"我拨弄着他发来的那一页，"纳撒尼尔算是不错的了。我是说，他会做饭，他接待我的侄子，他……他在其他方面都很了不起。只是当他变身工程师的时候，有时不会透过设计参数关注人。'"包"发挥了应有的作用。'呃。"

"好吧，你告诉他可以把那个袋子存放在哪里。但如果我死了，你还是直接把我扔掉吧。我宁愿永远飘浮在太空中，也不愿当一堆沙子。"

反正随便用哪种方式，"包"里的人都没有意识，但光是这个想法就让我不寒而栗。"我也一样。虽然……"我扫视船舱内部以寻找木质的东西，最后还是敲了敲文件夹里的纸，"希望不再有必要为任何人担心。"

"哦，我不知道。有些家伙……"她耸耸肩，把头歪向一边，"我很想一有机会就把他们从气闸里推出去。”

“也许我应该‘不小心’弄丢我们库里的‘包’。”

“是啊,如果那些东西出了问题,就太可惜了。”她缓缓露出笑容,“小卡和泰鲁扎斯会帮忙的。”

如果把这些打出来寄回家,一定是一封令人开心的信。亲爱的纳撒尼尔:我很抱歉,但我们不知怎么的,不小心把两艘船上的“包”都丢了。我不知道我们是怎么摆脱这种野蛮装备的? 我希望——

电传打字机响了起来。我们两个人都被这突如其来的声音吓了一跳,接着笑了起来。

“每,一,次。”弗洛伦斯一只手放在胸前,还在笑,“每次都是。”

我笑着把自己推到机器旁。当真正的乱码顺着“乱码”出来时,我靠在机器上,开始在脑子里解码。

(翻译:我很抱歉。你说得很对,我们没有考虑到这对船员的影响。我非常抱歉。请你发一份详细的后续报告给我,我会在下次会议上分享。我们会找到其他的解决办法,虽然我真心希望永远用不上它。)

我已经做好了必须要吵一架才能让他明白的准备,但现在我只剩下一腔没有目标可发泄的怒火。愤怒中夹杂着欣慰和感激,我很幸运地嫁给了一个理解我的男人,同时也很羞愧,因为我早该知道他会改变主意。纳撒尼尔是最好的男人。

亲爱的埃尔玛：

我一定会找一间能看得到树木的公寓的。我想当然地享受着地球上的绿色，谢谢你提醒我。我想当我们一直被这么多的生命包围着的时候，我们都是这样的。如果没人提醒我们生命是多么的脆弱，就很难想起我们的星球在太阳系中是个多么独特的存在。

给你我所有的爱

纳撒尼尔

接着是仅仅一行的“废话”：

每天我都在想你，想着你可能会在太空中遇上的各种死法。但请不要死。

这一次，我没有等待，也没有给任何内容编码，因为我对两个部分的回应都是一样的。

谢谢你。我爱你。

我推开电报机，发现弗洛伦斯正拿着书看着我。她把头歪向一边,“然后呢?”

“他刚刚道歉了,让我更新我的报告,详细说明这对船员的影响。”我把他传过来的那几页折了起来,手指抚摸着折痕,仿佛那是他的手背,“他会在下次会议上提出来。”

“嗯。”弗洛伦斯摇摇头,又翻开小说,“奇迹从未停止。一个理智尚存的男人。”

而我再见到他,已经是两年五个月三周零四天之后了。我可没有数着天数过日子。

第二十一章

“天鹅座六人组”事件审判继续

《国家时报》堪萨斯州堪萨斯城1962年12月14日电（记者罗伯特·阿尔登）特稿：六名男子被控去年劫持了国际航空航天联盟的火箭，今日本案审判继续。出于安全考虑，美国政府要求将审判转移至堪萨斯城。

不大的法庭里配备了三十二名武装警卫，其中包括六名手持冲锋枪的军人。联合国部队在法院周围设下重重警戒线，任何人进入法院都须经过搜查。

三十四岁的英俊黑人保险经纪人被指控为该团伙的头目。警方认为他是这场阴谋的关键人物，也是许多恐怖活动的关键人物。

拉斐尔在穹顶观察室的角落里弹着吉他——虽然这里名叫“穹顶”，但其实根本不是圆形的。顶部的十二面体影响了声音，声音被反射回我们周围。除了帕克和卡米拉，不值班的时候，我们都会被吸引到穹顶这里来。我拿着一本飞船图书馆里的《火星战神》[1]，飘浮在顶点附近。不知道为什么，我们的飞船上没有这个系列的第一部，但“平塔号”上有。

有时，任务控制中心做的决定是不会告诉你的。幸运的是，不读《火星公主》也能看明白续集中发生的事情。反倒是想要忽略泰鲁扎斯不断用嘴发出的奇怪砰砰声更难。

不知道为什么，我在月球之旅中没注意到这点，但是——我的天啊——他思考的时候，那声音就没停过。

我沿着书的边缘瞥去，他飘在空中，手里拿着一块写字板，毫无疑问，他在为下一个广播稿做笔记。“你根本就不是在吃东西。”

“什么？”他抬起头来。

“是那声音……你能不能停下来？求你了？”

“什么声音？”泰鲁扎斯用铅笔挠了挠鼻子。

拉斐尔双唇噘起，仿佛在用慢动作放屁，他的话救了我，“我们爱你，但这声音很讨厌。”

泰鲁扎斯笑着摇了摇头，“我没有——我有吗？”

“哦，见鬼。埃尔玛——”莱纳德猛地闭上嘴，我都能听见他咬牙

① 美国作家埃德加·赖斯·巴勒斯的科幻小说。

切齿的声音。他紧紧地握着“报纸”，电报页被他的拳头攥得皱皱巴巴的。

我放下书，“怎么了？”

“没什么。”他露出了一个我一秒钟都不相信的笑容，然后理了理报纸。这个动作让他飘在空中画出了一个不规则的圈。

弗洛伦斯正在做针线活，她抬起头看了一眼，“是关于游行的文章，还是关于审判的？”

“没什么。我——我，嗯，我只是想到要请埃尔玛到实验室协助我，不过等一会儿也没关系。”

哦，这显然是在放屁。我合上书，拉斐尔停止弹奏吉他。我飘到离莱纳德更近的地方，“什么审判？”

“‘天鹅座六人组’。老新闻了。”他阴沉着脸，翻了一页，“嘿，弗洛伦斯。看来你在地球上有个粉丝。吉恩·罗登贝瑞[①]说你启发了他新电视剧中的一个角色。”

“你跳过了什么？”我把书塞进飞行服的一个口袋里。

莱纳德把头往后靠，盯着星星。弗洛伦斯停下动作，让针停在了布料上，“你不妨告诉她。你知道她不是一个会善罢甘休的人。”

他叹了口气，低下头，转回那一页，那一页显然是关于审判的：“‘……人们提出了各种问题，其中一个问题是IAC的员工可能与“天

---

① 吉恩·罗登贝瑞（Gene Roddenberry，1921—1991），美国编剧、制作人、演员，代表作《星际迷航》。

鹅座14号”火箭的坠毁有关。虽然这位所谓的宇航员夫人因其努力而被称赞为英雄,但本报最近调查发现她有精神病史。’”

一阵冰冷的恶心感席卷了我。我多希望是我听错了,但我对地球很了解,知道自己听得很清楚,清楚得可怕。我做了我试图掩饰焦虑时总是会做的事。我开了个玩笑,“鉴于我们的职业选择……他们可以这么评价我们所有人。”

“所以是真的。”弗洛伦斯拿着针狠狠地扎进布里。

“嘿。”泰鲁扎斯松开写字板,任由它在面前旋转。

“那是——”我咽了咽口水,双臂在身前交叉。天啊。我真想对他们撒谎,但我非常自豪自己没有那么做,“我有过焦虑症。”

“有过。”弗洛伦斯哼了一声。

她没错。但我还是皱起了眉头,“这不是问题。”

“而且任务控制中心知道,对吗?”

“嗯,毕竟我嫁给了首席工程师。”虽然好几年里,我一直对纳撒尼尔隐瞒了最坏的情况,“所以,是的。帕克和卡米拉也知道。”

弗洛伦斯盯着我,然后又低下头去缝补。除此之外,唯一回应我的就是风扇的呼呼声。

我清了清嗓子,“好吧。”我只能住嘴,但有时候,我南方人的本性根深蒂固,“好在这把注意力从莱纳德身上引开了。”

“他本来就不该第一时间遭受审查。”弗洛伦斯在布上飞针走线,每刺一下,银针都寒光闪闪,“不用时刻保持完美的感觉一定很好吧。”

这话震得我哭笑不得。“你一定是在开玩笑。你以为焦虑是为了什么？我是犹太人，而且我是个搞科学的女人。没有哪一刻我做不到完美。”

“服用眠尔通是完美的标志？”

“你怎么……”我闭上眼，仿佛这样就能挡住人们审视我的目光，“报纸上写着呢。”

“弗洛伦斯——”莱纳德的声音低沉而急促。

“不。她只用像个没事人一样走进来，就能抢走别人的位置。你以为这之间——”

1、1、2、3、5、8、13……我不用担心别人会怎么想。我知道。呼吸变得粗浅，我瞪大双眼，强迫自己的肺部颤抖着做一次更长的呼吸，“哦，看在上帝的分儿上！我到底要怎么做才能向你证明我在尽职尽责？”

弗洛伦斯在空中转了一圈面对我，线在她身后拖出一道弧线，“你还是不明白。我生气是因为海伦被调走了吗？是的。但你扪心自问，为什么任务控制中心选择调走亚裔计算师，而不是白人计算师？”

我想张嘴反驳，却一句话也说不出来，于是我只能张口结舌地飘在那里，“我——我知道。但除开海伦不是白人之外，还有其他原因。宣传部门希望帕克和我在同一条船上。”

“当然。就按这理论来吧。”弗洛伦斯点点头。

“听着——如果事情是你说的这样，那他们一发现麻烦的苗头就会把莱纳德调走。”

“麻烦。”弗洛伦斯看了看莱纳德,“你听到她说的话了吗?”

“我听到了。”

也许我只是希望注意力从我身上转移。我不知道。“你知道事情就是这样。我的意思是,德比竭力促成这一点。”

“那为什么不是你呢,嗯?”莱纳德把新闻折成四分之一,然后再折,再折,拇指指甲沿着纸张边缘滑动,“为什么我是‘阴谋的一部分’,而你不是?”

我当然知道答案:他是黑人。

“好吧,我明白你的意思了。”我的双手在出汗。两只手往腋下塞得更深了,“但事实是,你还是能来执行任务。你在这里。对不对?所以我们俩都不一定要完美无缺。”

“但你不完美的是你的脑子。”莱纳德举起手,“我的是这个。”

“我不是——”……21、34、55、89……这与我无关。弗洛伦斯刚刚告诉我了。“那不是不完美。你是个出色的宇航员,你他妈的理应参加这次任务。”

“他们让我们来干什么?”弗洛伦斯仰着头,“擦洗墙壁、打扫厕所、做饭、洗衣服。”

“哦,这些我们都会做。两周前我才修了马桶,还有——”

“别说话了,埃尔玛。”莱纳德揉皱了电传报纸,“看在上帝的分儿上,别说话了。”

我的心率开始达到逃逸速度,汗水紧紧粘在我的脖子后面,形成了温热的液滴。莱纳德提高了声音,他从没这样过。“我只是……”

“我努力记住你的好意。但此时此刻,我无法接受一位好心的白人女性的抗议。我没有精力去安慰你,也没有精力去假装我对自己的人生命运感到高兴和满足。”

“我很抱歉。”我的手指深深嵌进身体两侧,“我很抱歉。我只是想帮忙。”

“帮?”弗洛伦斯折起她手中的衣物,“你想帮忙的话就闭嘴,不必公开你的无知。”

泰鲁扎斯哼了一声,“你表现得好像她是德比一样。怕你没注意到,我提醒你一下,打扫飞船是我们所有人工作中的一部分。”

“你也别说话。下周一看看值班表再说吧。你来告诉我,那是公平的。”她把手上缝纫的衣物塞进腰间一个飘浮的袋子里,“现在,如果你们不介意的话,我该去检查一下洗衣房了。”

她太可笑了。船上只有我们七个人,所以没有工作人员来给我们打扫卫生。“但我们都要打扫,这是基本维护的一部分。”

“是的。”莱纳德把折叠好的报纸拍在手掌上,“没错,我们都打扫。但你们其他人都被分配去做其他与飞船维护有关的工作。我和弗洛伦斯却没有。”

拉斐尔说:“是真的。莱纳德接受的训练是在工程上协助我,但任务控制中心的名册上一直给我安排埃斯特万,而他只会跟在莱纳德后面。”

泰鲁扎斯转过头，眉头一挑，“我以为你喜欢我协助你。”

“我确实喜欢。”拉斐尔的耳朵立刻变红了，“但你搞错重点了。应该是莱纳德上的。”

“谢谢你。”莱纳德低头继续看书。

我转向拉斐尔和泰鲁扎斯，虽然我不确定我想寻求什么。求证我不是个糟糕的人，还是确认我是个糟糕的人？拉斐尔拉长着脸，面部线条看上去就像他在中性浮力实验室里待了一天一样。他紧闭双唇，转身对泰鲁扎斯笑了笑。算是笑了吧。起码，他的嘴唇弯曲了，“你要我学的那首歌是什么？”

连呼吸也生疼。我吸住腮帮子，旋转着推开了门，穿过门飞进了主轴。

我精通此道，所以在吐出来之前，我还去了离心圈里的重力厕所。

离开厕所，我沿着主轴往上，来到了通信舱。我想帕克或卡米拉不大可能在这里，而我的回报是发现舱室里空空如也、一片漆黑。我咬着嘴唇，在门口徘徊了一分钟。电传打字机放在那里，那是我与纳撒尼尔的纽带。我想告诉他一切，又不想让他担心。但是……我答应过他，要对他坦诚，不能因为远在九千七百万公里之外就违背这个誓言。

我推门而入，飘到机器前，旋转着找到一个好操作的位置。我伸了个懒腰,双脚钩住一根导轨,以便在打字时固定住自己。

我没有带吉卜林的书,所以我选了一个我们用过的词:犀牛(RHINOCEROS)。

A buqt tspow ul. At’q tso capqt tago kj tsaq gaqqakj. A qullkqo yku’vo qooj tso rptaifo rhkut tso lyejuq Qax tsrt trfdq rhkut gy rjxaoty lpkhfog. Fokjrpn hpkuest at ul. A tskuest rff kc tsaq wrq hosajn go rjn wrq hfajnqanon. Tsoj qkgoskw tso ikjvopqrtakj buqt noeojoprton ajtk rjeop rff rp– kujn. A’g cajo jkw. A djkw yku wkj’t hofaovo go, hut tso crit tsrt A’g toffaje yku tsrt A wrq ulqot kuest tk porqqupo yku. Rt forqt r fattfo? A sklo at wkj’t srlloj reraj. Ekn. At’q hooj qk fkje qajio A tspow ul fado tsrt. A irj’t hofaovo tsrt at uqon tk ho poeufrp. Hut, porffy, A’g cajo. A’g kjfy toffaje yku hoiruqo A lpkgaqon A wkufn.

(翻译:我刚刚吐了。这是这次任务里的第一次。我想你应该看过那篇关于“天鹅座六人组”的文章,里面谈到了我的焦虑问题。是莱纳德提出来的。我以为这一切都已经过去了,结果被打得措手不及。后来不知怎么的,谈得大家都气鼓鼓的。我现在没事了。我知道你不会相信我的,但我告诉你我当时很不开心,应该能让你放心吧。至少能放心一些?我希望这种事不会再发生了。天啊,我很久没有这样吐过了。不敢相信我以前经常吐。但是,真的,我没事。我告诉你只是因为我答应过你。)

亲爱的纳撒尼尔：

地球上的新闻有时似乎相当令人绝望。我为那些在印度洋遭受台风袭击的人感到难过。我不得不提醒自己，我们的使命是为被困在脆弱的地球环境中的人们带去一丝希望。天气不断恶化，我们希望在群星中为人类建立新的滩头堡。

我一直在读《火星战神》，很享受其中的荒诞感。这个系列的第一本书在"平塔号"上，我让卡米拉下次去看病的时候帮我带过来。每个人的健康状况都持续向好，谢天谢地。

公寓找得怎么样了？

全心全意爱你的

埃尔玛

Ovopykjo'q lsyqairf sorfts aq ekkn, rq aq gajo, hut toglopq rpo qtpotison tk tso hpordaje lkajt. Tsopo rpo tagoq tsrt A waqs wo wopoj't eottaje jowq cpkg skgo hoykjn fottopq cpkg crgafy rjn cpaojnq. Lforqo nk dool tskqo ikgaje. A gaqq yku toppahfy.

（翻译：每个人的身体都很好，我也是，但情绪却紧张到了极点。有的时候，我希望除了亲朋好友的来信外，我们不再收到其他来自地球的消息。请保持来信。我非常想念你。）

堪萨斯州已经很晚了，而且今天是周末。虽然我很希望收到纳撒尼尔的消息，但我希望他不是还在工作，尽管鉴于我对丈夫的了解，非常有可能。转念一想，今晚他应该在牌局里。我叹了口气，试图减轻胸口的疼痛感，然后去找莱纳德。

我在花园舱里找到了莱纳德。他坐在一行行水培番茄中间的长椅上。我想最初的设计并不包括长椅，但没过多久，大家就明白了人类是多么渴望在太空中看到绿色植物。我走进去时，故意拖着步子摩擦地板上的金属栅栏，以引起他的注意。

莱纳德抬起头，双手合十，叹了口气，“埃尔玛……对不起，我对你大喊大叫了。”

听到这句话，我停下了脚步，“你不用——我来是想向你道歉的。是我错了。”

他擤了擤鼻子，“我妈妈曾经告诉我，道歉的意义不在于说清谁对谁错，而在于表明关系比问题更重要。问题其实并不在你。”

“但是，我也参与其中。而且我错了。而且你对我很重要。”

“我很感激。”他伸出双手，五指张开，“但我要解释为什么我要向你道歉。”

“哦。”我单脚站着，感觉爸爸对我很失望。风扇刮起微风，西红柿植株的叶子在风中轻荡，散发出泥土的清新气息。我伸出手指，摸索着叶子上的脉络，“你是不是……在‘卢内塔’的时候，你和弗洛伦斯让我不要插手,但如果你愿意,我可以让纳撒尼尔跟安排值班表的人打个招呼。但前提是你愿意。"

莱纳德摇了摇头,呻吟着站了起来,"谢谢你。我发自内心感谢你的提议。但不用了。我想现在拉斐尔可能会要求用我,这比别的什么都管用。也许我应该早点儿和他谈谈的。"

"有什么我能做的吗?"

莱纳德耸了耸肩,"没了,谢谢你。"他起身走出舱室,但在一行植物的尽头停下了脚步,青翠植物框住了他的身影。他转身,竖起一根手指,"有一件事:不要向我解释我经历的事。这真的很烦人。"

我瑟缩了一下,因为我正是那么做的,反反复复——从解释我们都在打扫卫生到告诉他他并没有被孤立。我知道这有多烦人,因为帕克总是这样对我。"收到。不解释。"

"收到。"他眨眨眼,"晚餐见。"

莱纳德离开后,我在他腾出的长椅上坐了下来。我放松地沉浸在绿色中,这时我才意识到自己已经成功把他赶出了这个舱室。

第二十二章

从杂志业务看商业复苏

1962年12月27日电(记者彼得·巴特) 杂志广告销售们几个月来一直面露苦色,现在,他们的表情终于又明朗起来。据他们报告,商业正逐渐回暖。可以肯定的是,回暖绝不会有统一的模式。但许多杂志预测,1962年上半年刊登的广告数量可能会远远超过1961年同期,并认为陨石事件后长达十年的经济衰退期即将结束。

在我和莱纳德、弗洛伦斯讨论后,又过了几个星期。这天,我顺着梯子滑进厨房舱,打算为周一的晨会收拾厨房。

是的,他们挑明以后,我刻意留意了值班表。莱纳德只负责打扫卫生或厨房。弗洛伦斯负责打扫、洗衣、厨房和通信,所以她至少能做自己专长领域的工作。而且，令人惊奇的是，男人们从来不需要为会议煮咖啡。

任务控制中心打包的圣诞装饰品还在，墙面顶端贴着一圈圈的银色花环。角落里，七只灯泡的光透过电灯笼照了出来。虽然这不能和蜡烛相提并论，但有这个我已经很满足了。

帕克已经在厨房了，他正在其中一块白板上写会议议程，下笔干脆利落，发出清脆的声音。他面无表情地朝我点点头，提笔写出下一行，行与行之间保持着完美的间距。在我整个职业生涯中，写过不少板书，而他的板书工整得令人震惊。

"为什么你字写得这么好?"我打开橱柜门，拿出那包研磨好的咖啡。

"试飞员。"他低头看了看下一个议程。

"我不明白。"

"我曾经一边把一架飞机拉离旋转，一边往绑在腿上的记事板上写报告，在那以后……"他用记号笔敲了敲板子，"这个不会动。"

"哈!"我把昨天的咖啡渣倒进了回收机，"不得不承认，我从没想到那里去。"

"嗯，你不——"

"我不思考大多数事情。"我堵住他的嘴。

帕克哼了一声，从夹子垫板上抬起头来。他带着酒窝的笑容闪现了一分钟，我真想让他再次露出微笑，我几乎为自己的想法感到一丝羞愧。如果我能想办法让帕克总是保持心情愉悦，那整个旅程一定会轻松很多。

我盯着大烛台[①]的光，擦拭着咖啡壶的内壁，“那个……帕克，我一直想跟你道个歉。”

我把咖啡壶放回原位，背对着他。我身后，马克笔在白板上吱吱作响。当然。当然，他根本不打算回应。我叹了口气，摇了摇头，从咖啡壶里拿出过滤器。

我不知道自己为什么想和这个男人和好。

“道什么歉？”

我转身的速度太快，科里奥利效应让我失去了平衡，我被迫抓住料理台稳住自己。咖啡渣落在了不锈钢的料理台上，还撒到了地板上。“该死。”

“这可不是道歉。”他从夹子垫板上抬头看了一眼，“需要帮忙吗？”

“不用了，谢谢。我真是个白痴。”我把滤纸扔进堆肥箱里，抓起一块抹布，“但你已经知道了。”

“约克。”他叹了口气，放下记事板，“尽管我觉得你有很多不讨人喜欢的地方，但你不是白痴。”

“至少你说的是实话。”我扫了一眼地上的咖啡渣，折起棉布把渣滓拢在里面。我后知后觉地意识到，对帕克来说，刚才那句话已经算是赞美。几乎算是。他不认为我是个白痴。我又叹了口气，跪坐在地

① 指传统的犹太人所使用的可插七支或九支蜡烛的大烛台，在飞船中电灯替代了蜡烛。

上,“你妻子的事我很抱歉。我是说,我的那些假设,和每一件刺痛你的事。”

“我叫你不要谈论她。”

“我——”他语带寒意,吓得我张大了嘴巴,“我知道了。对不起,我只是想道歉。我不会再提起她了。”

我干吗又提起了?我把布揉成一团,艰难地、小心翼翼地站了起来。等煮好咖啡,我立马就离开,等会议开始再进来。我用毛巾干净的一角,擦干净了料理台上的咖啡渣。

帕克在我身后抽出长椅,金属椅子腿摩擦厨房地板发出声响。他坐下来,叹了口气,垫板敲击着桌子发出咔嗒声,“谢谢你。”

这一次,我没有迅速转身。事实上,我根本没有转身。我一直把注意力放在抹布上,把用过的咖啡渣抖进堆肥箱。我紧咬嘴唇,忍住没有落泪。天啊。我竟然想哭,我恨我自己。这个男人给了我太多痛苦,一点点的善意都能让我泪流满面。“我该怎么做才能让你不再恨我?”

“我不——我是说,我以前恨你。很长一段时间都是。但我现在不恨你。对天发誓,约克。我不恨你。”

我把洗碗布对折再对折,这件事要求我全神贯注。我抚平边角,拇指下是凹凸不平的粗糙棉布,“你也不喜欢我。”

“我敢肯定,这种感觉是相互的。”帕克清清嗓子,“那我该怎么做才能让你不再恨我?”

“别再那么混蛋?”

他哈哈大笑,“对不起,亲爱的。这是天生的。但我会努力记住,你是一朵娇花。”

“这种,”我把布拍在料理台上,转过身去,“我说的就是这种事。”帕克的嘴还没来得及闭上。他眨了两下眼睛,然后猛地闭上了嘴,避免再说错话,“我在开玩笑。”

“感觉不像是开玩笑。”

他举起双手,“看在上帝的分儿上。你的感受我不负责。可我真是在开玩笑。”

“告诉一个女人,她太娇弱了,有些事她做不了,这没什么好笑的。人们,或者说男人们总是这么对我们说,他们想让我们待在原地。这很不礼貌。”

“那叫我混蛋就不是吗?”

“也是。”这时,愤怒已经让我的手开始颤抖,“可我不是在开玩笑。”

“那需要有幽默感。”帕克拿起垫板,从长椅上滑下来,“谢谢你的道歉,我会永远珍藏。”

我紧闭双眼等着他走回白板。天啊,我真的是个白痴。

弗洛伦斯滑落到厨房时,我已经煮上了咖啡,摆出一副镇定自若的模样。而我的队友,脸上挂着笑容。她的手快速从梯子上抽开,举着一叠文件在头顶晃动,“拿到早报了!”

“我都不记得上次高高兴兴拿报纸是什么时候了。”

“哦，你会喜欢这份的。”她举起空闲的那只手，仿佛画出了一个想象中的标题，“头版：马丁·路德·金教授获诺贝尔和平奖。”

“太棒啦！”[①]我拍了拍手，“他们认可他的工作了，我真为此感到高兴。”

“那真是太好了。”帕克离开白板旁的座位，来到弗洛伦斯身后站着，这样他就可以越过她的肩膀读报纸，“他是第一个吗？”

弗洛伦斯摇摇头，没问他“第一个”的意思。见鬼，连我都知道他的意思，我也很高兴他问了。我也想知道，但我不想把金博士的当选归结于他的种族。不过，我很好奇。

“不，是拉尔夫·约翰逊·本奇[②]。”她把手里一半的文件递给帕克，“埃尔玛，有你的信。我发誓我没看，但你记得告诉你丈夫，如果他一直这样写纸条，蒸汽会烧坏我的机器。”

“你还说你没看。”我脸颊烧得通红，但我从她手中接过那页纸时，红晕就消失了。她已经把纸修剪得整整齐齐，“乱码”没有了。

这合情合理，但乱码里总是有我丈夫来信中最精彩的部分。不过，那依然是一封纳撒尼尔的信。我拿着信来到桌旁，等待其他队员。

亲爱的埃尔玛：

我迫不及待地想带你看看我们的新公寓。正如所需，公寓享有绿

① 原文为犹太语。

② 拉尔夫·约翰逊·本奇(Ralph Johnson Bunche，1904—1971)，美国教育家、政治学家、外交家，他是第一个获得诺贝尔和平奖的黑人。

色——实际上，公寓面朝院子，院子里有苹果树、杜鹃花，还有女贞树。我们的卧室在一楼，掩映在树丛中，这样一来，我们可以在打开窗帘的同时保有隐私。我很想让你看看这里的晨光。

弗洛伦斯觉得这些内容很露骨吗？那她真该看看乱码。

卡米拉顺着梯子滑进厨房，泰鲁扎斯和拉斐尔顺着健身房的通道慢跑着进来。

卡米拉贪婪地伸着手，像个小孩子一样，朝柜台走去，“咖啡。”

“当初说它有毒的不是你吗？”弗洛伦斯从杯沿上方望去。

“没有什么东西的毒性比得上喝不到咖啡的我。”她倒了一杯热气腾腾的咖啡，轻声咕哝着。

帕克哼了一声，“弗兰纳里呢？”

“在这里。”他顺着通道落进厨房，“对不起，我在科学。”

“我承认英语不是我的母语，但你说的是英语？”泰鲁扎斯抬起一条腿摆在我对面的长椅上，再弓起他那长长的身躯伏在杯子上。

“那当然。”莱纳德径直朝咖啡走去，“我还可以给你做做人称变化。”

帕克转身在白板的议程旁匆匆写下一串文字。“我科学。你科学。他/她/它科学……”

黑板上并列的几个词语意外地连成了一句话，我笑了起来。指着黑板，我大声念道：“我科学轮班表。你科学火星。他/她/它科学废物处理。"

"不对,约克。"帕克指着自己,"我科学轮班表。据此……你科学厨房。"

弗洛伦斯拍了拍手,"我喜欢埃尔玛科学厨房。你会科学你的棋派吗?"

"我会好好科学的。"我回敬道,脊梁骨上流露出些许快感。我是南方人吗?是的,我是。如果有人夸奖我的棋派,我就会给他们烤这种馅饼,直到宇宙的尽头。

"很好。"帕克笑了笑,"你还要科学我们的中途修正航线计算。"

"泰鲁扎斯和阿维利诺正在科学氧气装置和'忙蜂号'系统检查。沙蒙,你在这里科学'平塔号'的废水回收。"帕克一边笑一边浏览检查清单,"弗兰纳里,你科学废物处理。格雷科学洗衣和通信。"

有趣的是,一个简单的词可以改变你的观点。当然,莱纳德和弗洛伦斯提过他们只分配到了清洁工作,但把"科学"这个词扔进去,就能清楚地表明莱纳德只做清洁这一件事。他所有的闲暇时间都待在实验室工作。

我张嘴想指出来,但我能预感到帕克会告诉我这是个玩笑。我是个胆小鬼,而且那一刻,我也没有精力成为他嘲笑的焦点。况且莱纳德和弗洛伦斯让我不要试图解决这个问题。

但其实,那只是懦弱和疲惫的表现罢了。

我闭上嘴,落到长椅上。隔着桌子,拉斐尔推了推泰鲁扎斯,后者直起身子,清了清嗓子。

"我可以和莱纳德换一下氧气装置的工作吗?"他拍了拍鼻子,"我有鼻窦炎,不想戴面罩。"

帕克放下垫板,"那在'忙蜂号'就不会有问题吗?你会处在零重力条件下。"

"嗯。"泰鲁扎斯飞快地瞥了一眼还在弯腰喝咖啡的卡米拉,"哦。只是,莱纳德受过氧气装置训练,也没在'忙蜂号'上,所以……换一下会更容易?我是这个意思。如果莱纳德不介意的话。"

"我没意见。"莱纳德克制地点了点头,勉力掩饰自己的笑容。

帕克看了看这三个人,然后又低头看了看他的记事板,清了清嗓子,"不行。"他把记事板放在一旁,身子前倾,整个人的重量都撑在桌子上,"在抵达火星之前,我想让他们忘记弗兰纳里在船上,因为火星上我需要他。万一什么东西出了问题,上面还有他的指纹?你觉得任务控制中心会怎么处理?"

"得了吧。"泰鲁扎斯摇摇头,"我们都会犯错。"

莱纳德脸上的笑容已经消失了,一起消失的,似乎还有房间里所有的快乐。"我没有机会犯错。"他叹了口气,"我还是继续做我的废物处理吧。"

帕克往后一推,摇了摇头,"你在氧气系统方面的技术比泰鲁扎斯强,我知道。"他叹了口气,一只手胡乱扒拉他剪得很短的头发,手掌遮住脑后的秃斑,"很抱歉,任务控制中心的值班表保持不变。"

第二十三章

火星行程过半

《国家时报》1963年3月28日电 特稿：我们身处一个科技奇迹井喷的时代，可即便如此，昨天第一批火星探险队发出的电报依旧意义非凡。这封电报飞快地穿过虚空，跨越了近一半的地火距离。这些宇航员是这个领域的先驱者，就人类所知，火星从未出现过任何生命。人类有机体是进化的产物。地球的重力、大气、海洋和土地构成了独特的环境。这样的环境经过数百万年的时间才塑造出了人类。但在太空中，重力被中和，产生了所谓的失重状态，没有氧气可呼吸，没有土地可行走，没有水可畅游。然而在这样奇异的环境中，宇航员却可以生活和工作，因为他们的飞船是一个茧，里面再现了地球环境的基本元素。总有一天，太空船每天都会起飞前往火星，就像现在飞机定期起飞前往芝加哥、伦敦或东京一样，现在的许多年轻人很可能会看到这一天来临。等到那个时候，毫无疑问，人类对这一奇迹会像现在对一夜横渡大西洋一样淡然。就目前而言，第一次奔赴火星的穿越尚在进行当中，勇敢的人们正在尝试或见证人类前所未有的壮举，如果谁还不被这种惊奇感所征服，那就真的有些迟钝了。

我坐上舰桥的座位，绑好肩带，凝视着太空，仿佛能看到半程点的标记。在距离地球和火星都还有一百六十天的地方，似乎会出现一扇金色的大门或其他夸张的信号。不过，我只拿到一张来自地球的打印纸和一个六分仪。

帕克似乎在校准他右手的控制器，正有条不紊地在移动范围内改变它的位置。操作时，他绷紧了自己结实的下巴，“我需要设定点来更新我们的导航状态。”

“给我一点儿时间确定耳轴[①]偏向。”过去的三个月里，我们之间的紧张关系已经淡化为低水平的背景辐射。我们工作时，这种紧张会不知不觉地消失。我感到了一些小确幸。我把六分仪瞄准了任务控制中心指定的星星。旅途中，天空中的每一束光都变得熟悉。我不再需要“弧形运动至大角星”或“加速到角宿一”。角宿一发出蓝白色的光，一眨不眨地注视着我。

记录下角度后，我把耳轴移开几度，然后重新进行第二次测量——我需要连续两次测量且结果误差在0.003度以内。然后我看向任

① 使连杆在其上旋转的轴销。

务控制中心发来的打印件。

他们预测的数字和我的一致。“根据我们正在寻找的数字，滚转8.37，俯仰61.33，横摆339.87。”

“确认。滚转8.37，俯仰61.33，横摆339.87。”在这仪式般的呼叫回应过程中，他停顿了一下。

片刻之后，通信舱的对讲机中噼里啪啦地响起弗洛伦斯的声音：“确认。滚转8.37，俯仰61.33，横摆339.87。”

她把所有数字抄在电传机上，然后传回地球。延迟意味着我们或多或少是在靠自己运行，但任务控制中心仍然想仔细检查一切数据。

帕克继续设置飞船的燃烧，“继续，约克，给我完整的修正数据。”

“好的……SPS/G&N；63059；正0.97，负0.20。”即使我嘴上滔滔不绝地说着一串数字和短语，我大脑中的某一部分也仍在为这官方术语而发笑，“GET点火026：44：57.92；正0011.8，负0000.3，正0017.7；滚转277，355，015；*Delta-VT*0021.3，00：3，0016.8。”

我的工作是算出“尼那号”的速度以及它相对于地球的局部垂直位置和水平位置。在航行的后期，我将把火星作为我们的参考点。

帕克和泰鲁扎斯交替在自己的单子上记下数字，并打开控制面板上的开关。弗洛伦斯重复着那一长串话。我停了下来，等待他们跟上我的步伐。

正当我等待时，来自“平塔号”的通信线亮了起来，他们的导算师提出了一个问题。太空中吱吱啦啦地响起海蒂的瑞士德国口音，"'尼那号'，你用的是什么星？"

"给GDC对准，用织女星和天津四。你呢？"

"这是任务控制中心推荐的，但我很难得到准确的读数。"

我点点头，突然很庆幸自己最近为了看清星空费尽周折，现在恰好可以帮她解决问题，"你的轴和耳轴读数是多少？"

"轴，331.2；耳轴，35.85。我看到了织女星，但天津四没有出现在我的视野里。"

我倾身向前，朝窗外的"平塔号"望去。一丝阳光落在另一艘飞船上，在星空闪烁的背景下闪闪发光。和我们一样，他们的通信舱也朝内，朝向我们，并且可以看到"圣玛丽亚号"，那艘船在我们之间，跟在我们后面。他们的问题马上就显现出来了，他们发现不了问题的原因也是。"看样子你们都需要滚转，或者看向不同的星星。我想'圣玛丽亚号'挡住了你们的视野。"

片刻之后，海蒂回到了通信器上。她稳定和平静的样子，出卖了这个刚刚还在脱口骂人的宇航员。"谢谢你，'尼那号'。我看不到它。"

"从你的角度看，你只能看到它的阴影面。几不可视。"

我能感觉到身边的帕克和泰鲁扎斯正在看着我。我和海蒂对话时，他们都没有打断我，但帕克的手指弯曲着，仿佛他很想做下一件事，而我还欠他更多的数字。关掉话筒，我转身看向他们，"滚转对准007，144，068。"

帕克操作着，瞥了一眼窗外，“看来这次燃烧后，飞船顶部应该会大致朝向地球。”

现在，帕克已经把一切准备就绪，于是我们只能等待。尽管时间耽搁了，但任务控制中心必须先确认我的数字，之后帕克才能启动引擎。在“平塔号”上，他们也在等待同样的事情，但等待的是不同的CAPCOM[①]和不同的计算师。

现在是谁在任务控制中心值班呢？一定有一队计算师在进行计算。也许是凯瑟琳·约翰逊，也许是我的老同桌巴希拉。海伦还在宇航员队伍里，所以她不会为此做计算，尽管她可能在任务控制中心观察。又或者她可能在回避我们的消息。

纳撒尼尔会在那里。我把头转向窗外，仿佛这样就能看到他。澄澈的天空里，星星一眨不眨地凝视着我。

弗洛伦斯的声音飘进指挥舱，“任务控制中心说，‘尼那号’，你可以进行中途修正燃烧。确认继续，祝你们成功。”

帕克点了点头，手放在控制台上。他快速地呼了一口气，仿佛他很紧张，随着他的呼吸加快，我的呼吸也变得急促起来。“泰鲁扎斯，告诉机组，我们即将进行二十一秒的燃烧。”

“收到。”泰鲁扎斯拿起话筒，他的声音充满了巴克·罗杰斯的味道，“女士们，先生们，在本期惊心动魄的节目中，斯泰森·帕克上尉和他勇敢无畏的船员们为二十一秒的燃烧做好了准备。‘燃烧’的关键在

① Capsule Communicator，指令舱宇航通信员。

于，所有船员在接到命令后，是否都系好了安全带，还是有的人在离点火越来越近的时候，依旧手忙脚乱？越来越近。越来——越近。”

“开心果。”[①]帕克摇摇头，但脸上依旧带着笑容说道，“听我的口令，五、四、三、二、一——点火。”

“尼那号”抖动了一下。一、二、三、四、五、六……发动机低沉的轰鸣声震动着船上的金属、塑料和玻璃……十、十一、十二、十三……我们朝着既定方向滚转，星星伴随着我们的动作朝一侧滚动，我紧紧握住铅笔，铅笔的六边形边缘嵌进了我的指关节……十六、十七……座位拍打着我的臀部，主引擎推动着我们前进……十八、十九、二十、二十一。

引擎被切断，寂静袭来，我整个人拉着肩带。帕克将手从控制台上拿开，“报告情况。”

泰鲁扎斯看向一面巨大的仪表墙，上面有显示速度和相对位置的仪表，“正中目标。”

帕克呼了一口气，仰头笑了笑，“往上看。”

我们头顶上，一粒小小的蓝色豌豆飘浮在墨色的海洋中。而在那个小球上的某个地方，我丈夫还要再等十五分钟才能知道一切都好。

你可能觉得经过半程点会给船上带来一些变化，但我们只是照常工作。值班表给我们安排不同的职责，但外面的天空依旧保持着墨

① 原文为西班牙语。

黑。我这周没能去我最喜欢的值班轮换舱室——花园舱。哦,我喜欢在厨房值班,但身处花园舱翠绿的环境和潮湿的空气中,能排解我血管里的紧张。

我俯身在萝卜花坛上,从泥土里挖出一个红色的小球。泥土颗粒紧紧地贴在纤细白皙的根部,带来一股地球的气息。我拍拍萝卜,把泥土抖回花坛。曾经我也十分讨厌那些夹在指甲缝里、把手指头弄脏的东西。

卡米拉把脚搭在舱室中间的长椅上,腿上放着一本书,“弄完后我能耽误你一会儿吗?”

“当然可以。怎么了?”

“我觉得该压制葡萄干了,我想听听别人的意见。”她伸了个懒腰,胳膊举过头顶,“你以前也做过这个东西。”

我摇了摇沾满泥土的手指,“不、不。是默特尔做的葡萄干酒。我只是品尝了她的成果。”

“也差不多。你的经历最接近直接经验。”

“我不该告诉你这个故事。”想起那瓶酒酸涩的味道,我皱起了眉头,“默特尔的葡萄干酒并不好喝,那就是酒精,而且你又不喝酒。”

“这是医用的。而且……我有她没有的秘密武器。”

我摘下另一个萝卜放进篮子里,停下来看着卡米拉。她一副得意扬扬的开心样儿,嘴唇紧紧地贴在一起,眉毛也扬了起来。“哦?”

“我有实验室。关键在于,我有蒸馏器。”

"所以……你要让它浓缩,让它变得更糟?"他们在月球上用葡萄干酒酿造的白兰地已经……非常具有挑战性了。

卡米拉摇了摇头,合上书本,把脚放在地上,"我会酿伏特加。而且香料抽屉里有杜松子,还有柑橘。"

我盯着她,还是没明白她的意思。

"我会做杜松子酒。"

我忍不住笑了出来。杜松子酒,我们船上有橄榄吗?"你是个天才,而且——"

"搞什么鬼,约克。"弗洛伦斯抱着一叠文件走到花园舱,"我本来已经开始喜欢你了。我甚至还为你感到难过。你这个垃圾。"

我扔下萝卜,萝卜撞到高架花坛边缘后弹起,滚落到过道上。我心里一紧,"怎么了?"

"这个。"她把文件拍在萝卜花坛上,压碎了一些绿叶菜。

卡米拉跳了起来,"嘿,小心点儿。"

当然了。她只担心萝卜,但根本不会为我说话。我吞了吞口水,想清清嗓子,好让自己能呼吸。弗洛伦斯站得太近了,她绷紧了下巴,看上去似乎很疼。她目光炯炯,仿佛一道激光。

3.14159……

我把目光拖到她拿进来的文件上,这样我就不用看着那张写满仇恨的脸了。那是一封来自纳撒尼尔的信。我的肋骨锁住了我的肺。乱码的部分有铅笔的痕迹。她解码了。

……26535897……

“我——”我咳嗽了一声，想打破这束缚我呼吸的牢笼，但这么做只能把空气挤出去。我一边吸气一边喘息。

卡米拉从弗洛伦斯身边走过，抓住了我的胳膊，“埃尔玛。吸气。慢慢地呼吸。数数。1、2、3，然后保持……”

“哦，别把她当小孩儿。”弗洛伦斯捅了捅文件，“她一直在监视我们。发送加密信息。”

卡米拉哼了一声，“拜托。难道她在告诉他们，不能相信厨房里的帕克?”

弗洛伦斯抢过那张纸，读了起来：“我明白你对值班表的担心，但任务控制中心这样安排是有原因的。你不知道这里的情况有多糟糕。我很高兴你不知道，但我们会尽可能地发送最正面的消息来保持士气。相信我，当我说——”

我从她手中夺过文件抱在胸前，纸张发出声响，“这是我的私人信件。”

“你在这次任务里到底要做什么?”弗洛伦斯朝我走近一步，把我逼退了一步。

卡米拉松开了我的胳膊，但她的手还伸着，就像抱着一个鬼魂。透过文件，我的心咯噔一下，猛烈地撞击我的胸腔。

我摇了摇头，“只是……只是为了我们能……他是我的丈夫。我想他了。仅此而已。”

“他是首席工程师!”弗洛伦斯把手指埋在土里,“你以为你把我们的争吵和我们对命令的态度告诉他,没人会遭殃吗?”

“这不是——”生平第一次,我为有人知道我的焦虑症而感到安慰。它给我提供了解释。“是焦虑症,他——他是个安全阀。没别的。”

“你不是说那已经不是问题了吗?到底是怎么回事,约克?要么你完全是健康的,却无缘无故地发送密码信息;要么你就是个神经质的家伙,紧紧抓着安全毯不放。”

我的膝盖抖得厉害,不得不抓住花坛边缘来稳住自己。我看向卡米拉,希望她能帮忙解释,但她的眉毛却低垂着,皱在一起。她盯着我看,仿佛我是个陌生人。我摇了摇头,“任务控制中心没有派我来——我是说,他们派了,但我不是间谍。纳撒尼尔没有泄露任何机密。”

“哦,是吗?”弗洛伦斯把手从泥土里抽出来,双臂交叠在胸前,在蓝色飞行服上留下一抹泥土印记,“那他们为什么现在要删减我们的消息?”

“你在说什么?”

“‘最正面的消息’,你没有注意到我们收到的消息都是积极正面的吗?你觉得这只是一个巧合?”

“我不……”我低头看了看抱在胸前的文件,“我不知道。”

但我知道。因为纳撒尼尔一定会试图改变。在我们离开之前,他不是告诉过我,他会牺牲这艘船上的所有人来保障我的安全吗?我不是说过大家情绪很激动吗?我不是说过,我几乎希望他们不要从家里发消息给我们吗？他不会把我们的秘密告诉别人。

但他还是会试着“帮忙”。就像我一样，然后让一切变得更糟。

第二十四章

亲爱的埃尔玛：

我很抱歉，因为他们要求必须“明文发信”。我刚刚和克莱蒙斯局长进行了一次非常有趣的会面，期间他温和地建议说这样做是最好的选择。我想，没什么商量的余地了。

我去公寓的时候，感觉那里已经很不错了。妮可从月球上回来已经几个月了，她过来帮我布置家具。她和默特尔似乎已经下定决心，一定要让这里在你回家前变得很舒适。我想她们是担心我会固守我单身汉的生活方式。默特尔因为储藏室的事责备了我，你可以想象。不过说实话，你知道我早上通常只吃干吐司。

你不在的时候，每个人似乎都决定要照顾我。赫舍尔想让我出门过逾越节[①]，但我没办法去，所以他要过来这里，显然也是为了汤米，为托马斯来访的事打前站。我告诉他没有必要，但是……一家人就是

① 犹太民族和犹太教的三大节日之一。

一家人，对吧？

我相信一切都很顺利。

给你我所有的爱

纳撒尼尔

1963年4月9日

直到我们没法儿发送私人信息后，我才意识到这有多重要。有些事儿不对劲，而纳撒尼尔却避而不谈。他和赫舍尔相处得很好，但我哥哥没理由现在去他那里，尤其是这意味着赫舍尔要在逾越节期间远离他的家人。

帕克清了清嗓子，“你要发回复吗？”

我没有拿纸给他。我没有翻白眼。我没有怒气冲冲。我把纸放在厨房的桌子上，试图释放我母亲那样的死亡凝视：“这真的有必要吗？任务控制中心会检查我发送的所有内容。如果有代码，他们会第一个发现它。”

“只是执行命令，”帕克举起双手，“我保证。如果你愿意，我可以让格雷来送。”

“她讨厌我。”

他耸了耸肩。当然，他对此不感兴趣。有人恨我对帕克来说可能是件很自然的事。“现在，我和她是唯一被授权使用电传机的人。谁更不讨你嫌？”

桌子下面，我的双手在腿上攥成一团。指甲掐进手掌。面对眼前不公平的情况，我拼命压抑自己想要尖叫的冲动，身体开始颤抖。自由地表达自己的想法，能让我成为一个更健康、更有效率的团队成员。对我们任何人来说都是如此。而他们之所以生气，是因为我在和丈夫谈论……什么？性？焦虑？

但这些都不会被视为充分的理由。我试着深吸一口气，但我的胸腔卡住了，呼吸变得短促。我费力撬开自己的手平放在腿上，“我更希望你来发消息。”帕克咕哝了一声，眉毛惊讶得竖了起来。这很公平——我自己也很惊讶。“我相信你不会复述任何句子。”意识到这一点，我在座位上换了个姿势。帕克可以用任何一件大家都知道的事来对付我，但他从来没有告诉过任何人我的焦虑问题，即使是在他试图不让女性参与太空计划的时候也没有。

他点了点头，把他的记事垫板滑到我面前，“我发完后就把你的信纸撕碎。我没法儿阻止任务控制中心知道信的内容，但至少你在船上能有一些隐私。”

“谢谢你。”我接过记事板，拿起拴在上面的自动铅笔。光滑的笔杆在我手指下滚动，我俯下头来开始写信。

亲爱的纳撒尼尔：

抱歉给你带来了麻烦。尽管我很高兴默特尔和妮可在帮忙收拾公寓，尤其是储藏室。而且，你不用一个人度过逾越节真是太好了。

我知道你早上没有什么胃口，但是，引用每个医生，包括我母亲的话：这是一天中最重要的一餐。我不指望我能在这里改变你的生活习惯，但总归值得一试。

我希望你没盼着我为你这个习惯辩护。妈妈总是说——

我停住了，铅笔顿在纸上。妈妈总是说他那样会让自己生病。而他总是过度工作，这意味着他有时会忘记吃饭，除非有人提醒他。谁会阻止他工作让他回家？或者督促他吃东西？嗯……我想默特尔和妮可正在努力。不过，赫舍尔要来探望这件事，更让我有一种不祥的感觉。我咬着下唇，思索着该怎么问。

妈妈总是说，如果你不好好照顾自己，你就会得溃疡。如果赫舍尔来发现你长了溃疡，那就太丢脸了。我记得妈妈会让你在早上吃吐司的时候配一杯牛奶。为我喝一杯？我们船上的奶粉跟新鲜牛奶完全不一样。阿米什市场的约德先生有来自农场的新鲜牛奶，我有时会梦到。

最近，我的大部分梦境似乎都是关于地球的生动记忆，但没什么戏剧性情节。梦里都是简单的事情，比如喝了一杯牛奶，或者站在街角，看电车从巷子里经过，或者闻到你须后水的香味。

我又停了下来。如果我继续谈论他的须后水，那我就会写到他刮完胡子的皮肤是多么光滑柔软，以及我搂着他的脖子时他那温暖的下颌线。这些我都不能写进这封谁都可能读到的信里。我有时会梦到他的……肉体。但这段对平凡梦境的描述，是我能想到、最能让他相信我一切安好的话。

不完美，愤怒，沮丧，尴尬。是的，所有这些，但我承受得比我想象中的更好。另一方面，愤怒总是能为我创造摆脱焦虑的路径。

我发现即使不用真正的鸡蛋，我也可以做一个相当不错的巧克力棋派。不过做柠檬蛋白酥是不可能的。也许在下一次任务中，他们可以带一些鸡上天。

爱你的

埃尔玛

我写完一定叹气了，因为原本在看法语书的帕克，突然扬起了眉毛，“你没事吧？”

我差点儿对他发火。我甚至吸了口气，准备说些什么我很惊讶他竟然会关心我的话，但我没有。事实上，他没有故意揭我伤疤。“沮丧。”

“我可以想象。”他合上书，往前坐了一点儿，手肘放在桌上，“不管怎么说，我想任何一个人只要想到类似的事情，就该试图建立类似的沟通渠道。”

这个话题让我说不出话。我该做出回应吗?我舔湿嘴唇,选择最安全的部分来回答:“也许我们应该建议任务控制中心在长途旅行中给已婚夫妇批准一种加密系统。”

帕克抿了抿嘴,点了点头,“我会在下次报告中提出这个建议。”

“那你为什么不让我直接给纳撒尼尔写信?任务控制中心依旧能比他先看到。”

“因为,不管你信不信,我必须服从命令。即使我不赞同,这也是我的工作。”

“你让我和卡米拉去‘平塔号’就违反了规定。”

“那是——”帕克抬手摸了摸自己稀疏的头发,“听着……这事有可能很快就过去了。你只要低调几周,我打赌他们会放宽电传机的使用规则。”

“和他们放宽洗衣规定一样?”我把记事板滑到他面前。

“你什么意思?”

“我是说他们依旧只把洗衣的工作分配给女人。”

他翻了个白眼,“约克,那只是运用各自的专长。大多数男人根本没有洗过衣服,远没有女人洗得那么频繁。”

“你是说,能操作最先进的飞机的人,没法儿学会清空烘干机过滤器吗?”我抹了把自己的脸。似乎不管和帕克聊什么话题,最后我都会和他吵一架,“对不起。我只是有点儿筋疲力尽。”

他审视了我一会儿,那双蓝眼睛好像在做飞行前检查。最后,他身子前倾拿走了记事板，“我会在报告中记下洗衣轮换的事。”

我的声音里透着苦涩，那完全是一种真实的味道，“谢谢。”

“好吧，至少在这个话题上，你不是唯一抱怨的人。”帕克推开椅子站了起来，“我会把这个发送出去。你可以趁这段时间完成你的工作。”

“是，长官。”我真正想做的是爬进船员宿舍的睡袋里，等我们达火星再爬出来。

除此之外，我怎样都行。

“约克……”帕克站在梯子的底部，盯着我写的那封信。我真想从他手里把信扯出来。“今晚我要把你轮换到厨房值班。下周也是。”

“什么？”今天是星期二。值班表周一就换了，这周我一直在打扫卫生。

“专业领域。”他敲了敲记事板，“队伍里除了你还有谁会准备逾越节晚餐吗？”

我太吃惊了，直到帕克消失在梯子顶端，我都说不出一句话。这个人真的让我觉得困惑。

今晚和其他所有的夜晚有何不同？就这一次，我不会质疑。

逾越节过了大约两周后，我固定好“忙蜂号”的舱门，为卡米拉两周一次的“平塔号”探访做好准备。舱门阻断了“尼那号”持续不断的嗡嗡声。我蹬了一脚，飘到了驾驶员的椅子上。观察窗里满眼都是

“尼那号”侧面的金属材料。我们上次燃烧后，飞船的角度变化了，现在阳光能偷偷地绕过“忙蜂号”的边缘，把金属原色打磨成纯银色。

“系好安全带了吗?”我转身坐进驾驶座，抓住我的安全带。

“准备好了。”卡米拉点了点头，然后清了清嗓子，“那个……你怎么样?”

“很好，谢谢。你呢?”听她的语气，她原本应该是想问个更大的问题，但我让对话停在了最安全的地带，“‘尼那号’，这里是‘忙蜂号’。我可以出舱了吗?”

泰鲁扎斯回答道:“确认，‘忙蜂号’。路上没有任何阻挡。”

“释放抓斗。”我按下开关，撤回抓住“尼那号”气闸的抓斗。随着一声低响，我们飘离了大船。等我们离开了大约两米，我才发射逆向火箭把我们推得更远。等距离足够远，我才会调转“忙蜂号”的方向，往“平塔号”飞。

“一路平安，‘忙蜂号’。‘尼那号’下线。”咔嗒一声，泰鲁扎斯话筒的嗡嗡声安静了下来。

卡米拉又清了清嗓子，“你不愿意来医疗舱找我，我只好在这里问了。还有，别用场面话搪塞我。你怎么样?”

在早期月球任务中，地球上配备了飞行医生，我们可以和他们讨论健康问题。比起随船医生，他们更容易搪塞。

“我怎么样？我在外太空开飞船。”我轻拍逆向火箭按钮，微小的推力把我们压进了肩带。不管什么时候我都不想进行这样的对话，而在飞行中聊这些也许是我最不喜欢的。不,那不是真的。晚餐时间才是最糟糕的。但卡米拉只是想做好她的工作。"我难过,我沮丧,但我并不脆弱。"

"那就好。"卡米拉在座位上换了个姿势面对我,"那你……脆弱的时候是什么样子的?"

我的牙齿几乎是不自觉地紧紧咬在了一起,"难以入睡,恶心,冒冷汗。"

"忙蜂号"和"尼那号"之间的距离越来越远,直到长长的阴影和刺眼的白光笼罩着大船的侧面。去往"平塔号"的行程说起来也就二十分钟左右。这将是漫长的二十分钟。

"你上次出现这些症状是什么时候?"

实话实说的话,我现在就睡不好觉,不过只是偶尔。而且我不做噩梦,只是难以停下我大脑里的引擎。它在我的脑袋里乱转,随机冒出各种想法,搞得我想东想西的。"已经有一段时间了。"

"那是指我们离开地球之前还是之后?"

"之后。但只有一次。"我认为既然我回答了她的问题,这件事可以算是一种胜利。我对这些问题感到愤怒吗?是的,非常愤怒,但我还没有傻到会认为即使我撒谎,她也会相信我的程度。曾经,我可能会这么认为,但我们住的宿舍离得太近了,一点点行为上的细小变化都没法儿忽略。甚至连我这个迟钝的老古董都很确定,泰鲁扎斯和拉斐尔是……有关系的。"老实说,卡米拉。我没事。不是特别好,但能应付。”

“告诉你吧。我相信你，如果你答应来医疗舱的话，我可以给你做一些简单的压力测试。”她把头歪向一边，“帕克很担心你。”

我的笑声像石头一样撞上观察窗又弹了回来，“哦，好吧。如果帕克担心的话。”另一方面，是他调整安排，让我主持逾越节晚餐，所以也许他的确是在担心。“逾越节晚餐很有用。”

“好。很好……我很高兴听到这个消息。”

我后知后觉地意识到，我不知道卡米拉在这里错过了哪些神圣的日子。“那你呢？什么会对你有用？有什么……纪念日吗？”

她摇了摇头，“等等。其实，有。你可以叫我小卡，而不是卡米拉吗？”

“小卡。了解。有没有什么——”

“别以为我没注意到你转移了话题。”

我往前坐了坐，注意力被燃料电池附近的一抹白绒吸引住了，“那是什么？”

“埃尔玛——”小卡顺着我的目光看去，猛地吸了一口气。有什么东西正从“尼那号”的侧面排放出大片雾气。雾气在太空的真空中凝结，像雪花一样向我们飘来。

我把话筒转到了“忙蜂号”的通信频道上，“‘尼那号’，这里是‘忙蜂号’。有东西正从燃料电池旁的左舷排出。我正摆正方向近距离察看。”

“‘忙蜂号’，这里是‘尼那号’。是哪种排出物？”我敢保证，泰鲁扎斯立刻进入了高度警戒状态，但他的声音依旧保持着沉稳。

“白色羽状物，看起来像是单一来源。给我一点儿时间，让我靠近一点儿。”我轻按推进器，慢慢推动“忙蜂号”前进。靠近燃料电池后，我远远地停在雾气后面，摆动飞船，使视窗直面排出的气柱。

小卡靠在她的肩带上，试图看得更清楚，我也是如此。要保持与“尼那号”相对静止需要耗费一些精力，但报告情况不费什么工夫。“‘尼那号’，这里是‘忙蜂号’。排出物似乎来自一个小的穿孔。小到我从这里根本看不到这个洞在哪儿。”

“收到，‘忙蜂号’。”帕克回答。我们一报告问题，泰鲁扎斯肯定第一时间就呼叫他了。“我已经派阿维利诺下去检查仪表，看看我们损失了什么。”

我调转飞船方向，使船头朝向大船，这样我就能从前面横扫整个船身，希望这能让我看到是什么东西在溢出。我们可能看到的是燃料电池里的水、那个舱室里的氧气，或者是冷却剂。这些都不妙。燃料电池被一根网纹状的管子包裹着，以避免太阳直射时电池温度过高。排放的羽状物最初是某个管道连接处的白色晶须，我顺着包裹燃料电池的管子找到了它的源头。哦，见鬼，妈的。

“是冷却系统。我们的液氨泄漏了。”

第二十五章

飓风惊动佛罗里达人
气象局在“卢内塔”的帮助下准备应对

《国家时报》佛罗里达州迈阿密市1963年5月7日报道(记者鲁比·哈特·菲利普斯[①]) 特稿:上周,距迈阿密一千五百英里的法属安的列斯群岛附近,出现了一股强乱流,该天气现象使佛罗里达州人民再次注意到美国气象局针对飓风的观察行动。利用“卢内塔”空间站上的观测站,预报员能够对这场异常提前的飓风进行准确的预测和监控。

① 鲁比·哈特·菲利普斯(Ruby Hart Phillips, 1898—1985),美国记者,著有《古巴人困局》(*The Cuban Dilemma*)。

没有人惊慌失措。这就是和宇航员一起工作的美妙之处，对IAC来说也是如此。我们花了很长时间模拟各种情况，学习如何解决问题。在问题出现的那一刻，所有人际关系都被甩在一边了。

我坐在厨房的桌子旁，准备好了纸和铅笔，面前堆着一堆参考书。拉斐尔、莱纳德和帕克站在白板前，板上贴着一张冷却系统结构图，旁边还写着笔记。在通信舱里，弗洛伦斯一边通过对讲机听我们说话，一边为任务控制中心做抄录，同时向我们汇报中心说的话。她还得保持我们与"平塔号"的线路畅通，在那里，我们的同行也在收听。

泰鲁扎斯坐在指挥舱里，以防我们需要把飞船转进或者转离阳光。而小卡则准备了一套EVA服。幸运的是，我们把火星探险船的压力保持在4.9 psi，与月球聚居地和我们的EVA服的压力水平相同，这样我们的太空漫步者就不必花几个小时给衣服减压。

"我想我们需要更换那段管道。"拉斐尔指了指我看到的发生泄漏的地方，"在这种温度下，是不可能对它进行修补的。"

莱纳德点点头，敲了敲图上的同一段，"但作为权宜之计，在我们搞清楚具体问题之前，这或许是比较可取的办法。如果是微陨石撞出的小孔，那和材料损坏就完全不同。"

"怎么个不同法？"帕克好一阵子没说话，任两位科学家把事情弄清楚。

"微陨石是一次性的。当然，我们可能会再次被击中，但这是随机事件。而材料损坏很可能重复发生,带来更复杂的系统性问题。”

“更复杂的系统性问题”这几个字让我后颈直发凉。如果我们的冷却系统出现故障,我们很可能不得不取消任务,缓行回家。只不过……从现在的情况来看,不管怎样我们可能都必须继续前行,依靠火星弹射回家。我嘘了口气,开始做笔记准备进行计算,以防他们需要。

“怎么了,约克?”作为一个终日与飞机火箭打交道的人,帕克的耳朵灵敏得令人生厌。

“只是在计算可能出现的最坏的情况——取消行动。”我从纸上抬起头来,尽管我的方程只写了一半,“弹弓。”

他快速点了一下头,表示他明白了。我们不止一次在模拟中演练过这种情况。“‘平塔号’,这里是‘尼那号’。你们的系统都没问题吧?”

“肯定的。”船际通信线路上噼里啪啦地响起本科斯基的声音,“我投微陨石的情况一票。”

“平塔号”已经完成旋转,把望远镜对准了我们,但其实他们也不比我看得更清楚。在我们找人出来亲自查看之前,一切都是猜测。

“给两个人做准备。”帕克双手叉腰审视着白板,“阿维利诺,你把更换管道所需的材料准备好。弗兰纳里,我要你准备补丁材料,以防出去后发现意料之外的情况。格雷在吗?告诉指挥中心,我们正计划紧急EVA。”

“你边说我边打字。”麦克风中传出她的哼声,“不敢相信我拿了博士学位,竟在这儿做抄写。”

“还有洗衣服。”帕克对着扬声器笑了笑,“他们一回复就告诉我。”

“你觉得除了你之外,其他人都是白痴吗?”

“是的。”帕克转过身来面对我,“约克,准备一份飞行计划以防出现最坏的情况。”

我本可以在这个当口儿开个玩笑,但我们的时间很紧,所以我只是点了点头,继续工作。我可以通过计算来自我安慰,这没错,但针对这一点,我想要的是纸面上的温暖、坚实的数字。

地球上,他们会比我们晚大约十五分钟。此时此刻,纳撒尼尔会在任务控制中心的地板上,和他的团队一起研究解决方案。他会一只手紧紧握着铅笔,衬衫袖子卷到手肘处。我丈夫会在那边来回踱步,思索解决办法,而克莱蒙斯的雪茄烟云会在纳撒尼尔周围云蒸雾罩。

我拿着铅笔在纸面上龙飞凤舞,计算修正航线的数据,几乎可以想象纳撒尼尔在我身后踱步的画面。有时我们的心灵寻求安慰的方式很奇怪。

“有回复了。”弗洛伦斯说完,电传机传来了新的指令,“准备好了吗?”

我从纸面上抬起头来,仿佛她就在我面前。在我忙于计算的时候,莱纳德和拉斐尔已经离开了房间,只留下了我和帕克。他用校阅式的稍息姿势站着,看着扬声器,“说吧。”

“博宾斯基建议进行EVA,实现两个主要目标:诊断破裂原因,如果可能的话,进行修补。如果不能修补,太空行动人员可以尝试更换损坏的部分。我们要限制EVA的时间,所以优先尝试修补。”

我皱着眉头,听着她的话。克拉伦斯·“泡泡”·博宾斯基是纳撒尼尔的助手。为什么不是纳撒尼尔来回复?我是说,我知道克莱蒙斯不想让他来负责我的飞船,但这次不一样。这是他的设计,他目前依旧是首席工程师。

“好吧,我们也是这样决定的,还算让人安心。”帕克转身拿起他的记事板,“我会告诉阿维利诺和弗兰纳里,让他们做好准备。”

“最好等一下,我还没念完呢。”

听到这儿,帕克挑了挑眉,好像弗洛伦斯能看到他似的,“继续。”

“任务控制中心说,应该让拉斐尔和泰鲁扎斯做EVA。他们希望小卡在医疗舱里待命,你负责飞行,莱纳德和埃尔玛帮他们换装?”

“纳撒尼尔怎么说?”我还没来得及意识到这不是个好主意,问句就脱口而出了。任务控制中心通过通信主任把命令发了上来,再怀疑猜测只会讨人嫌。“对不起,别在意。”

“不……”帕克转身看着我,空闲的那只手撑着后腰。另一只手用记事板敲着大腿,节奏并不规律。“应该弗兰纳里去,而不是泰鲁扎斯。找他们要人员选择的解释,并告诉他们我特别想听听约克博士的意见。同时告诉他们，弗兰纳里在EVA和黏合剂方面的经验比泰鲁扎斯更丰富，我的意见是应该派他去。”

这就是沟通时滞的问题。你必须把你能想到的一切都囊括进去，因为延迟意味着任何形式的问答都是浪费时间。

“哦，见鬼。”帕克摇了摇头，“我自己上来发吧。这样更快。”

“很高兴你意识到这一点。快上来吧。”

他走出厨房，只留下我和我的数字。

小卡双手塞在医生外套里走进厨房，“数据算得怎么样了？”

“马上复核完……”我拿着铅笔在一个冗长的方程式下面画了一条线，这个方程式描述了飞船航向火星再返回地球的路径。巴克·罗杰斯[①]本来可以调转航向，但是重力意味着返回地球最快的办法就是绕着火星进行弹射。问题是要花多长时间。

“要咖啡吗？”她问。

“谢谢。”即使出现最好的情况，我们仍然需要航行近一整年才能抵达地球。最坏的情况是取消任务，如果冷却系统出现故障，我们就得转移到“平塔号”上去，放弃“尼那号”。而如果“平塔号”再出了什么问题，我们就没有任何后备资源来拯救我们了。“圣玛丽亚号”上装满了用于火星表面的东西，没有生活区。也许拉斐尔和指挥中心能想出

① 巴克·罗杰斯(Buck Rogers)是美国第一部基于严肃科幻小说创作的漫画的主角。

办法,让“尼那号”继续撑着走下去,这样我们至少可以用它来存放东西。

小卡把一杯热气腾腾的咖啡放在我面前,塑料撞在金属上发出清脆的响声。咖啡香得令人难以置信,香味中满是你想要的浓郁苦味。我把杯子拉近自己,享受着这股香气。

“埃尔玛……帕克让我来和你谈谈。”小卡慢慢转动着自己手中的杯子。

我把目光从方程式上移到她的脸上。她的眉间挤出一道纹,目光里满是关心。我放下铅笔,“谈什么?”

“首先,我想让你知道,一切都很好。”她的嘴唇紧紧抿在一起,“但任务控制中心说,纳撒尼尔在医院里。他得了溃疡但没放在心上,后来他们只能给他做手术。他很好——他只是请了一段时间的假,他就该这么做。但他没事。”

2、3、5、7、11、13、17、23……

“埃尔玛?你听到我说的了吗?他没事。”

“他真是个……真汉子。”他的最后一封信突然就说得通了。我现在明白赫舍尔为什么会过来了。明白了为什么妮可和默特尔一直在给他的储藏室补货,为什么他没有回家。“你为什么会知道?”

“因为帕克向任务控制中心问起纳撒尼尔,他们是这么回复的。我应该补充一句,我们还收到了不要告诉你的指示。”小卡一直把双手松松地叠在杯子上。

“他们当然会这样要求。”飞行服下，我的手臂为了努力不拍打桌子而紧绷着……29、31、37、41、43……我艰难地吞了吞口水，努力让自己的声音保持平稳和冷静，“真没想到，帕克还是这么做了。”

小卡抬起手，摇了摇手指，“不、不……帕克没有违抗命令。他肯定是不会告诉你的。”

我哼了一声，我母亲看到一定会很郁闷，“好吧，那我就不感谢他了。”我的手从桌子上滑了下来，我努力让自己挺直脊梁。但我真正想做的是身子前倾，把脑袋埋进臂弯里，“他应该告诉我的。我是说，纳撒尼尔。”

“为什么，在这里你能做什么？”

“我——我是他的妻子。”桌子底下，我双手平放在膝盖上。如果我在家，我就会注意到他没有吃东西。事实上，他应该每天按时吃饭。我当然也不会让事情变得如此糟糕，到这种他需要手术的地步。“我可以在银河系的任何地方和他唠叨。”

“哦，他没事。再过一个星期左右，他应该就能回到工作中了。一段时间里他只需要上半天班。”她隔着桌子向我伸手，一缕黑发落在她的眉头，“你需要什么吗？”

从小卡那里——或者说，从小卡那儿到我这里——这意味着一片眠尔通。而且，哦，上帝，是的，我需要那块舒适的棉絮来盖住我皮肤下躁动的焦虑。我润润嘴唇，尽可能缓慢地呼出一口气，“不用了，那会拖慢计算速度。”我把手放在我一直在研究的方程式上，“我现在不能放慢速度。而且我很好。谢谢你,我没事。”

EVA进入第二个小时,泰鲁扎斯和拉斐尔准备好了照明工具,这样他们才能看清破损的地方。但在他们开始更换破损的管子之前,帕克清了清嗓子。

“泰鲁扎斯在外面做得不错。”他朝观察窗外点点头——然而我们看不到任何一个人,“我不……这就是为什么我不常质疑任务控制中心的原因。”

“哦。”聪明的回答,我知道,但我感到非常惊讶,帕克竟然主动挑起对话,听上去像是一段真正的对话。我甚至害怕跟他进行这种真正的对话,我不知道,我可能会吓到他或者什么的。

“有时候,对于问题,不识庐山真面目,只缘身在此山中。”他摆弄着扬声器上的音量旋钮,尽管泰鲁扎斯和拉斐尔的呼吸声已经完美地传了进来,“沙蒙跟你谈过了吗?”

我点了点头,然后发现他并没有看我。“谈了。”说得越多,风险越大,而且也没有必要,“谢谢你。”

“如果克莱蒙斯也对米米玩那种把戏,我会杀了他。”

“她怎么样……”我还没来得及说更多,就发现自己说错话了,赶紧住了嘴。他在谈论他的妻子,但这并不意味着他也允许我这么做。“好吧,我欣赏你这种做法。”

“很好,她很好……现在每天从铁肺里出来一个小时左右。”

“那真是太好了。”我走入了什么诡异的现实？帕克在主动跟我谈论他的妻子。我猜想是因为纳撒尼尔住院的事。“知道他病了，而我却无能为力，这感觉太难受了。”

“是啊。”帕克压住嘴唇，脖子奇怪地抽动了一下，动作僵硬，“是啊。但是IAC有世界级的医疗服务，他们会好好照顾他的。”

那么，这就出现了一个问题……帕克进入任务会不会是因为他想确保他的妻子获得最好的照料？或者这只是为了让抛下妻子来到这里的自己好受点儿而编出来的故事？

就此而言，我给自己编的故事是不是更可信一些？或者说更真实一些？“我哥哥会过来照顾他。”

这让帕克转过身来，看着我，“加州的那个？”

看吧，这些善意的时刻总是让我陷入困惑。虽然我是认为，一个妻子活在铁肺里的人应该不会称赫舍尔为“那个得小儿麻痹症的”。我点了点头，试图让谈话继续下去，仿佛它可以不知不觉地延续至旅途的其他部分，“是啊……纳撒尼尔提过赫舍尔要过来。我当时还不明白为什么。”

帕克哼了一声，“听起来差不多。米米也曾提过‘睡得更香了’。可我问过之后才知道，原来铁肺里一直有一个螺栓吱吱作响，搞得她一直没睡。难道她会在真正有问题的时候提出来吗？不可能的。”

我笑了，他睁大了眼睛。那可能是我第一次在帕克面前笑。我很想说，看吧，我确实有幽默感，但我是个成年人，所以我没这么说。

而且,我也是一个胆小鬼,因为我害怕失去我们之间仅有的一点儿融洽。"不知道他们会说什么来抱怨我们。"

"嗯。"帕克靠在座位的扶手上,"有一件事我可以告诉你,你丈夫讨厌——"

"'尼那号',这里是'EV1号'[①]。我们有麻烦了。"拉斐尔的声音紧张而专业,打断了我们的谈话。

帕克像一台机器一样,猛地回过神来,拍下控制按钮,将拉斐尔的声音广播到全船,同时还在回应他:"请讲,'EV1号'。"

"埃斯特万的衣服被液氨管线卡住了。据我了解,是他右小腿和靴子之间的定型环支架被4F.37液氨管线支架卡住了。我看了一下,怎么也想不明白管线的连接方式。而且连接很牢固。所以,我想听听你的建议。"

我拿起我们从工程部里带来的关于液氨管线的参考文件。大尺寸的示意图还在工程部,我敢打赌,莱纳德一定已经打开了。

"收到,阿维利诺。我们会在这儿寻找解决方案。"帕克看了我一眼,见我在书中翻找到了要找的那一页,点了点头,"你能为我确认一下你们现在的耗材情况吗?"

"综合二氧化碳涤气器、氧气和电池……我大约还有三个小时的时间。"

"泰鲁扎斯?"

---

① Extravehicular crew member 1,舱外航天员1号。

一阵停顿，寂静无声。我抬头看向观察窗，窗外只有星星散发的冷光，以及远处的蓝色圆点，那是地球。

泰鲁扎斯清了清嗓子，“我差不多有两个小时。”

“明白。”虽然帕克没有说，但我敢打赌，我们脑子里闪过相同的念头。快速消耗是太空漫步者缺乏经验的表现。为了保持静止，他们需要付出更多的努力。然而，帕克仍旧保持着他队长式的冷静音调，“目前为止，你们都尝试了哪些解决方式？”

“旋转，摇晃，拉扯，扭转，骂人。”

“技艺优秀。试过多少种语言？”他关掉自己的麦克风，切换到与实验室对话，“弗兰纳里，给我一些选项。”

莱纳德在频道上说：“他能进去切开T型夹吗？”

在另一个频道上，泰鲁扎斯说：“英语、西班牙语和葡萄牙语。还有其他建议吗？”

帕克在莱纳德还在说话的时候，又切回了泰鲁扎斯的频段，“拉丁语一向很适合科学咒骂。你拿应急剪……弗兰纳里在问你能不能剪断T型夹。”

拉斐尔说：“说句老实话，我连硬件是怎么连接的都搞不清楚。我担心自己会在埃斯特万的宇航服上开个洞。我们能不能把线路断开？”

“明白。做好准备。”帕克又转回莱纳德的频段，“弗兰纳里，你听到了吗？”

“听到了……但那一段是固定的。不幸的是，最好的办法就是切断线路。现在已经减压了,所以至少我们不必担心损失更多的氨。”

“告诉我修理难度有多大。”

“不是……很大。应该可行。”莱纳德叹了口气,“拉斐尔应该有更好的办法。”

这话很有道理。拉斐尔是我们的工程师,他比任何人都了解“尼那号”。我一直在看那本手册,但我读到的所有内容都证实了莱纳德的评估,他们很可能要切断线路。

“收到。”帕克拿手抹了一把脸。然后转向我,“你说过,如果液氨冷却系统无法修复,我们就得放弃‘尼那号’? 没有其他办法吗?”

“如果我们没了冷却系统,即使保持在最佳航线上,飞船也会在到达火星之前过热。”我在安全带下变换姿势,在束缚中飘浮着,“但我不了解修复液氨系统的全部应急措施。”

他靠在话筒前,“弗兰纳里,如果他们必须切断线路才能让泰鲁扎斯自由行动,那对我们的冷却系统有何影响?”

“我们已经关闭了液氨系统,所以不会排放任何东西。应该……没错,应该有足够的余量来维持我们、‘平塔号’和‘圣玛利亚号’的运转。给我一分钟,让我给‘平塔号’上的威博特·施诺豪斯发点儿东西过去。”

“收到。我们应该会坚持到还有三十分钟的时候才终止行动。”帕克靠在指挥椅上,又揉了揉额头,“见鬼。约克,开始计算如果我们都登上‘平塔号’后的航线修正数据。”

我点点头，明白他在平衡各项条件。在这种情况下，既然我们可以撤退到“平塔号”上，泰鲁扎斯的生命就优先于保全液氨系统。感谢任务控制中心和他们的飞行规则。在飞行规则下，所有关于突发事件的决定都已经提前做好了。它不受情绪和快速反应的影响，给我们提供了我们必要的余裕。因为我们在出问题之前就已经想到了事情出错的可能性。不过……

模拟丢下一个人让他等死就已经够糟的了。

我翻了翻我带来的参考资料，拿起44B卷，“任务控制中心已经想好了单船的应急措施，所以——没问题。我来完善一下。”

他干脆地点了点头，又把话筒拨了回去，“阿维利诺和泰鲁扎斯？你们必须保留三十分钟的氧气，所以在切断线路之前，你们还有一个小时的时间来尝试解决问题。”

“收到。我们在这里继续解决问题。”

泰鲁扎斯回答道：“确认。在本期惊心动魄的节目中，我们无畏的太空冒险家团队将面临‘太空管道的愤怒’。我们收听节目的同时，我们勇敢的英雄，拉斐尔·阿维利诺正准备从狡猾的太空管道中解救他无助的伙伴。”

这之后，拉斐尔用葡萄牙语嘀咕了几句，逗得帕克哈哈大笑，但他一关掉话筒，笑声就消失了。帕克又把手伸向开关，好像准备打给其他站点，但随即又把手抽回来，放在腿上。他牙关紧咬，盯着观察窗外静静等待着，背景音是拉斐尔评论的嗡嗡声。

我？我在做计算，因为实际上没有那么多事情要做，所以我检查了方程式，确保代入具体数字前，我已经准备就绪。

莱纳德的声音嗡嗡地传进房间，“好了。等拉斐尔和泰鲁扎斯回到船上后，我想再仔细研究一下，我很确定，就算我们丧失了过多液氨，我也可以制造出更多来。也许吧。但这是最坏的情况，如果我用不着这么做，大家会更高兴。”

“真不错。那为什么我们会为你用不着这么做而高兴呢？”

“有毒。污染空气供给的概率可不小。”听他解决问题几乎和听纳撒尼尔说话一样有趣。“想象一下，我在‘忙蜂号’上，穿着火星太空服制造液氨。那样应该没问题。但我们可能用不着这么做。”

“明白。”帕克关上话筒，坐在那里，望着虚空发呆，任时间一分一秒地流逝。他叹了口气，拿起话筒，切换到医疗舱的频道，“沙蒙，随时向我汇报他们的遥测情况，好吗？如果泰鲁扎斯的氢氧化锂罐里余量过低，我们就提前终止行动。”

“我已经在盯了。一切都在可接受范围内。”

你可能认为氧气是太空漫步过程中最需要担心的东西，但我们能最高效地打包这种消耗品。二氧化碳涤气器、电池寿命……这些都是你在EVA过程中需要担心的事情。氧气反而是最不需要担心的。在空气耗尽前，你就过热了。

某一时刻，我放下方程，和帕克一起凝视太空，耳边是拉斐尔和泰鲁扎斯工作的声音。他们试图撬开定径环支架，不时有葡萄牙语的咒骂点缀其中，这是一个无休止的循环。

最后，帕克向前坐了下来，“三十分钟。我们必须终止行动。”他牙关紧咬，“你们去切断线路。”

“确定这些线路已经减压了吗？它们像钢棒一样。”

帕克切换到工程部的频道时，莱纳德也回到了通信线路上，“下面的压力表显示为零。那条线路是永久性装置的一部分——我想这就是它具有刚性的原因。”

“明白。”帕克看了我一眼，一瞬间，我们之间产生了一种难得的融洽。这次太空漫步的人员配置完全错了。莱纳德应该在那里，而不是在工程部，那不是他的专业领域。没错，他接受过辅助拉斐尔的训练，但他的大部分训练都是在执行EVA。我看得出来，帕克很后悔自己遵循任务控制中心值班表的决定。“阿维利诺，莱纳德说仪表数值为零。他认为线路具有刚性是因为它是冷却系统的一个永久性部件。”

“收到。”拉斐尔轻笑了一声，“我只是害怕割伤了我的宝贝儿。”

“我告诉过你不要那样叫我。哦——你说的是飞船。”泰鲁扎斯的演技真是拙劣。

“我们可以进行修理。”帕克叹了口气，低下头，仿佛这是祈祷，而不是命令，“你们去切断线路。重复一遍。你们去切断线路。”

“确认。切断线路并——”拉斐尔突然用葡萄牙语骂了一句。

帕克打开话筒，凑近扬声器，仿佛这样就能让他离事故现场更近，“阿维利诺，报告情况。”

一团白色的雾晶飞舞在观察窗周围，在阳光下闪闪发亮，就像地球上曾经看得到的星星那样，十分美丽。但看见它时，我的心也跟着僵住了，“帕克！液氨正在喷射。”

那些线路应该已经清空了。

一些大块的东西飘过，它们在阳光下旋转着，几乎成了红色。这里的阳光做不到——那需要大气层的衍射。

我们看到的，是冰冻的血液。

第二十六章

埃斯特万·泰鲁扎斯 1924—1963

堪萨斯州堪萨斯城1963年5月7日电 火星探险队经过中途点一个多月后，第二名牺牲者出现了。批评家指出，埃斯特万·泰鲁扎斯的死亡是IAC无能的表现。一位内部高层人士表示，斯泰森·帕克上校认为泰鲁扎斯缺乏经验，曾反对派他出舱，但被克莱蒙斯局长否决。

IAC局长将此次死亡定性为一场反常意外事故。报告显示，泰鲁扎斯在进行维修时，陷入了液氨冷却系统中。在试图解救他的过程中，工作人员切断了一条液氨管道。可悲的是，测量仪错误地显示管道已泄压，而切割时，压力使金属管线的尖锐末端擦过了他的宇航服，捅出了缺口。宇航服失去了完整性，最终，泰鲁扎斯被真空所吞噬。

我和小卡飘浮在气闸外。又是这样。

我想不出任何韵脚。我的脑海里充斥着弗洛伦斯响彻飞船的尖厉声音。声音,真的:莱纳德的声音娓娓引导着拉斐尔回气闸。

“好,右手向前伸,你能摸到门口的导轨。”

另一个声音是拉斐尔粗重的呼吸声,那是一个人努力抑制自己避免抽泣的声音。呼吸停滞,百转千回,透过牙缝咝咝作响,接着他屏住呼吸,一阵沉默令人心惊肉跳,直到呼吸声再次传来,他的声音再次响起。可他说话的时候?天啊……他很专业,声音平静如水:“确认。我摸到导轨了。”

“很好,我固定你的时候,你会感觉到我的手放在你的腰上。”

“收到。”然后拉斐尔的呼吸声又开始循环。

我把手放在气闸门内侧冰冷的金属板上,身子向端口倾斜,寻找他们的身影。莱纳德的宇航服在黑暗的天空下只是一个稍微浅一点儿的轮廓。他的脸消失在阴影中。

“拉斐尔的本地栓带把手确认锁死。滑锁。黑色对黑色。我已经拿起我们的安全系绳,往舱门里走。”

我在脑海里,和他一起完成了挂系绳钩,滑动关锁的动作,确保指示器显示出一条黑色的实线。

“我正在清理我的安全系绳,这样我们就可以把所有东西都拿起来带回船上。”

在我身边,小卡两手交替着拿毛巾。我们曾在模拟中做过这种情况下的应对练习,但模拟和现实之间,情感上存在很大的差异。

我把自己的毛巾拧成了一根绳子,柔软的白色毛圈布为船舱增添了一点儿声音。为了填补空白,我说了一句显而易见的话:“等拉斐尔看得清了,我就帮着莱纳德一起把他从衣服里弄出来。”

“好的。”她飘过绑在主轴侧面凹槽里的医疗箱,“如果他有反抗倾向,我有镇静剂。”

莱纳德继续用毫无波澜的声音说道:“我们俩都固定好了,我接下来会引导你进来。”

“收到。”

拉斐尔的声音完全不像有什么反抗倾向。这只是一种应急措施,就像其他所有你提前做好的准备一样。透过观察窗,你可以看到他们的轮廓进入气闸昏暗的光线里。拉斐尔摸索着墙壁,而莱纳德正用精确的动作引导他,如果没有宇航服上的条纹,你根本分不清谁是谁。

“我们已经进气闸了。我要松一会儿手去关舱门,但你已经被拴在内部轨道上了。”

“收到。”衣服太笨重了,你看不到拉斐尔胸口的起伏。当他渐渐靠近我们这边的气闸时,光线滑过他头盔的曲线,照亮了糊在玻璃上的迷雾。头盔里,他的脸只呈现出一个模糊的形状。

我把自己拉到门的一侧,给他们腾出空间,方便他们通过。小卡在输入阀压力表旁等待,我把手里的毛巾折了一次又一次,仿佛这世上存在一种拿毛巾的最佳方式。当然,IAC对此做过一些研究,或者某个地方的研究生曾把“毛圈布最大化”作为他们的论文题目。

小卡在我的头顶上打开输入阀,让大气涌入气闸,三角压力表的指数开始上升。空气穿过阀门发出阵阵咆哮,仿佛一列货运列车正从主轴上经过。

气闸的声音几乎淹没了莱纳德的声音:“压力确认。就快好了,拉斐尔。”

“确……”咳嗽中断了他的声音。

我的心在胸腔里猛烈跳动,仿佛它能打开气闸。我训练出来的动作比这更快。我把毛巾塞进膝盖之间,双腿紧紧夹住,同时我抓住棘轮手柄进行按压。五次按压后,封住门的十五个锁扣一一释放。

莱纳德透过舱门看到了我。

他抓住拉斐尔的头盔,解开了固定头盔的锁扣。

所有这些累赘都在和我们作对,固定头盔的那些保障措施同样会拖慢他的动作。

透过扩音器,我们听见了拉斐尔的抽泣声。

我把身体弯成“V”字形,两腿间还夹着那条该死的毛巾,狠狠地踢了一脚墙,拖开了内舱门。一打开门,我就利用惯性抓着毛巾向前游去,完成了剩下的路程。

拉斐尔,好样的,尽管他的手在痛苦中抽搐着,痉挛着,但他还是保持着不动。莱纳德拽开了拉斐尔的头盔,他没有反抗莱纳德。训练可能会说,你不可能淹死在自己的眼泪里,但球状的盐水和鼻涕飘进了气闸。他的眼睛、鼻子以及嘴巴上都覆满了银色的球。

我用毛巾拍打他的脸。反冲力把他推离了盐水,不过只有一点点,接着毛巾开始吸收液体。现在,他动了,抬手把毛巾塞进嘴里。

莱纳德支撑着他,他咳嗽、吐口水、清除盐水。气闸外,小卡抬头看了看扬声器,"帕克,我们稳住他了。拉斐尔安全了。"

"确认。"我没听过任何一句话饱含如此多的欣慰。"干得好。"

这句话让拉斐尔逐渐衰弱的控制力轰然崩塌。"干得好?"他甩开毛巾,"我他妈害死他了。"

我抓住他戴着手套的手,紧紧地握在双手之间。太空阴影的冷意还残存在材料上,渗进我的骨头里。"亲爱的……我知道这很难。我知道。但这不是你的错。"

"是吗? 那是谁的错?"

扬声器里,帕克说:"任务控制中心的。"他对着话筒叹了一口气,"也是我的。还有上帝的。还有,是的,你的。你会背负着这种罪恶感,我不会假装你不会,但你不是一个人。你已经尽力保障埃斯特万的安全了。"

从帕克口中听到泰鲁扎斯的名字,拉斐尔崩溃了。新的眼泪挤满了他的眼眶,堆积成丘。莱纳德抓过飘浮在一旁的毛巾,把它按在拉斐尔的脸上。我松开他的手,他紧紧抓住毛巾,埋在毛巾里哭泣。

我扭转身体,离开气闸,方便小卡进去。她的声音稳定而平静。只听声音,你不会想到她的眼睛是红肿的。"你只用稳住自己,我们会把你从宇航服里弄出来。”

即使拉斐尔有什么回应，也隐匿在毛巾后了。我们努力把他从衣服里弄出来，过程中他慢慢地瘫软下来，没有反应。小卡一直低声念叨着，仿佛她的声音是把他和我们连在一起的纽带。我们正在里面忙活时，帕克到了，他帮着小卡把拉斐尔送到了医疗舱。剩下我和莱纳德收拾宇航服。

我帮他脱下EVA服时，他牙关紧咬。我们唯一的对话是按照IAC设置的舱外活动后检查清单进行的。等最后一只靴子在柜子里固定好，莱纳德飘在一旁，盯着那个本该放泰鲁扎斯装备的空位。

“埃尔玛？我可以……”他抬起手遮住脸，“你能——？”

我一直努力忍住泪水，它们哽住我的喉咙。我推了一把，飘过去双手环住莱纳德。我们俩飘浮在空中，缓缓旋转着，悲伤在我们周围化作星群。

拉斐尔睡在医疗舱里。

我们四个人坐在厨房里喝着弗洛伦斯给我们做的热可可。莱纳德蜷缩在灰色的羊毛毯中，他旁边是小卡，她正盯着她的杯子，仿佛杯子会对她说话。

我紧握着自己的杯子。杯子应该能温暖我的手，但我的双手依旧很疼。几个小时过去了，我的手依然因为触摸拉斐尔的宇航服而疼痛。至少，我是这样觉得的。事实上，我身上的每一处都在痛，就好像悲伤冻结了我所有的关节，就像……

我吞了吞口水，拿起杯子。

帕克从梯子上滑下来。他眼眶发红，一只胳膊下还夹着一个瓶子。他低着头，走到桌前，把白兰地放在中间。

弗洛伦斯直起身子，伸手去拿，"你怎么把这个弄到船上来了？"

"把什么弄上船？"帕克在长椅的一端挨着我坐了下来，"任务控制中心在IAC飞船上严格禁酒，避免产生文化上的误解。"

小卡哼了哼，把莱纳德的杯子滑给弗洛伦斯，"我讨厌被当作借口。这是药用的。"

我也把杯子往前一滑，"听医生的命令。"

帕克头枕着两只手。他对着桌边的人说："我想说说我们处理尸体的方法。"

"别用包。"可可滑过小卡的杯子。

"任务控制中心希望我们用那个，因为泰鲁扎斯已经被冻住了。"

"不。"我摇了摇头，怒火沿着我的脊柱升起。我伸手去拿那杯火辣辣的液体，心怀感激。该死的，纳撒尼尔曾说过我们不会——但他不在办公室里，对吗？我咬紧牙关，吞了吞口水，才说出话来，"我建议不要那样。"

"我同意。"帕克的目光仍然盯着桌子，"根据你的报告，这会使已经受到创伤的船员再次经历创伤。"

"帕克……"小卡隔着桌子伸出手，碰了碰他放在坚硬桌面上的手肘，“我们已经筋疲力尽了，现在还处在惊恐之中。最好还是等一下。”

“我知道。”他直起身子，脸上是军人惯有的冷静表情，“但我想在阿维利诺醒来之前解决这件事。我不想让他听到我们讨论这个问题，所以我们得处理这件该死的事，解决这个问题。”

莱纳德拉紧肩膀上的毯子，“埃斯特万还绑在液氨管线上，我们需要完成切割才能解救他。那一段应该完全没有液氨了。”他吞咽了一下，“现在。”

“之前就应该已经清空了。”我的声音比我想象中的更尖。

莱纳德举起双手，“仪表读数显示管道是空的。”

“停。”帕克将手平放在桌上，“我们现在不是要搞清楚责任在谁。我们正在研究如何处理埃斯特万的问题。现阶段，管线已经被切断，里面没有液氨了。”

“而且无论如何我们都会做那次EVA，因为要修复冷却系统。”我点了点头，努力配合所有人，假装我们都还冷静，仿佛这只是另一场模拟，“我可以和莱纳德一起出去……去清理管道。”

“然后呢？”弗洛伦斯站起来走到炉子前，“我们把他带回来吗？”

她取出杯子时，莱纳德转头看向她，“他的一只胳膊还伸着。我们没法儿通过气闸带他进来。而且，要弄掉管线的话，还得费点儿工夫……他的脚上有块氨。这将……这要花点儿工夫。”

除了拉斐尔，莱纳德是唯一一个发现……问题的人。我们或许可以派“忙蜂号”出去侦查一番。

“那用‘忙蜂’呢？我们能把他装在里面吗？”

“目的呢？”帕克面无表情，仿佛戴着面具。

“嗯……那样我们可以在大气环境下操作。”

莱纳德点了点头，“是的，我想他可以通过较大的舱门。只是——”他皱起眉头，头偏向一边，“氨要融化了才行。”

弗洛伦斯把一杯可可放在帕克面前，“所以要穿上火星宇航服，就像你跟帕克说的那样。如果你要制造氨，你就会这么做。”

“你听到了？”

“宝贝，我都听到了。”弗洛伦斯一只手放在帕克的肩膀上，直到他向前伸手拿起杯子，“我在这艘船上有工作要做，你可别说那工作是洗衣服。那只是因为有些人太傻，不愿意自己动手。”

帕克盯着杯子，“我们应该决定最终目标是什么。”他放下杯子，没有喝，站了起来。他拿起一支马克笔，拔掉盖子，面向白板，“我想我们有这些选项。”

他在白板上写下：

葬在太空

暂时储存，葬在火星

暂时储存，葬在地球

包

他在最后一行画了一条线,“我们已经排除了一个。”帕克转过头看向我们,“还有什么其他选择吗?”

我们都盯着白板。我半举起手,又放下了。因为,真的,我脑子里的想法不算是一个真正的选择。这么做可能会闯一堆祸。

“约克。”

“这不算是……”其他人也许会从我的提议中得到启发。我只是想抛砖引玉,“焚烧。”

帕克抿了抿嘴,然后点了点头,把这个也写在了黑板上,“还有其他的吗?”

莱纳德举起了手。我不知道我们为什么开始搞这些,仿佛我们是学校里的孩子。“与其埋在火星地表,还不如葬在火星大气层,这个怎么样?”

帕克点了点头,写了下来,还追加了一条:重返时葬在地球大气。“还有谁有想法?”

环状结构在太空中缓缓旋转,风扇的轻响与冰箱的嗡嗡声和飞船的砰砰声呼应着。我喝了一口甜腻的可可,它像胶水一样涂满了我的口腔内壁。我放下杯子,伸手去拿白兰地。

帕克仍旧盯着白板,“能不能猜到他会想要哪种方式?”

“你应该问拉——”小卡停住没说,低头盯着杯子。

“除非有必要,我不想再去打扰他。我们没给他负担,他就已经觉得责任在他了,这一点已经够糟了。”

“不——只是他们……很亲密。”小卡低着头，紧咬下唇。

我想，这说明自流星之后，世界发生了太多变化。我已知的有这些：他们下班后总是待在一起。我无数次看到他们抚摸彼此。拉斐尔说他知道避孕套是谁的……

环顾四周，我看到其他人也都会意了，但尽管世界发生了变化，却还没到我们任何人都能大声说出来的地步。虽然小卡保证过，任务控制中心知道这种事情“并不罕见”，但他们都是军人。

帕克叹了口气，揉了揉后颈，“好吧。我们来找出每种情形中的问题。沙蒙……我可以请你把方案交给阿维利诺，征求他的意见吗？这样可能更好——”

“好。”她点点头，手指紧紧地握着杯子，“这种时候，我真想喝酒。”

除了德比之外，“平塔号”的全体船员都来“尼那号”参加了泰鲁扎斯的告别仪式。让一艘船完全没有船员是不安全的，我很感谢本科斯基做的人员安排。我们在花园区坐成两排，听威博特和和格雷汉姆用长笛和小提琴演奏令人难忘的二重奏。

我和弗洛伦斯已经从厨房拖来了长椅，还从医疗舱拖来了几把椅子。我在后排选了个位置，坐在本科斯基和弗洛伦斯之间。我的正前方，拉斐尔坐在小卡和莱纳德之间。他的坐姿非常标准，看了真让人难过。

在他的前面,我们隔着萝卜花坛搭了一个围栏。倒不是为了烧什么东西,或者什么人。但我们用小号包装箱和储物柜门,在轻轻摇曳的绿叶上方搭出了一个平台。

小卡把泰鲁扎斯裹在一张床单里。他躺在木板上,身体几乎像木乃伊一样。在他脸部附近的床单一角,弗洛伦斯用从他的制服上拆下来的蓝线,绣了一个简单的罗马十字。我拿了一些旧的打孔卡和报告,把它们剪开,卷起边缘,扭成一朵朵绽放的花,再做成青紫色的花束放在他的胸前。

我想,在离家这么远的地方,我们会紧紧抓住每一种仪式或安慰。尽管泰鲁扎斯是天主教徒,我还是为他念了犹太哀悼词。其他人在悼念他的去世,做了我们当初没能为鲁比做的事。或者是当初被指示不要那么做的事,我想。不管是哪种情况,我们都需要这个仪式,我真的很感激帕克无视任务控制中心所做的决定。

格雷汉姆和威博特的演奏进入尾声,留给我们的只有树叶的沙沙声和我们自己不均匀的呼吸声。帕克从前排站了起来,走到泰鲁扎斯的尸体旁站定。"哀悼一个人的去世没有什么好的方式。但我们可以记住他,而且要好好记住他。战争期间,我第一次见到埃斯特万·泰鲁扎斯。我们当时在诺曼底的一个基地加油。我和一个年轻女人调情,后来发现那是他的妹妹。尽管我的军衔比他高,而且他们在法国是难民,但他还是……'建议'我说这不是一个好选择。"帕克撇嘴一笑,短暂地与我的眼睛对视,"我永远记得,他的右勾拳十分有力。而且他无所畏惧,忠心耿耿,是朋友中的开心果。我为有他做副驾驶而感到骄傲,更为有他这个朋友而感到自豪。”

我面前,拉斐尔僵直着背。他的肩膀不再活动,我想他正屏住呼吸。我向前伸出手,一只手放在他的背部。那一瞬间,拉斐尔靠向我的手,然后他周围的外壳裂开了。他折向前,两只手压在嘴上,即使这样也没能完全捂住声音。

小卡在座位上转过身来,她还没赶过来,本科斯基已经用长臂环住了拉斐尔。她把他们俩拉进了自己的怀抱,他们夹着拉斐尔。莱纳德向前挪了挪,加入了那个拥抱,这也推动我向前靠拢。最后,我们十个人用笨拙的姿势围着他,在长凳、椅子和彼此身上弓着腰。我们仿佛试图用身体做一个消融悲伤的盾牌。

这样的时刻,你不能以分钟或呼吸或任何东西来计算,只能任痛苦的浪潮在我们身上起伏。拉斐尔不是唯一一个哭泣的人。

我就是实证。

在零重力条件下,护柩人的作用完全不同。拉斐尔和莱纳德引着泰鲁扎斯包裹好的尸体穿过主轴,进入气闸。拉斐尔一直控制着自己的外壳保持平静,内部的崩溃并不明显。不过,他表面上的平静没有骗过任何人。

我想这就是帕克在他们打开外气闸之前,把我们所有人都叫到了观测穹顶的原因。他很可能也叫了拉斐尔,如果他没有明确拒绝服从这个命令的话。

我们挤在左舷的窗户旁——虽然左舷和右舷在太空中没有太多关联,但旧的命名法很难弃用。海蒂双手环抱着自己,飘到我身边。

在地球上的葬礼上,我们在叙旧和回忆逝者的同时,会有一些闲聊。虽然这两天想烤馅饼和做砂锅菜的冲动一直在我的皮肤下躁动,但我死也记不起开始一段正常对话的方式。

虽然在这种情况下,“死”可能不是最恰当的说法。

观测穹顶伸出来的距离足够远,我们可以顺着船身向后看去。我们在向阳面,所以船在墨一般的太空中闪闪发光。你永远不会真正习惯那黑色有多深。“深”这个字?真的很合适,因为那感觉就像一个你永远落不到底的黑洞。

我想,这就是我们要对泰鲁扎斯做的事。

扩音器噼里啪啦地响起,拉斐尔的声音传来:“女士们,先生们。”他的声音变粗了,他清了清嗓子,然后又继续说道:“女士们,先生们,在本期惊心动魄的节目中,我们无畏的冒险家埃斯特万·泰鲁扎斯开始了对深空的探索。”

在我们的后方,一朵纸花从船舷吹了出来,接着是泰鲁扎斯被包裹住的身体。缠绕的布条将他的身体绑成了一个遵循惯性法则的鱼雷,飘浮在我们身边。慢慢地,我们的速度发生了变化,他飘了回来,几乎像在对我们的船体进行检查一样。哦,勇敢无畏的冒险家。

我不得不转身远离窗户,闭上眼睛。天啊……我们一起上过月球。我第一次进入太空就是和这个男人一起。这么多年过去了，那些情景还历历在目，仿佛是现在进行时一样。

“等等——”泰鲁扎斯一只手放在我的手臂上，示意我看窗外，“看。”

除了无边无际的黑暗，什么都看不到。我知道我们已经进入了地球的暗面。我们潜入了她的影子里，然后，魔法填满了整片天空。星星出来了，数以百万计的星辰，星光灿烂，清晰可见。

看。我再次睁开眼睛，来做见证。面向太阳，天空中没有可见的星星，但我的纸花却捕捉到了阳光，在漆黑的太空中显得无比明亮。泰鲁扎斯转了一圈，仿佛在欣赏着周围的一切光辉。

“哦，不……”弗洛伦斯飘到窗前，手按着窗户，“不，不……妈的。”

她在撞击发生之前，就预见到了撞击的到来。这让我们其他人都有时间注意到，泰鲁扎斯的尸体撞上了指向地球的天线。

第二十七章

智利罢工和骚乱蔓延
政府接管铁路

智利圣地亚哥1963年5月20日电 数千名市民因粮食短缺而举行的示威活动日益高涨，促使政府今天派军队接管了铁路。政府还加强了战略要地的守卫，增加了配备水炮的巡街警察的数量。

因为"尼那号"损坏，任务控制中心把我们全部转移到了"平塔号"上。之前的七个月，我们只和其他六个人生活在一起。所以过去的十天让我感到奇怪和对幽闭的恐惧。

周一上午开会，两艘船的船员都挤进了"平塔号"的厨房，我只能紧紧地贴着墙壁。帕克和本科斯基站在后面，整个房间让人感觉迷失了方向。

这两艘船完全相同，或者说本来就是这样建造的。但在两组截然不同的船员生活了七个月以后，船舱已经发生了改变。有些差异是显而易见的，比如海蒂沿着护墙板在墙上画了山形线。这比那些细小的改变更容易接受。比如咖啡杯放在右手边柜子的第三个架子上，而不是左边的第一个架子；银器抽屉里，勺子放在刀和叉之间，而不是放在右边——它们应该被放在右边。你为什么不按桌子上的顺序把它们放在抽屉里呢？

也许最奇怪的是，他们把白板放在了房间的另一边，而不是我们放的那边。虽然这没什么区别，但我总觉得自己好像搞错了方向。帕克拿记号笔的时候，总是走错路。

“好，我们的关键任务是修复‘尼那号’的冷却系统，还有我们的天线。我知道‘平塔号’巴不得我们尽快离开，眼不见为净，但我们要把这件事做得又好、又轻松、又正确。我们会利用两队成员在同一艘船上的优势，联合力量。现在，任务控制中心已经制订了一个他们认为可行的计划。我们从冷却系统开始。”帕克转过身，在白板上写下了两个名字，“约克。你和我会待在‘尼那号’的舰桥。我想让你兼任我的副驾驶，你现在就开始准备吧。”

血液涌到我的脸上，整个房间都热了起来。这感觉就像高中时，我明明比所有人都小四岁，却被选进了球队。而且还不是最后一名勉强入选，是第一名。

另一方面——我在开什么玩笑呢？所有的血液都流了回去，我感到一阵寒冷。帕克遵循规则，任务控制中心选了我，他接受我是因为他服从命令。

“施诺豪斯和弗兰纳里，你们去EVA。阿维利诺和格雷会帮你做准备。德比，你和斯图曼——什么事，萨巴多斯?”

多恩高耸的颧骨带着不满，似乎准备刺穿她的皮肤，“任务控制中心派威博特和德比做EVA。”

“谢谢。我知道。”

趁帕克转身面对白板时，本科斯基双手交叠在胸前，看向多恩的眼睛。他轻轻摇了摇头，阻止她张口争辩。

房间的一边，德比靠在厨房料理台上。他耷拉着下巴，微低着头，眼睛从眉毛下瞟去。莱纳德一脸惊讶，嘴巴成了“O”字形，涨红了脸。

“德比，你就待在‘忙蜂号’上，如果出现突发状况，你尽快把人拉回来，让他们立即得到医疗救治。你的首要任务是和沙蒙合作，按照你们的需要对‘忙蜂号’进行改造，把它变成一张飘浮的病床。”

这种搭配让我很担心。我们去给船员做常规检查时，他的种族主义表现得没有他生病的时候那么明目张胆，但是一些小事总会被忽略。这些小事不会写进给任务控制中心的报告里，只会提一句“副驾驶和医疗专家之间的沟通欠佳”。

“阿维利诺，你、施诺豪斯和弗兰纳里负责仔细梳理任务控制中心的EVA计划。我们已经在这里待了七个月了，他们不知道我们现在的实际情况。寻找任何可能存在的漏洞、缺陷和潜在的失败点。如果你有任何疑问,我相信你的判断。清楚了吗?”

“我不确定是否有人该相信我的判断。”拉斐尔微微耸了耸肩,盯着地板。

“你是在质疑这条命令吗?”

拉斐尔猛地抬起目光,“不是,长官。”

“那就坐直了,注意听。”帕克拿起记号笔指着拉斐尔,“你有工作要做,我他妈的希望你能完成它。”

这不公平。这个男人还在震惊和悲伤中。我的意思是,我知道这不是他的错,但应该允许他感到随之而来的痛苦和自我怀疑——哦。帕克这么做给他设定了一个目标。该死。有机会生帕克的气我也会开心的,但我不得不承认这是个好策略。

帕克拿笔敲打着手掌,瞪着我们所有人,“我们离家有几百万公里。自从七个月前离开地球轨道后,我们就从来没有在同一个房间里待过。所以我要提醒你们几件事。第一,我是任务指挥官。第二,本科斯基是第二指挥官。如果我出了什么事,你们就得听他的。你们要优先听从他的指挥而不是任务控制中心的命令,因为尽管中心有那么多智囊专家,但他们看不见我们能看到的东西。他们不知道我们面临各种情况时的细微差别,这意味着他们会犯错。我在上一次EVA中就犯了错,我当时明明知道莱纳德更有资质,却没有坚持己见。所以,如果发现了一个失败点,我希望你们能提出来。我希望你们能解决这个问题。我也知道你们都不是失败点。我们在这个房间里的十二个人,是彼此的整个世界。所以,做好你们该死的工作,也让我做我的工作。"

我想给帕克鼓掌,这真是一种奇怪的感觉。

亲爱的纳撒尼尔:

我得知了你的健康状况,我觉得自己是个不称职的妻子,但我还是过了几天时间才给你写信。我很抱歉这么久才给你写信,虽然我相信你一定明白这之中的原因。工作时间已经很长了,我不想让弗洛伦斯和多恩在电报机前多花时间。是弗洛伦斯让我给你写信的,我"很感激"。

我想你已经知道威博特和莱纳德完成了液氨系统的部分维修工作。我们所有人都期待着它能再次满负荷运转,部分原因是盼着所有系统重新恢复,但更重要的原因是为了让我们能回去。"平塔号"的船员们都很热情,但所有人挤在一艘船上,这意味着我们会不断绊倒彼此。你可能会觉得这样可以减少工作量,因为我们可以把工作分配给更多的人,但我们似乎只是在给彼此制造更多的工作量。

我想托马斯来了之后你大概也是这种状态吧。请告诉我,他还会来跟着你实习。因为那样意味着你还好,希望他能督促你按时吃饭。

我看到你刚才的表情了。是的,即使相隔几百万公里。记住,隔再远我都能唠叨你。

婚姻的其他方面也需要亲密，所以我期待着我们再次处于同一个引力场中。

最爱你的

埃尔玛

1963年5月22日

做饼皮让我有一种奇怪的满足感。你拿来三种材料，接着它们就像被施了魔法。虽然我更想做真正的黄油饼皮，但他们给我们送来的黄油味的油能长时间存放，味道也还可以。另一方面，我已经在太空中生活了这么久，我对“味道还可以”的要求明显降低了。

幸运的是，其他人也是如此，所以我的巧克力棋派仍然可以作为一种贿赂手段。运气好的话，还能让大家的心情都好一些。我们已经在“平塔号”上待了两个星期了，狭窄的宿舍让大家都很紧张。

我用腹部抵住碗，用叉子把油刮进面粉中。我把做好的馅料放在料理台上，它看上去就像巧克力味的汤一样。通过不断实验和犯错，我学会了烘烤前加入奶粉后，先把馅料静置一会儿，黏稠度就会变得更高——我们有很多IAC不曾料到的适应太空环境的方法，这是其中之一。

就像把两艘船的船员都放在一艘船上一样。我身后，“平塔号”的一些船员把厨房当作了娱乐空间。我猜他们故意选择了这个房间，放弃了观测穹顶，因为这么做更便于空间共享。上一次我去穹顶时就看到弗洛伦斯和小卡独处一室。

多恩和海蒂用板条箱的盖子和箱子搭了一张临时桌子，拼起了拼图，内容是威尼斯运河的局部景观。德比一边喝着咖啡，一边翻阅着家乡的旧报纸。

为了舒适，我们会做的事情真的很有意思。时间一长，报纸上那些你平时从来不看的部分都变成了慰藉。我发现自己沉浸于棒球版，只因为它们包含了“芝加哥”和“旧金山”这样的词。

我把黄油面粉切成细屑，把碗放回了台子上。接下来是四汤匙水。在家里，我只需放三汤匙，但船上的湿度太低了，要多加一点儿才能达到良好的黏稠度。

拉斐尔顺着梯子滑进了厨房。他双手一推，利用反作用力落在德比旁边，几乎没有碰到地板。他一把将一块手写的牌子拍在高个子男人的胸前，“这是你干的？”

“任何人都有可能。”德比推开拉斐尔的手，牌子露了出来。

有色人种洗手间。

我把量勺摔在料理台柜台上，“你这个混蛋。”

“这块牌子就贴在零重力厕所上面。”拉斐尔从德比手中抢过报纸，“去死吧！”[①]

德比猛地从座位上站起来，把椅子往后一推。他比拉斐尔高了足足七厘米，这让他高耸在拉斐尔面前。“你敢碰我试试。”

---

① 原文为葡萄牙语。

“怎么，我对你来说太黑了吗？”拉斐尔双手放在德比的胸前，推搡着，“弄脏你了吗？”

德比推了回去。然后他们俩就这样打了起来，拳头和咒骂充斥着整个房间。

我向前跑去，“伙计们！停！这儿不是——”

他们向我翻滚过来，我不得不朝后躲避。多恩选择了一条更有用的路线，直接奔向了墙边的内线电话。她按下按钮，“帕克，本科斯基，厨房里打架了。请求支援。赶紧。”

海蒂和我围在他们周围。德比的鼻子流血了。拉斐尔一手抓着他，另一只手一拳打在他的肚子上，但隔得太近，德比抓住了他。他们扭打起来，像一对愤怒的猫一样转来转去。

我朝后伸手去拿那碗巧克力馅儿，朝他们的头上扔去。浓稠的糖浆砸在他们俩的身上，涂满了他们的眼睛和脸颊。糖浆四处溅射，他们分开了，正好有机会让我和海蒂从中间把他们推开。

我的手按在拉斐尔的胸口，试图挡在他和德比之间。在我的手底下，拉斐尔的心脏在胸口猛烈跳动，像一连串爆音。我们离得很近，我看得出他不仅仅是在生气，眼泪混合着巧克力在他的脸颊上打转。

“求你。”我的手指掐进他的飞行服，想稳稳地抓住他，“求你，别这样。”

“德比！”海蒂咕哝着，摇摇晃晃地进入我的视野。

片刻之后，德比从侧面撞向拉斐尔。我的手被他的飞行服缠住，我也跟着踉跄了一下。

“这到底是怎么回事儿?”帕克一把抓住德比,手臂环住他的脖子往后拖。

本科斯基把拉斐尔拉了回来。我松开了手,手上沾满了黏稠的巧克力。

现在,肾上腺素的作用都显露了出来。我的手在颤抖,脉搏在膝关节后部跳动,脖子发烫。

“我重复一遍:到底是怎么回事?”帕克不知怎么搞的,把德比的胳膊扭到了身后,强迫他跪下了。巧克力涂满了他身前的飞行服。

两人都对着地板发呆,他们那该死的军人“荣誉感”让他们保持沉默。他们会出拳,但上帝不允许他们告密。就算我没有往他们身上扔巧克力,他们打架的证据也一目了然。

“约克,汇报状态。”帕克把目光投向我。

我想我和他们一样有身为航天员的荣誉感,我不想给拉斐尔带来麻烦。如果这事是德比挑起的,我不会犹豫,但军方会对这块牌子视而不见。重要的是,是拉斐尔开启了这场肢体冲突。

“约克,我进来的时候,你们打得正激烈,而我现在浑身都是巧克力。汇报状态。现在,立刻,马上。”

我叹了口气,弯腰从地上捡起牌子,“德比把这个放在了零重力厕所。”

德比咧了咧嘴。起初我还以为是因为他看到了牌子的缘故,但他缓慢呼吸着,发出咝咝声。帕克把他的手臂往后折得更厉害了,“是你的杰作?”

本科斯基在拉斐尔身后翻了个白眼,“天哪,范。”

德比到底是怎么获批参加这次任务的?他没有退缩,一点儿也没有。他朝拉斐尔扬了扬下巴,“除了他,没人看到这个。也许是他自己放在那里的。”

帕克换成了南非语,低下头凑到德比耳边,“先道歉,让我相信,否则你就别想见到火星了。”①

不管帕克对德比说了什么,德比听后脸色有些苍白。他的嘴唇湿润了,巧克力的味道一时间让他茫然地眨了眨眼睛,“我也能得到他的道歉吗?”

我本可以打他一巴掌,但那样没用。不过我还是蠢蠢欲动。令我惊讶的是,拉斐尔竟然屈服于这个诱惑。他可能是我们所有人中最善变的一个。换个角度看,他现在有理由善变。可怜的家伙。

拉斐尔被本科斯基抓着,已经弯下了身子,看起来更像是被支撑着,而不是被限制着。他抬起头来,“我很抱歉,我打了你。我应该把我的顾虑告诉我的S.O.I.,我为我所造成的问题道歉。也为我浪费了埃尔玛的馅饼道歉。”

你几乎可以感觉到房间的重心转移到了德比身上。换作是我在这些目光的重压下,连站都站不稳。帕克丝毫没有放松他的手,压力

---

① 原文为南非荷兰语。

迫使德比向前弯了腰。

也许是帕克把德比的手臂拧得更厉害了，又或者是他终于意识到，他没法儿让任何人相信那个牌子不是他做的。不管是什么原因，他长吁一口气，垂下肩膀，“开个玩笑。”

“有趣。”帕克弯腰停在德比肩上，盯着我，“可是这并不代表它没有攻击性。况且，这不算是道歉。”

呼吸卡在我的喉咙里。德比还没有道歉，但刚刚帕克是就玩笑这一点向我道歉了吗？

“你们俩都关禁闭，等你们冷静了再说。”帕克松开德比的胳膊，“本科斯基，他们交给你了？”

“确认。”他放开拉斐尔，退后一步，双手叉腰地看着他们俩。

本科斯基带着拉斐尔和德比离开，海蒂、多恩和我尴尬地站了一会儿。我走到料理台前拿了一条毛巾。帕克在我身后说：“下次，约克，不要拿面糊扔他们了。”

“这是我能抓到的第一样东西。”

“当然，只是可惜了这么好的一个馅饼。”帕克清了清嗓子，“萨巴多斯……别发给任务指挥中心。我可不想这件事儿出现在地球的新闻里。我们内部解决。”

我盯着我写给纳撒尼尔的信，咬着下唇。虽然我很想告诉他昨天的争吵，但我同意帕克的意见，决定不把它写进报告里。

观测穹顶的风扇吹出阵阵微风，角落的文件在风中翻动。莱纳德飘浮在穹顶上，阅读着火星卫星传来的最新数据。这颗卫星自“友谊号”探测器投放后一直围绕火星运转。德比被解除了禁闭，我不想留下莱纳德一个人，但我想趁弗洛伦斯值班时去通信室。而且莱纳德是个成年人。

我清了清嗓子，推了一把，飘到离他更近的地方，“我要去通信室了，有需要就叫我。”

“我没事的，埃尔玛。”他抬起头，手一扭抵消了这个动作，避免自己转起来。

“我知道，我只是……”我们俩都有可能会出事的想法，就是一个耀眼的巨大红色警报。然而，我没有设法解决这个问题。至少目前还没有。

我在空中扭动着身子，又推了一把，向舱门飘去。两个团队处理合居的方式之一，就是弗洛伦斯为“尼那号”的船员发送信件，而多恩为“平塔号”的成员服务。这导致我不愿写信，知道弗洛伦斯要用键盘把信敲进去，我总是把信写得很短。我不想过多麻烦她，给她更多怨恨我的理由。我假定纳撒尼尔也是出于类似的原因才把信写得很短。我们快捷的来回交流被乱码打断了。

我蹬了一脚，顺着主轴飘向通信室，飞行服口袋里夹着一封信。帕克在我前面，停在通信舱外面的主轴上。我们之间的距离越来越近，我做了个空翻，使自己朝向他。他一直盯着门，几乎没有移开过眼。

他脸上写满了紧张的情绪……我不喜欢这样。我抓住一根导轨，让自己停在帕克旁边。通信舱里，多恩和弗洛伦斯在通信装置上弯着腰，而拉斐尔和威博特则飘浮在她们的下方，看着电传机内部。

“怎么……”

“我们和地球失去联系了。”

第二十八章

第一批火星探险队日志，指挥官斯泰森·帕克：

1963年5月29日上午11点47分——接触协议完成。两天过去了，与IAC的通信仍未重新建立。

"约克。"帕克的声音吓得我跳了起来，我退到花园舱试图避让，却把泥土撒了一地，"对不起，我不是故意的……你有时间吗？"

我把手放在胸前，转身面对帕克，样子就像老连续剧《飞侠哥顿》里的某个傻妞。我很确定他能透过我的手看到我的心跳，但起码我的声音很平静，"当然可以。"

"人事问题方面，我需要你的意见。"

我走到工具架前，表面上看，我是去拿扫帚的，因为那样我才可以趁泥土被弄得到处都是之前，赶紧用扫帚清理干净。然而，我这么做其实是为了不动声色地张开下巴。帕克想听听我的意见。我的意见。风从我张开的嘴里呼啸而过，我才咽下口水，“继续？”

我回头，他看起来松了一口气。这人是谁？他点了点头，就开始干正事了，那个自信的飞行员又回来了。“他们发现‘平塔号’的通信系统没有任何问题。我们依旧能收到‘圣玛丽亚号’反弹回来的远程引导信号，但收不到地球的信息。”

他犹豫了，通过他的犹豫，我明白了帕克为什么会如此烦恼，虽然他掩饰得很好。我们已经和地球失去联系两天了。“问题可能是在IAC那边。”

“他们有五个指向我们的射电抛物面天线，连辅助系统都有辅助系统。”

“没错。”在你离家数百万公里的时候，希望你的飞船出问题是一件很奇怪的事，但这是因为另一个选项是地球上发生了可怕的事情。他们可能发现了另一颗流星，不是吗？可我们现在有那么多卫星，还有“卢内塔”？你当然会希望地球上的每个人都没事，只不过是飞船的电子设备出了故障。

“所以还是很有可能是我们的问题，而完全排除这种可能性的最好办法就是让‘尼那号’完全恢复，并检查我们的无线电。你觉得阿维利诺能完成EVA吗？”

我握着扫帚，把散落的泥土扫成一小堆。他没有和其他人起争执，但内心悲痛欲绝。另一方面，他又是个专业人士，比谁都了解“尼那号”。“能……但可能要成立三人小组，就像部署太阳能电池板时那样。这样一来,如果他遇到问题,有两个人可以引导他回去。”

帕克点了点头,“和我的想法差不多。那么,你和弗兰纳里去。”

那一刻我真的发出了声音,介于笑声和倒抽气之间,仿佛被人打了一拳。我蹲下身子,把那一小堆泥土刮进簸箕里,“怎么突然对我有信心了?”

“对不起。”又是一句道歉。我攥紧了扫帚,以防面前是个占据了帕克身体的太空外星人。“我……我知道我们——我们以前并不对付,但泰鲁扎斯走了,你成了资深宇航员。有副驾驶的话,我能做得更好一些。”

他盯着地板,靠在一个高架花坛上。我突然后知后觉地意识到,他认识泰鲁扎斯的时间比我们任何人都要久。帕克非常擅长摆出那张军人特有的平静面孔,于是我完全没有意识到他可能也很悲伤。他只是继续干着正事。

我直起身子,把泥土倒回萝卜地里,然后放下扫帚和簸箕,“我也很想他。”

帕克的下巴肌肉与他放松的身体姿态形成了鲜明的对比。他的目光一直盯着地板,干脆利落地点点头,那是他的标志性动作。

“很好。我去跟弗兰纳里和阿维利诺说,然后我们就可以开始研究EVA计划了。”帕克直起身子,转身朝门外走去,没有和我对视,“继续吧。”

我的呼吸声与EVA服风扇的嗞嗞声在我的头盔里互相较劲。我一直盯着三角压力表,准备打开气闸进入太空。最靠近天线的气闸不够大,我们三个人无法同时离开。就算不是每个人都带着修理装备,我们也不可能把所有东西全部装进加压后笨重的EVA服里,所以我们只能使用其中一个较大的前部气闸,它是为了把货物装进"忙蜂号"而设计的。

宇航服外,我们的装备从系绳上飘落下来,金属撞击发出叮叮当当的声音。空气被抽走,三角压力表读数缓缓下降,我们在一种诡异的寂静中飘浮着。我向前飘去,推了推宇航服加压后的刚性关节,解开舱门。我拉开门,伸手把我安全缆绳的拴钩挂到"尼那号"表面的扶手上。把手锁死。滑锁。黑色对黑色。接着,我把我的装备包引过去固定好。手指一拉,我就从宽大的舱门中飘了出去。利用拉手,我转移到扶手的远端,为拉斐尔腾出空间,并用那里的系绳将自己固定住。

两根系绳轻轻地把我往船上拽。在NBL游泳池里,由于水的阻力,不会发生这种情况,但在太空中,它们会产生稳定的拉力。仿佛是在提醒我这不是模拟。为了把装备一起拖到主轴外面,我把它拴在我的宇航服上,拴的时候指甲刮到了手套的内侧。等固定好所有东西并再三检查后,我才停下来向外看。

我飘浮在太空中时,内心压抑的悲伤和愤怒一点点解开了。我有些希望太空是蓝色的,因为我为"尼那号"做模拟时花了很多时间待在

NBL池子里。但太空是一片深邃的黑。如果飞船里关了灯，而我们又朝向黑夜的方向，你可以看到星星，但总是隔着障碍物。在EVA的时候，尽管我依然是隔着玻璃看太空，但视野没有受到任何限制。

不管我进行过多少次太空漫步，星星永远不会失去它们的魅力。在无边无际的黑夜中，它们放着光。我们的飞船被太阳勾勒出金银色的轮廓，界定了太空中唯一实体的边界。

拉斐尔伸出手来，我屏住呼吸直到他拴好钩子。他背向我，眺望起那片广阔的宇宙来，这是我们在太空漫步中为数不多的休闲时刻之一。

趁我们等待莱纳德的时候，我凝视着无尽的宇宙。我想无论我看过多少次这样的星空，它也总是这么神圣。我伴着呼吸喃喃自语："Baruch ata Adonai, Eloheinu, melekh ha'olam, she'hekheyanu v'kiy'manu v'higi'anu la'z'man ha'ze…"[①]

我的无线电里噼里啪啦地响起帕克的声音，"又来了，约克？"

"我只是在……"祈祷，"自言自语。"

"用意第绪语？"

"其实是希伯来语。"每次碰到这种时候都会触发他对语言的热情，但这次我不想解释，"等我们回来后，我们可以交流一下。"

"在那之前尽量保持通信频道畅通。"仿佛刚才询问我语言问题

① 犹太祷文，意为：我们的神，掌管世界的神，你是应当称颂的。因你赐给我们生命，保佑我们，指引我们到如今……

的人不是他。

但我们是在无法咨询任务控制中心的情况下进行EVA,即使花了三天时间来计划,帕克也会倍感压力。我不打算因此让他烦心,“是,长官。”

莱纳德挂上了钩子,旋转着将热防护罩拉到气闸舱门上方。舱门会一直开着,万一有紧急情况,我们需要迅速回去。我向上帝祈祷我们用不着这种应急措施。

莱纳德转身离开气闸说道:“‘尼那号’,这里是‘EV1’。三名太空漫步者都已就位,准备开始。”

“确认,EV1。我们已经看到你们了。”

“让我们来完成这个任务吧。”拉斐尔急切地想把我推离舱门。

我小心翼翼地抓着扶手,推动自己跟在莱纳德后面。我们沿着主轴往下时,我的双腿垂在后面,样子就像个超级女侠。当然,超级女侠不会用系绳来防止她飘到太空中。不带系绳出舱……我感到一阵恐惧。虽然我很喜欢眼前的景色,但也不可能忘记,如果系绳脱了,就再也回不到船上了。不过,这份恐惧能让我非常非常小心地挂稳系绳钩,并时时刻刻谨遵系绳要领。把手锁死。滑锁。黑色对黑色。

“因为这个,我侄子以为我是超人。”莱纳德没有因为他的喋喋不休而被帕克责备。

我在下一个扶手上固定好系绳,然后继续往下方移动。如果汤米能看到我,他一定会兴奋地大呼小叫的。

我突然哽咽了,"我侄子也是。"

莱纳德先我一步抵达了天线原本所在的桩子。他把脚钩进束脚器,把装备包卷了过去。聚酯膜容器外形修长,几乎和莱纳德本人一样长。为了让它与船体保持距离,他带着备用的天线杆。

拉斐尔和我停在莱纳德旁边。我解开了束脚器的系绳,把插头插进了遍布"尼那号"表面的其中一个WIF机械接收器。

束脚器卡口上的环往下落,将它锁住,露出黑线,以便进行目视确认。我还做了扭动和拉动检查,确保它的机械稳定性。我撑着自己的身体,把脚趾滑到束脚器的环下,脚跟向内旋转,把后跟滑进约束槽。等两只脚都被束缚住后,我把包固定在船体的扶手上。

拉斐尔从我身边飘过。他的装备包在真空中飘荡着打着旋儿。我很难透过他的头盔看清他的脸,但我想他正看着泰鲁扎斯尸体撞到的地方。

"你还好吧?"

"当然。"拉斐尔开始移动,就像一个被赋予了生命的机器人,"我只是在回顾行动的顺序。我看这里的情况不需要我们改变行动流程。那我们先取出损坏的部分固定起来。"

我从装备中取出"垃圾"袋。这东西设计得很巧妙,层层刷毛中间相接。刷毛很容易推开,但能把一块块飘浮的碎屑挡在里面。当你需要在零重力状态下腾出手时,它非常有用。我把袋子的可伸缩设备拴在扶手上，把垃圾袋固定在WIF上，方便拉斐尔和莱纳德拿取。

莱纳德已经调整好他的束脚器方向了，他面对着原本拴天线的断杆。同时，拉斐尔开始追踪天线上的电缆。有些电缆干净利落地断了，而另一些则飘在几米外。

莱纳德从绑在胸前的MWS中取出一把套筒扳手套在螺栓上。他笨重的手套从扳手上滑落，他随机用一种语言咒骂起来。扳手绑在MWS上，不会飘远，但当你以为要在太空中遗失一把工具时，还是会感觉心惊肉跳。

我透过头盔对他笑了笑，“那是拉丁语还是希腊语？”

“希腊语。”

我帮他稳住天线桩，等他把扳手套进螺栓，“你不会帮我翻译的，对吧？”

“‘去找乌鸦。’[①]”莱纳德把扳手放好，重新固定住脚。他的扳手滑落了，但他没有失去它，“我喜欢这句话。有几个原因。首先，从一个黑人的嘴里说出来很讽刺。”

我盯着他，想理解他说的话，“因为……是希腊语？”

他笑了，“你有时很可爱。不是，是吉姆·克劳[②]的缘故。所以‘去找乌鸦’这句话就有了古希腊时期没有的现代内涵。它有点儿变成了

① 原文为：Go to the crows. 在希腊语中意为“去死吧”。

② 这里指《吉姆·克劳法》，泛指1876年至1965年间美国南部各州以及边境各州对有色人种（主要针对非洲裔美国人，但同时也包含其他族群。）实行种族隔离制度的法律。英文中克劳（Crow）词同乌鸦（Crow），形成双关。

‘不要把我扔到荆棘地里’[1]之类的。”他从底座上拿下螺栓，递给我，“请告诉我你听懂了这个故事。”

“是的，宇航员布雷尔[2]。”

莱纳德哈哈一笑，笑得话筒的声音都失真了。

我皮肤泛红，心情一下就放松了，因为说实话，那个笑话可能有些越界了。这种话我可以对尤金说，但我不确定我和莱纳德是否建立了那种信任。我把螺栓塞进了垃圾袋里，“那么古希腊的内涵又是什么？”

“古希腊非常看重安葬。”他把扳手套进下一个螺栓，费了点儿工夫才确定套好，“所以‘去找乌鸦’意味着有人希望你的身体就这样腐烂，被乌鸦叼走。”

拉斐尔在我们身旁再次停止了动作，他手中的电缆线还只盘了一半。

“没有被好好安葬的人来世会很糟，而且——”

我把手放在莱纳德的手臂上，阻止他继续说话。虽然，穿着压力服，他更可能看到我的动作，而不是感觉到。“想不想听听我最喜欢的意第绪语脏话？”

“当然。”

---

① 典出美国作家乔尔·钱德勒·哈里斯创作的《莱姆斯叔叔》，美国俗语。故事中提到一只在荆棘地里长大的兔子，被敌人捉住后，就用“不要把我扔到荆棘地里”来骗对方把它放到荆棘地里，从而脱身。

② 上文所提典故中这只兔子的名字就是布雷尔。

突然间，我陷入了困境。我有很多不错的选择，但这些都围绕着死亡或埋葬。或者在其他方面太保守了，比如，“麻烦之于人就像铁锈之于铁”。还有一些是我妈不会让我知道的。为了掩饰我的窘迫，我把垃圾袋拉近了一些。艾斯特姑妈会说些什么呢？这么一想选择就多了。“A yid hot akht un tsvantsik protsent pak – hed, tsvey protsent tsuker, un zibetsik protsent khutspe.”

帕克的声音传进了我们的头盔，“我一直想置身事外，但这是什么意思?”

“我以为你要我保持电波畅通。”

我们对面，拉斐尔睁开了眼睛，他重新开始缠绕电缆，仿佛他从未停止过。

帕克哼了哼鼻子，“你在用语言诱惑我。”

“这是我艾斯特姑妈常说的话：‘犹太人是百分之二十八的恐惧，百分之二的糖，加百分之七十的厚脸皮。’”

“这就说得通了。”

“谢谢你的好意。请记住，我是南方犹太人，所以糖的比例更高一些。”

莱纳德把下一个螺栓交给我处理，“那糖都在表面了。可没有人会相信你从内到外都是甜的。”

莱纳德的言语中带着我常在尤金和默特尔那里听到的随意感，这时我脸上露出胜利般的微笑。这么长时间以来，这是我最有团队归属感的一次。说到团队……“拉斐尔，葡萄牙语有什么好的脏话？”

他绑好手中的电缆，去解下一根，“在巴西，我们做事情不是‘炫耀’，是‘para ingl ê s ver’。”

帕克吹了声口哨，“哎哟。”

“什么意思？”

“我们这样做是‘让英国人看到’。”

在我们完成维修两天后，弗洛伦斯重新启动通信系统。技术上来说，这个时候我们不必都待在“尼那号”的通信舱里或周围了。而且事实上，除了弗洛伦斯和拉斐尔之外，其他所有人都可以留在“平塔号”上。然而事实正相反，整个队伍都过来了。表面上看，这是为了替“忙蜂号”节省燃料，因为这样它只需要运送一次成员。

花园舱亟待打理。小卡想确定医疗舱里的所有东西都固定好了。莱纳德需要那份他一直在读的论文。我有计算所需的参考书要用。

帕克独自忍受了所有这些胡编乱造。

主轴只有三分之一的灯供了电，感觉就像黄昏一样。原本的计划是先维修液氨系统，再维修无线电，但帕克和本科斯基想确认通信中断不是“平塔号”的问题。所以，我们需要另一个正常运作的远程无线电系统。

等所有面板都亮起了绿色的灯，弗洛伦斯对着话筒说：“好了，

‘平塔号’。可以发送测试信号。”

多恩在“平塔号”的通信舱中说道:“‘尼那号’,确认。开始进行信号测试。”

我飘浮在莱纳德的头顶上,当刻度盘和仪表对无形的波有反应时,我能清楚地看见它们的变化。

有趣的是,对同一个刺激,你可以同时产生两种反应。

一方面,我松了一口气,因为这意味着我们的修复工作成功了。

另一方面,我的整个身体都沉了下去,仿佛绝望化成了重力。如果“尼那号”的通信设备没问题,那就意味着问题出在地球上。

已经一个星期没有任何联系了。一两个小时,哪怕是半天,都可以归咎于故障。但凭借IAC掌握的资源——呃,凭借整个星球的资源——他们仍然失去联系,这让我浑身发凉。

纳撒尼尔……家里怎么了?

第二十九章

第一批火星探险队日志,指挥官斯泰森·帕克:

1963年6月10日晚上11点13分——“尼那号”液氨系统修复完毕。十四天过去了,与IAC的通信仍未恢复。

有很多方式能让你看出来我是南方人兼犹太人,其中一种是通过我致力于喂饱周围人的那股劲儿。“平塔号”的周一早上不会像家里——我是说,像“尼那号”那样边吃早餐边开会。我不明白除了咖啡,他们为什么不再准备一些点心。也许多恩和海蒂想维护科学家的形象,故意避免家务。也许他们的队伍中没人喜欢做饭。

但我们已经两个星期没有收到地球的消息了,我需要做饭。

很少有东西比新鲜出炉的饼干的香味更令人满足的。考虑到用的是奶粉、脱水鸡蛋和人造黄油,这些饼干算不错的了。这些饼干缺乏层次,还带着淡淡的粉质感,母亲一定会为此感到震惊,但这种事多到了一定程度,就习以为常了。

帕克和本科斯基从梯子上滑下来,一前一后地进了厨房,就像在坐狂欢节的游乐设施。本科斯基抬起头来嗅了嗅,“我不知道,斯泰森……关于分组我可能会改变主意。”

“你不能要走她。”帕克走到白板前,“但我们会送上补给包。”

“分组?”我擦了擦回收槽里的搅拌碗。

“我们会在会上讨论的。”帕克拿起一块抹布扔给我,“帮我把这个弄湿?”

抹布砸在我干净的料理台,在不锈钢台面上留下一片灰色的污迹,“当然可以。”

我把搅拌碗放在一边,全神贯注地投入到我们的任务指挥官的需求中,我可谢谢他。我拧干抹布的水,努力憋着心里话没说出来。虽然我可能拧得有点儿太用力了。“给。”

暗地里,我承认扔回去的时候我希望它能砸中帕克,但他像拦截导弹一样凌空抓住了抹布。他转向白板,擦掉了上面的笔记,“本科斯基,在全员会议后安排一个宇航员和导算师的分组讨论。”

“现在我是你的秘书了?”

“你是我的僚机。”

“我觉得应该这么理解,你在我的船上,你才是我的僚机。”

“二把手? 副驾驶? 左膀右臂? 都可以。”帕克扔给他一支笔,“这意味着你负责文书工作。”

所以这就是帕克需要副驾驶的原因。我摇了摇头，转身继续清理盘子。我抹布的唰唰声呼应着塑料白板上记号笔的吱吱声。把碗放进紫外线消毒架后，我擦了擦料理台。真的，收拾干净厨房以后，我感觉出奇好。

我打开烤箱门，检查了一下饼干的情况。尽管理论上来说，两艘船是一样的，但实际上，我们“尼那号”的烤箱运行时温度更高一些，而我还在摸索用这边的烤箱烘焙。一股蒸汽，带着烤面团和奶油诱人的香气涌进房间。面包表面是漂亮的金黄色。明白了。用烤箱低温慢烤似乎有利于制作饼干。

我取出一个锅垫，把烤盘从烤箱里拿出来。不管是出于慷慨还是对赞美的渴望，总之我拿着饼干转身给了帕克和本科斯基各一个。

白板上，帕克列了一份人员名单。就这样，我一眼看到了自己的名字。旁边写着“导航计算师/副驾驶”。

我手上的饼干竟然没掉。不过，我还是叫出了声。

本科斯基环顾四周，“哦，天啊……你真是个天使。”

“呃。谢谢。”我拿着饼干走得近些，眼睛盯着黑板。他们又把船员分开了，看来我们要回到自己的船上去了。“小心点儿，烤盘很烫。”

帕克把记事板塞到胳膊下面，抓起一块饼干，“谢谢你，夫人。”

“夫人？我什么时候开始配得上夫人这词了？”

“只有在你烘焙的时候。”他拿起饼干在我面前晃了晃，然后把饼干递到鼻子下面，颇有兴致地闻着，“女人的领域，之类的。”

我翻了个白眼，“当然啦。我这就去。”

“嗯，其他时间，你就是个计算师。”

我用下巴指了指白板，“或者是副驾驶？”

本科斯基一只手拍了拍我的肩膀，另一只手拿起一块饼干，“恭喜你升职了。”

“等等……那是永久的？”

帕克耸了耸肩，仿佛这没什么大不了的，“难道你想继续使用轮班表，我们把船员调来调去，再让德比和弗兰纳里、格雷同船？”

他不会是真的想让我当他的副驾驶吧？“卢内塔”下来的大火箭上，从来没有女性任职过驾驶员，连副驾驶都没有。“那阿维利诺呢？”

帕克看着我，咬了一口饼干，细细地咀嚼着。他吞下饼干，大拇指抹去嘴唇上残留的饼干屑，“虽然我在日志里除了对他的赞美之外，什么也没写，但你觉得这个时候这么写准确吗？”

我们修理好了天线，脱下宇航服时，拉斐尔的一只眼睛已经被泪水糊住了。他从没提过。除开他的沉默和偶尔发呆，你看不出来他有什么烦恼。但副驾驶是不能发呆的，一刻都不行。

那我的焦虑呢？我走到料理台前把饼干放下。其他成员随时都会来开会。

“我可以和你谈谈吗？”

帕克叹了口气，把记事板递给本科斯基，“把剩下的写了。”

“我不是秘书。”

“别让我摆指挥官的架子，僚机。”帕克走到我身边，靠在料理台上，又吃了一口饼干。他嘴里包着饼干，说道：“怎么了？”

“我理解你对拉斐尔的担忧，但是……你知道我的事情。”

“两艘船上的人，你觉得谁现在不焦虑？我们已经和地球失联两个星期了。”

我把烤盘对齐料理台的边缘，这样我就不用看他了，“我只是说，如果你能相信我，肯定也能相信他。”

“这是什么话？那个说着‘女人和男人一样能干’‘我的焦虑不是问题’‘火箭非常安全，对女性也是一样’的人怎么了？你是在告诉我你错了吗？你的意思是你做不了烘焙和洗衣以外的事吗？”

“不是。”天啊，他真是个混蛋，像这样用我的话堵我，“我只是奇怪为什么你要选我而不是拉斐尔。”

“所以你在怀疑我的判断力。这倒是不令我惊讶。”

“看！”我转过身来面对他，“我们总是吵架。你为什么还要让我当你的副驾驶？”

他身体前倾，“因为你不吃我这一套。因为我见过你在危机中的表现，面对危险你临危不乱。因为你他妈是个优秀的宇航员。因为我是任务指挥官，我说了算。现在，你还有什么该死的问题吗？”

我全身都在颤动，仿佛我的脉搏是一个运转失常的发动机。我不知道我怎么设法仰起了下巴，“有。刚刚那是赞美吗？”

帕克笑了，该死，他笑得很开心，头向后仰，还露出了酒窝。笑声戛然而止，他直起身体，“不，那些是审慎的评估。”他举起那块没吃完的饼干，“这才是赞美：该死的好饼干。”

他把最后一块扔进嘴里，仿佛什么都没说过一样，走回白板前。

我还没来得及全身心感受震惊，德比和海蒂就从花园舱走进了厨房。我摇了摇头，让自己清醒过来，打开抽屉准备拿一把锅铲——不过打开的是放厨房纸的抽屉。为什么有人会把厨房纸放在炉子旁边？既然都打开了，我拿起一张垫在碗里，分发饼干的时候用。其他船员从我身后陆续走进房间准备开会。房间里飘荡着各种对话片段。“……罗西尼最好的歌剧……”“……然后书读到一半，主角就死了……”“……我想杜松子酒应该已经准备好了……”

“杜松子酒？我自愿——”我转过头，发现小卡在和莱纳德说话，“你剪头发了。”

很蠢，我知道。但她把那一头垂到背部中间的乌黑长发剪掉了，剪成了军人式的平头，那时，我只注意到了这个。

她红着脸，抬手摸了摸头部一侧的黑丝绒般的头发。没了长发，她的眼睛显得很大：“我只是厌倦了在零重力条件下和它斗争。”

“也许我也应该考虑一下。”虽然我不认为纳撒尼尔会喜欢。我的直觉在这一点上有些扭曲。一切，即使是一些小事，都在提醒我，我们不知道地球上发生了什么。宇宙中的饼干还不够多。随便打开一个存放炊具的抽屉，我拿出一把锅铲，开始把饼干转移到碗里。

我弄好的时候，大家都已经到了，正为周一的会议做各种准备。

咖啡和饼干的香味使房间闻起来几乎像家一样。我在莱纳德身边落座,他一边笑着一边伸手拿饼干。

德比本来正朝碗这边走,却停住了脚步,嘴角垮了下来。他只拿着一杯咖啡坐在了海蒂旁边。他的损失。

“好了,各位。”帕克拍了拍白板。“你们会发现,我们将把船员分回原来的队伍,但做了一些调整。约克会接过‘尼那号’上副驾驶的职责,沃格利跟着沙蒙一起在‘平塔号’上训练,提高医疗技能。情况严重时,沙蒙还是得过来,但希望这样安排可以减少‘忙蜂号’往返的次数。”

格雷厄姆举起手。

帕克用下巴指示了一下,“说。”

“我只是想问,如果是为了减少‘忙蜂号’往返的次数,为什么要把队员拆开呢?你们都留在这里不是更合理吗?尤其是在现在这种情况下。”

“我们的目标是把我们都安全送到火星,然后再回地球。”帕克敲了敲白板,“在失联以前,任务控制中心希望‘尼那号’能再次配备人员并正常运行,所以我们必须这样做。”

德比在座位上坐立不安,多恩碰碰他的膝盖然后举起了手。不过她没等帕克叫她就开口了,“任务控制中心本来的人员配备不是这样的。德比本来该调到‘尼那号’去,加入火星登陆队。”

啊。原来是这么一回事。一阵寒意爬上我的后颈。又一次,我顶替了别人的位置,德比没有任何理由放弃自己的权利。

本科斯基上前一步,手掌向下一划,“此时此刻,任务控制中心没有完全掌握情况,所以人员配置就这么定了。”

“没错。”帕克露出鲨鱼般的笑容,看向德比,“在这之后,我们要进行宇航员或导航计算师的分组讨论,讨论后面的航向修正。德比——我希望你来做记录。因为我知道你的字写得很好。”

我拖着一个装着一块棋派的袋子蹬了一脚,顺着主轴朝“尼那号”舰桥飘去。看到通信舱后,我抓住栏杆,借势荡进门里。弗洛伦斯飘浮在她的睡袋里,她还把睡袋搬进了舱里,以免错过地球的信号。然而三周零一天以来,信号从没出现过。

她拿出了她的针线画,她已经绣了不少,现在你已经可以认出星域中的猎户座。弗洛伦斯把针插进角落里,“有什么能为你效劳的?”

“我给你带来了派。”我把袋子扔给她,袋子在舱里转了一圈。

弗洛伦斯笑着从空中抢了过来,“你是我最喜欢的人。”

我哼了哼。

“现在,”她眨了眨眼,“继续用你的馅饼来‘烦’我……”

“馅饼贿赂。”

“你成功了……”她打开袋子,深深地吸了一口气,“不过,说真的。就当我被收买了。你要干什么?”

“没什么。”她看了我一眼,我停顿了一下,“被你逮到了。你有没有用机械电脑演算过我的燃烧计划?"

"每次都算了,按照协定要求。你知道它从没发现你出过错,一次也没有。"她眯着眼睛看着我,"为什么问这个?"

"我只是……你保证?没有地球给的数据,我现在……"

"没事的,埃尔玛。没有错误。"

我吞了吞口水,"谢谢。有什么我可以帮你的吗?我的意思是,你算是被困在这里了。"

排班表调整后,两艘船上的通信舱随时都有人值班。她耸了耸肩,仿佛这没什么大不了的,"呃。至少这意味着我不用再洗衣服了。而且帕克让我和拉斐尔、莱纳德轮流值班。"

"尽管如此……需要帮忙吗?"

弗洛伦斯拍了拍旁边的内线电话,"需要的话,我会打电话的。一有他们的消息我就会打电话。"

断联的时间越长,我们就越担心。但随着恐惧暗流的增长,我们的善意也在增长,就像流星坠落后人们团结在一起一样。

求你了,上帝。不要是另一颗流星。

"好吧。我还是去舰桥上吧。只是想顺便把那个东西给你。"

"非常感谢。"她把袋子夹在墙上,"等我搞定这些,就靠这个来犒劳自己。"

我挥挥手,蹬了一脚离开通信舱,抓住扶手把自己拉上舰桥。我想赶在帕克之前,这样他就不能抱怨我迟到了。

穿过CM的舱门时，我犹豫了一下，咬着腮帮子。坐在舰桥副驾驶的椅子上应该也没什么大不了的——它距离导航计算师的位置只有一个座位——然而这让我敏锐地意识到泰鲁扎斯缺席了。我抓紧他的椅背。他对这一切会怎么说呢？“这期节目中，我们无畏的冒险家们……”

在我身后，帕克叹了口气。我僵在那儿，因为被他发现犯傻而脸红。他清了清嗓子，“我们无畏的冒险家们开始靠近火星……他是个好人。”

“是啊。”

帕克把手放在我的肩膀上，“你会做得很好，约克。”

该死的，要是我眼睛没有充满泪水就好了。趁眼泪糊住眼睛之前，我赶紧用袖子背面擦掉。“好吧，我没有他的播音腔。”我把自己拉到座位旁边，坐了进去。在我平时坐的位置左边一米，这是一个完全不同的世界。“你看燃烧计划了吗？”

他当然看过了。问这个问题很侮辱人，但我必须用什么东西来打破沉默。帕克滑到自己的椅子上，扣上安全带，“看起来不错。只是有点儿偏离原来的飞行计划。”

预料之中。然而……我不习惯为自己的数学担心。

拉斐尔重新配置了CM，把我导算师的那套工具放在副驾驶椅触手可及的地方，比如把我的六分仪万向支架插在WIF接口上，这样我就可以把它放在外面，还不用时刻拿着它。主要是为了心理安慰，因为海蒂和我已经计算了燃烧，弗洛伦斯和多恩也已经将信息输入“圣玛丽亚号”上的机械计算机，它会进行自动燃烧。

但万一我是从一个错误的数据点开始的呢？那就可能会像那次模拟训练一样，错误判定摇光，并把我们推向了死亡。是，没错，我知道有保障措施，但我讨厌在缺乏熟悉的所有信息的情况下进行计算。“好的……设置为滚转198.6，俯仰130.7，偏航340。”

帕克开始打开控制面板上的开关，边做边喊出他的设置，“198.6，130.7，340。”

作为副驾驶，我的工作只是为了确保一切都设置正确。此时此刻，没有别的事情，但我还是像鹰一样盯着他完成设置。

计时器嘀嗒作响，我们离燃烧点越来越近。我润润嘴唇，把话筒拉到我面前，“准备燃烧。十、九、八……”所有人应该都已经锁定好，“七、六、五……”我旁边，帕克用手轻握着飞船的操纵杆，“……四、三、二、一——”

他启动了发动机。座椅猛地向前抵住我们，我观察窗外，看见火焰在“平塔号”的尾部燃烧绽放开来。

我艰难地吸入空气，排解我胸口的重量。如果我需要一个“尼那号”旋转部分只受火星引力的信号，这就是了。十秒。永恒。它们有时是一样的东西。

十秒钟后，一切都变了。我们已经开始为抵达火星而减速了。

第三十章

第一批火星探险队日志，指挥官斯泰森·帕克：

1963年7月19日凌晨1点05分——“尼那号”和“平塔号”小队已完成进入火星轨道的准备工作。与IAC通信中断的第五十三天。

起初，我以为是一场梦。黑暗中，我正飘浮在船员宿舍里，突然传来了弗洛伦斯平静的声音：“帕克，来通信舱。重复一遍。帕克，来通信舱。”

她太平静了，我差点儿又睡了过去。没有警报。没有高音警笛。这不是紧急情况，她听起来很温柔。小卡低声说道：“是任务控制中心吗？”

这话让我高度警觉起来。我在睡袋里扭动身体，从我的小隔间里探出头来。

帕克飘浮在船员宿舍中间,内衣外面套了一件飞行服,“还不知道。待在这里。”

我正在解开闭合睡袋的绑带,等我清醒一点儿后,就停了下来。对,他们不需要所有人都挤在那里。倒不是说我明明想了解情况还能睡得着。不过这可能只是“平塔号”打来的电话,不过半夜里打来,大多没好事。

帕克还在拉拉链,他蹬了一脚,飘到我旁边。“约克,”他低声说,“和我一起。”

这句话让我完全清醒了。不管是怎么回事,作为他的副驾驶,他都需要我,以防需要移动飞船或天知道别的什么原因。

我沿着颈部一路把睡袋完全拉开,滑了出来。我抓起飞行服,点点头,“我就在你后面。”

他没有等我,凌空转了一圈对准进入主轴的舱门。我扭动身体穿上飞行服,期间,其余队员像地鼠一样从小隔间里探出头来。

莱纳德的牙齿在昏暗的灯光下闪闪发光,“你知道发生了什么事儿吗?”

“我不比你知道得多。”我拉上外套拉链,扭动身体奔向舱门,“帕克搞清楚以后会立刻做SitRep。”

SitRep——情况报告(situation report)。短短几个音节,包含了太多紧张感。我沿着主轴飘向通信舱,帕克绕过转角消失在舱门里。“尼那号”的风扇发出持续不断的嗡嗡声,随着我越走越近,那声音似乎分散开来，任电传机的撞击声穿过，就像天使唱着颂歌。

“Baruch ata Adonai, Eloheinu, melekh ha'olam, hagomel lahayavim tovot, sheg'molani kol tov.”[①]我脱口念出表示感恩的祷告词，尽管我的忧虑清单和手臂一样长。

我抓住舱门边缘荡进通信舱，弗洛伦斯的表情给了我很多我需要的答案，或者说提出了更多问题，或者两者兼而有之。她在微笑，但她双眼泛红，仿佛她一直在哭，“是的，是任务控制中心。是的，纳撒尼尔也在。”

“感谢上帝。”我紧紧抱住胸口，仿佛我是一个戏剧少女。但是，说实话，我感觉就像有人刚刚把我从铁轨上解救下来。我还不知道为什么地球失联近两个月，但我的丈夫还活着，而且很好。我咽下宽慰的眼泪，努力把注意力放在工作上，“发生了什么事?”

“是抗议者。”帕克弯腰靠在电传机上，看着电传机传送出来的页面，“‘地球至上’主义者打掉了卫星。”

“我的天啊。”

弗洛伦斯推开办公桌，凑到电传机旁，“怎么会这样?”

“显然，那个关于IAC中有‘地球至上’主义者的阴谋论……并非空穴来风。计算部门有人发送了恶意代码，导致两颗卫星脱轨。天哪。”他抬手摸了摸自己的头发，停在一块秃斑处，“他们把堪萨斯州的

① 犹太祷文，意为：我们的上帝，宇宙之王，你是有福的，你将美德赐给卑微的人，并将一切美德赐给我。

电网也搞坏了。”

“等等——是谁干的?”我也把自己拉到了电传机旁,机器持续发出声响,仿佛是一个一整天都在等爸爸回家的小孩。

“嗯……”他把页面往下拉,“柯蒂斯·弗莱、詹妮弗·林恩,还有泰勒·里希特。”

“我不认识他们。”

“新雇员,显然——”帕克不再动作。页面顺着他无力的手指滑了下去。他深吸一口气,换上一副非常冷漠的面具转向弗洛伦斯,“告诉船员,我们已经和地球重新建立了联系。我想他们应该都没睡。约克,帮助加快个人邮件分发,准备更新值班表。我会在分发之前进行审查。现在,允许我失陪一下。”

帕克翻了个筋斗,脚一蹬,顺利穿过通信舱的舱门游了出去。

事情是这样的:我知道帕克收到坏消息时的样子。我记得,在腿麻木的那些日子里,他依旧保持冷静,专注工作。我知道他的脸颊染上了淡淡的铁青色。

弗洛伦斯抓住办公桌的边缘,把自己拉近到电传机旁。这时,我的脑海里把所有事实展开成一个死板的方程式。个人邮件来了。堪萨斯州的电网瘫痪了。他的妻子在铁肺里。

我还没来得及思考,就已经往舱门走去。他受不了别人的同情。那我为什么要跟过去?我不知道。或者说,不,我知道。有些事情,你不能让任何人,即使是你最可怕的敌人,独自经历。而我是他的副驾驶。

主轴是空的。他已经趁我理清思路的时候，躲进了某个角落。

某个角落——我停在“忙蜂号”的舱门外。很隔音。

透过舷窗，内部只有“平塔号”反射过来的太阳光。帕克静静地飘在安静的球体中间。

我准备在解开舱门时尽量发出声音，这样他就会足够警觉。可我拉开它时，那声音传了出来。他不可能听到任何声音。

我说过，我知道帕克收到坏消息时的样子。其实不然，我只知道他面对公众的样子。这……每一次抽泣都震动着他的整个身体，声音被“忙蜂号”的墙壁反弹回来，形成破碎的波浪。他飘浮在过道中央，团成一个小小的球，仿佛这样就能控制住自己的悲伤。

我一时有些犹豫，因为他不知道我在那里，也不会感谢我。但我还能找谁来呢？小卡，也许吧。本科斯基，如果我们还在“平塔号”上的话。这都不重要了。我在这里，而我选择了跟过来。

“帕克？”

他猛地抬起头来。即使他背对着我，我也能看到他努力戴好面具的样子。他呼吸急促，不断咳嗽，裤子皱巴巴的。帕克的手臂拂过眼睛，舱里的水球随着他的动作旋转，“任务控制中心找我吗？”

我摇摇头，然后意识到他还看不见。“不是。”我咬着嘴唇，把自己推近一些，刚好飘到他身后。我差点儿直接问他，但我还没有被允许谈论他的妻子。“电网……我很抱歉。”

他崩溃了。

那薄薄的情绪外壳在再次进入大气时四分五裂,他啜泣起来。我搂着他,仿佛这样就能让他振作,或者在之后找到碎片。帕克靠在我的怀里。一只手抓住了我的前臂,深深掐住,仿佛正用力把自己拉回来。

我们在那黑暗的空间中旋转,他的悲伤围绕着我们。

“我很抱歉。”帕克的声音粗糙而厚重。他用袖子擦着眼睛,“天哪,我——”他的声音又断了,有那么一瞬间,他胸口起伏,无声地哭泣着。

他咳嗽了一声,清了清嗓子,“妈的,对不起。”

“我能做什么?”

“帮我打掩护?”他从原本裹得紧紧的球中出来,稍稍伸展了一下,我放开了手。“这阵子,我会一团糟。”

“当然。”我用推力在我们之间创造了一些空间,“你想让我去找谁吗?”

“妈的,不。不要告诉任何一个活人。”

“好。”我咬了咬嘴唇,意识到我把弗洛伦斯一个人留在那里,所有的文件都会从电报机里涌出来,“弗洛伦斯可能会告诉别人。”

帕克缓缓地飘过“忙蜂”,他的脸又红又肿,仿佛被黄蜂蜇过一样。他摇了摇头,“她不可能知道。有一条‘来自’米米的消息,还有其他私人信息。但是……呵……你不是唯一有私人密码的人。你只是被抓的那个人。”

“哦。”

“对此,你一定有很多话要说。”

“教我怎么才能不被抓?”

他笑了,笑着笑着又哭了。他擦了擦脸,“我知道他们会搞这样的事,如果她死了,他们不希望我难过,他们就会伪造她的信件。所以我们设置了一个密码。它无处不在。即使是在最短的信息里也有。但现在它没了。”

“也许他们编辑了——”

“别。”他直起身子,用手指戳着我,“你他妈别给我假希望,约克。她在铁肺外面活不过一个小时。最多也就两个小时。我们的备用发电机可以维持二十四小时。一个半星期没电的话,她一定会确保之后的信息里包含密码。米米她……”

他的脸垮了下来,嘴巴猛地一闭,忍不住哀号起来。

我拉近自己,但他摇了摇头,于是我停了下来,“我……我来给你打掩护。”

他点了点头,“我尽快过来。”

“不着急。”

他露出微笑,挥手让我离开。我感觉不该让他一个人待着,这很新奇,通常我总想尽快离开他。我一只手放在“忙蜂号”的一张椅子上，调整方向面对舱门。指尖一推，我飘到了舱的那头。

“约克？”嗡嗡作响的风扇几乎掩盖了他的声音。

“什么事？”我利用舱门边缘转身面对他。

“今晚，你能不能……你能不能帮我为她诵《珈底什》？我不……我不会，而且——”帕克将两手的掌根抵在眼睛上，紧咬牙关。

“好。当然可以。”

他点了点头，下巴依然紧绷着。我溜了出去，“忙蜂”的门掩盖了其他的事情。

第三十一章

两颗卫星在太空中重获新生

堪萨斯州堪萨斯城1963年7月19日电 今年五月，地球至上组织发起的恐怖行动，导致两颗联合国通信卫星失效。经过国际航空航天联盟的艰苦努力，两颗卫星已经修复。这两颗卫星为地球提供了便利的电话通信，它们也是第一批火星探险队通信网络的一部分。当他们随着飞船在无边无际的太空中飞驰时，宇航员一直与地球隔断。当得知他们的任务仍在继续，且正准备进入火星轨道后，全世界人民激动不已。任务指挥官斯泰森·帕克在接受电传采访时表示："地球人民委托我们来执行这次任务，我期待向他们展示我们姐妹星球的宏伟景象。"

纳撒尼尔的信躺在我飞行服的口袋里，挠得我心里直痒痒，但我坚决不看。帕克还没有从“忙蜂号”出来，我们还有工作要做。

我站在厨房前面的白板前。帕克本该在这里。谢天谢地，他的记事板掩盖了我的手抖得有多么厉害。不得不说，我的焦虑真是蠢得令人难以置信。它选择现在，当我面对一屋子四个人——四个我认识的人的时候——让我喉咙紧锁。

1、1、2、3、5、8、13……

我清了清嗓子。或者说是试着清了清嗓子。好在我有哽着喉咙说话的经验：“这是任务控制中心发来的值班表，帕克正在审查，之后我们再确定。”我不认为这段“审查”的时间真的能让他恢复正常。“从现在到我们准备好放下着陆器，与我们在‘卢内塔’上演练过的没有任何变化，所以我们这周的计划从检查材料开始。”

帕克顺着梯子滑进厨房，“谢谢你开了个头，约克。”他洗了澡，进门时带着须后水的味道，“我刚刚和本科斯基通过电话，有一些最新情况。”

我把记事板递给他。他点点头接过去，但没有和我的目光相接。他一只手拿着板子，垂在身体一侧，姿势看似十分随意，但他的指关节皮肤发白。

我迈步想退回餐桌后的安全地带，但帕克阻止了我。“留在原地。”他做了这个动作：转动脖子发出声响，然后才投入工作，“好，大伙儿。你们可能有很多问题，我让格雷和约克暂缓行动，直到我能直接和任务控制中心沟通。有些信息他们不能明说，而且，说真的，他们可能也希望我不要告诉你们,不过,去他妈的。现在是情况报告。”

我的队友们全神贯注起来。莱纳德手肘放在桌子上,双手在面前搭了个尖塔。拉斐尔抬起了头。弗洛伦斯头仰向一侧,眯着眼睛。小卡坐在前面,放下了翘着的二郎腿。

“地球至上主义者不是单独行动的。他们在IAC计算部门里面有一个同谋。他们还用来自苏联的武器袭击了堪萨斯太空港,废掉了电网。我们尚不确定俄罗斯是否参与其中,但有这个可能。”

小卡举起手。

“那‘阿尔忒弥斯’基地和‘卢内塔’呢?他们还好吗?”

帕克点点头,“巴西和欧洲的太空港可以管理运输,但所有通信都是先通过堪萨斯州,再传到卫星上的。长话短说,任务控制中心可以和我们通话,但他们看不到我们。我们接入火星轨道时,将完全依靠我们的导航计算师。”

依靠我。依靠海蒂。在“平塔号”上的成员也听到了同样的内容吗?

“返程可能也是如此,因为建造新卫星没那么快,而且——说白了,我们现在并不是地球的优先资助对象。”帕克翻转手中的记事板,“这意味着,我们的导航计算师刚刚成为我们最重要的船员。”

你好,焦虑。我的嘴里泛起了唾液,这是我熟悉的呕吐前兆。3.14159……我艰难地吞咽,用鼻子慢慢地呼吸。

“本科斯基和我已经决定,你们都该参与下面这个决定,所以难得的,这一次我会要求投票。如果我们只弹射到火星周围而不着陆的话,我们安全返程的可能性会更大。”

“见鬼,不行。”拉斐尔用手划破空气,“我们历经千辛万苦好不容易到了这里,不能放弃。你可以把我扔出气闸,但我要登陆。”

“是啊。”莱纳德点了点头,“你觉得他们会让我回来再试一次吗?不可能。”

“两票。”帕克转身对着黑板打了两个钩,仿佛我们的人太多了,需要逐个统计。或者他只是需要背对着房间一分钟,“女士们怎么说?”

“我同意莱纳德,理由一样。”弗洛伦斯耸耸肩,“大老远跑来,不是为了转身回家。”

“一样。”小卡笑起来,“不敢相信你们居然认为有人会想回家。”

“约克?”他举起一根手指,“等等——在你回答之前,你应该知道,鉴于新的限制条件,你和沃格利将无法登陆。”

弗洛伦斯哼了一声,“等等——如果不是为了支援约克,我学习如何使用那个该死的机械装置有什么意义?”

“这方面不需要投票。”

“没关系……我第一次去月球的时候就是这样。只是绕着那该死的玩意儿转了一圈儿。”我答应纳撒尼尔我会回家,如果这就是让我们回家的代价,那就这样吧,“非上火星不可。”

帕克似乎盯着黑板上的五个钩看了一会儿。我站在白板旁边,其他人看不到,但我可以看清他的脸,他双眼紧闭。他没有为自己画第六个记号,而是很缓慢地呼出一口气,“哦,那事情就简单了。”

如果你看不到他的脸,会觉得他的声音听起来很轻快、很自信。

帕克睁开眼睛,擦掉了一部分我写在白板上的值班表,“看来我们的值班表需要做一些改变。约克需要时间来确保我们的飞行计划百分之百准确,所以我会把她的其他职责转给其他人。”

好极了。我研究起厨房地板上的刮痕,这样我就不会看到他们眼中的怨恨。拉斐尔在椅子上换了个姿势,“我可以……你想我换到副驾驶上吗?”

帕克转过身,嘴唇紧抿,端详着拉斐尔,“会后再谈吧。目前,我需要你和斯图曼集中于确保着陆器正常。”

我双手藏在背后,这样就不会有人看到它们在颤抖,“我不介意做其他工作。计算中途我也需要休息一下。”

“那就他妈的休息一下吧。还是你不知道怎么休息?”

他很哀痛。或者,至少,我可以假装他说话时咬字清晰是为了努力掩饰悲伤。这不是针对我。

这个想法让我抬起头,转身面对帕克:从来就不是针对我。

这感觉就像我胃里那一团焦虑,从一个固体的结变成了蒸汽,升华进入了太空。它用笑的方式展现出来。我想,这笑声让他和我一样惊讶。让他以为我找到了幽默感。我抬了抬下巴,“我是靠做饭休息的。所以把我留在该死的厨房值班表上,要不,我发誓,我以后烤馅饼，一个也不给你。”

弗洛伦斯笑了，“她制住你了，帕克。她把你制得服服帖帖的。”

“嗯。”他动动脖子，再次面对白板，这次是笑着说的，“只要你承认你的位置在厨房就行。”

“对。”我拍了拍白板，“就站在你旁边。”

亲爱的埃尔玛：

我爱你。感谢上帝，你是安全的。不，我一直没睡够——我们都没有——但托马斯一直是个好帮手。(是的，他让我吃饱了。)我不知道没有他我该怎么办。等官方通信渠道恢复后，我再告诉你。现在，你要知道，我很好，我爱你，我为你骄傲。

我再说一遍：我爱你。

纳撒尼尔

我来到健身房的时候，帕克已经坐在举重凳上了。很少有人深夜用健身房，虽然“忙蜂”是隔音的，但重力环境似乎更重要。

我进来的时候他抬起头来，挥了一下手，“谢谢你打掩护。”

“应该的。”我在他面前的地板上坐了下来，“你和拉斐尔怎么决定的？”

“他会和弗兰纳里一起把着陆器带到火星上。我不应该驾驶飞船，把‘尼那号’送入轨道，只需要听从你的指示就行。”

“完全没有压力。”

“拜托。”他哼了哼,挑起飞行服上的一根线头,“一开始,我一直想让你崩溃,结果你很镇定。虽然没有幽默感,但你很坚强。”

我愣愣地看着他。我?镇定?“你知道我几乎每天都在吐吗?”

帕克猛地抬起头来,“你在逗我。”

“你知不知道我为什么要吃眠尔通?”

“我不——我以为是女人那些事。”帕克耸了耸肩,揉了揉后颈,“看,我很抱歉。”

请注意我的克制:我并没有问他道歉是为了“女人那些事”还是因为他让我吐了。此刻,这真的不重要了。“道歉确认。”

帕克的脸扭曲了,他弯着腰,用手捂住了嘴。我向前挪了挪,一连串抽泣震动着他的身体。即使他的手捂着嘴,你也能听到他喉咙嘶哑的声音。我跪起身来,把他拉进怀里。帕克的头靠上了我的肩膀。

这动作没有保持多久。他摇了摇头,退开了,“对不起,妈的。”帕克从口袋里掏出一块手帕,用力擤出湿漉漉的恶心鼻涕,“我也说不清什么会让我情绪激动。”

我点点头,定了定神,“太糟了。事情来得措手不及。快乐的时刻反而是最糟糕的。”

他吞了吞口水,紧绷着下巴,盯着左边,仿佛负重架是船上最重要的东西。流星之后,我的父母——我的大部分家人——都去世了的时候，我总是像这样：忘记他们已经死了。我现在有时还是会忘记，然后记忆再狠狠砸在我的脸上。我无法和母亲分享我的事情，而父亲也永远不会知道我曾是并且现在也是一名宇航员。

“你们的儿子多大了？”

“十六岁。米米在最后一封信中说，他们已经在争论回家后谁来接我了。”他的脸再次抽搐了一下，他闭上眼睛，龇牙咧嘴的，仿佛这样就能把所有的痛苦都挤回肚子里。

十六岁。他要错过他们的毕业典礼了。我们回来的时候他们已经去上大学了，但提醒他这一点似乎很残酷。

几轮急促的呼吸后，他又睁开了眼睛，“即使在铁肺里，你知道吗，她依旧是个好妈妈。”

这似乎才是我真正谈论她的最好的开场白，“除了《珈底什》，我们还有别的仪式，叫坐七[①]。这是……这是一段哀悼期，始于讲述我们失去的人的故事。”

“有点儿像守灵。”

“我想是的。”

帕克稍稍直起身子，用手抚摸着头发，“米米是一个很保守的人。”

“这就是你从不谈论她的原因吗？”

“差不多吧。”他伸出双手，他的婚戒反射着光。我之前从来没见

① 坐七(Shiva)，指犹太教的七日服丧期。

他戴过。我们面对悲伤的方式都很奇怪。“患小儿麻痹症之后……她讨厌老是觉得自己像一个负担。很讨厌。讨厌别人盯着她看。但她被困住了。而且她很聪明。如果没有她帮助我学习,我也进不了太空计划。但后来我成了第一个进入太空的人,突然间,我们四周遍布记者。”

我打了个寒战,想起了自己成为宇航员夫人的经历,“他们就像水蛭。”

“而她会成为本世纪的人情故事。”他举起手,“于是我就不戴戒指了。我贿赂别人。接下所有高薪的工作,这样我就可以给她安排私人看护。我让她离开家。我所做的一切,都只是为了让她远离聚光灯。”

我们相对而坐,船上的风扇在我们身边低响。“她喜欢什么样的音乐?”

“雷格泰姆[1]。”他嘴角上扬,露出淡淡的笑容。“她有一架自动钢琴,还收集了很多卷音乐。甚至有一张是斯科特·乔普林[2]亲笔签名的。”

“天哪。”

“她也为他们作曲。因为小儿麻痹症,她没法儿再弹奏了,但她想到我可以弹,她就能给乐谱打孔了。我跟你说过她很聪明。”

---

① 一种美国流行音乐,多在钢琴上演奏。

② 斯科特·乔普林(Scott Joplin,1868—1917),美国黑人作曲家、钢琴家。以其雷格泰姆作品闻名。

“她听上去很棒。”我很好奇，非常好奇，想知道他明明爱着她，又怎么合理解释他的情债。不关我的事，但是，哦，我想知道。“我很想听听她的音乐。”

“等我们回到地球吧。”他几乎又失神了。

我用了我唯一能想到的办法让他回过神来。语言。“准备好学点儿阿拉米语[①]了吗？”

“不是希伯来语？”

“这回不是。”他应该站着做这件事，但我不打算把我的文化习俗整个强加给他。“Yitgadal v'yitkadash sh'mei raba. B'alma di v'ra…”

帕克歪着头，“Yigtadel yigkadesh——这不对，是吧？”

不对，但比大多数犹太人第一次尝试时更接近。我放慢语速：“Yit-ga-dal v'yit-ka-dash.”

“Yitgadal v'yitkadash.”这次尝试可以亮绿灯，我有点儿气他学得这么快。

“荣耀和神圣，以上帝的名义。”

他点点头，似乎已经知道含义。他是语言天才帕克，他大概是知道的，“每年流星纪念日，她都会说这句话。”

“我们很多人都这么做。”我就是。每年都是。为了我的母亲和我的父亲，和我的姑姑和表兄弟，还有成千上万死去的人。“Yitgadal

① 与希伯来语和阿拉伯语相近，被认为是耶稣基督时代的犹太人的日常用语。

v'yitkadash sh'mei raba, B'alma di v'raba. B'alma di v'ra…"

他用手背揉了揉眼睛,"别以为这样就可以不教我意第绪语了。"

"等他们都登上火星时,我们再学。"

他点了点头,然后斯泰森·帕克,米瑞安·帕克·尼·卡普兰的鳏夫,继续学习《珈底什》。我们花了很长时间才搞定。

我想这确实有帮助。

亲爱的纳撒尼尔:

除非我真的把事情搞砸了,否则明天这个时候,我们就在火星轨道上了。其实我并不担心计算的问题,因为海蒂和我已经互相检查过三遍,弗洛伦斯和多恩也已经用机械计算机运算过所有数据——好吧,是多恩做的。弗洛伦斯把打孔卡送进去的时候卡住了两次,拉斐尔还在努力搞懂送卡机。

但我想这就是我在这里的原因,也是任务指挥中心不让我去火星表面的原因。海蒂也跟我一样。我们都没往心里去,虽然我承认,离这么近真的很难忍住。不过,这么做非常合乎逻辑。

我希望你能看到火星。莱纳德在过去的一个月里一直把大望远镜对准火星。他盯住了几个潜在的着陆点,但要等我们进入轨道一段时间后,他才能做出决定。你应该知道这些。我不知道为什么我一直告诉你一些你知道的事情,可能是我想你了。

火星很美。和地球美得截然不同。虽然我们总是称它为红色星球,但它其实带着一种柔和的鲑鱼色、烟灰色,和一点点黄褐色。我很确定,等我们把照片发回来,它会成为新的春季时尚调色板。

请转告托马斯,代我向他问好,我为他对你的帮助感到骄傲。

爱你百分百的

埃尔玛

1963年9月3日

火星填满了整扇观察窗。直到我们进入轨道,我才注意到它的红色、赭色、黄褐色,还有极点处的一小块白冰。

帕克坐在领航员的座位上,手稳稳地放在控制台上。谢天谢地。我想他的精神依旧很崩溃,但他还能在公众场合保持冷静。在过去的一个月里,他比平时更安静,不再话里带刺。不过他掌舵时依旧很稳。

帕克扭开全船的话筒,"准备燃烧。"

拉斐尔在工程舱说道:"你们勇敢的冒险者在等待。"

"确认勇敢。"帕克关了话筒,声音沙哑,"你来数数好吗?"

"收到。"也许他并不像我想的那样心态平稳。我打开话筒,盯着时钟和我们的高度,"听我口令。十、九、八、七……"这些数字只会让我的紧张感越来越强,"六、五、四……"

"启动引擎。"

"三、二、一……点火。"

“尼那号”的巨大引擎发动，把我狠狠推向肩部的安全带。“平塔号”和“圣玛丽亚号”映照着我们，观察窗的一侧突然亮了起来。推力突然消失了，就像它突然出现时一样。

帕克从控制台上拿开手，长长地吁了一口气。这是他紧张的表现。“燃烧状态报告。*DELTA-TIG* 0，燃烧时间557，轴的角度值，*VGX* 负0.1，*VGY* 负0.1，*VGZ* 正0.1，无偏差，*DELTA-VC* 负6.8，LOX39.0，平衡正50。”

“确认。”我拧开话筒，拉近我的文件，“声明一下，刚才那次燃烧很完美。”

“你为此还关了话筒？”帕克在座位上向前倾了倾身子，指了指观察窗，“那可能就是我们的着陆场地，对吗？”

我们下方，红色山丘在窗外滚动。我们又“朝下”了。莱纳德曾把它的照片带到会上，但这就像广播节目和现场表演的区别。落日将山丘清晰的轮廓渲染成了赤金色。

帕克坐在座位上，几天来第一次笑了，“高度……二百零四公里。我真牛。”

“你难道不是在念我算出来的数据吗？”

“准确无误。”

我哼了一声，继续处理着传来的数据。我们利用IAC提前发射上来的着陆器和轨道卫星来获得位置读数。帕克的燃烧可能是完美的，但在确定我们进入轨道之前，我的数字仍然存疑。我的铅笔画过白纸，勾勒出我们的轨道，因为火星转到了我们的下方。

看起来不错，我咬了咬嘴唇，又画了一次。

一样的结果。我把它圈了起来，“前几分钟的初步跟踪数据显示我们在61.6到169.5轨道上。我们很稳定。”

帕克拉近话筒，操起了能让泰鲁扎斯骄傲的播音腔，不知道他从哪儿学的，“勇敢的冒险者们，宇航员夫人刚刚宣布进入稳定轨道。欢迎来到火星。”

第三十二章

调查显示公众支持火星登陆

第一批火星探险队计划于明天登陆。根据路易斯·哈里斯昨天发表在《堪萨斯城邮报》的新民意调查显示，美国人民现在以51%对41%的比例赞成人类登陆火星。过去一年里，人们的观点发生了巨大的变化，主要原因是对“地球至上”运动的反抗。

也许我们是从“平塔号”船员那里学的，又或者只是因为最好的桌子在厨房里，无论出于什么原因，拉斐尔、莱纳德和我开始在厨房里做我们的工作。可能是桌子的原因，因为莱纳德在桌子的一端摊开了一堆照片，正在绘制着陆点的地图。拉斐尔眯着眼睛读火星登陆器的手册，手指按在一边太阳穴上。

我整天盯着数字，眼睛已经快成斗鸡眼了。我合上文件夹，伸了个懒腰,"要蛋糕还是馅饼?"

"馅饼。"莱纳德举起手。

拉斐尔拿铅笔敲了他一下,说:"蛋糕。"

"也就是说我想吃什么就做什么。明白了。"我的腿滑到长凳一端,站了起来。说实在的,仅凭手头的食材,做蛋糕比较难,但我对母亲的奶油蛋糕很有兴趣。虽然我还不知道要怎么做酸奶油……

拉斐尔把头搁在文件夹上,发出砰的一声,"我也该休息一下了。"

"看上去你只是要打盹儿。"莱纳德假装查阅假想出来的记事板,"嗯……似乎不在今天的议程安排上。"

"别管他了。那些登陆器的操纵台从一开始就老出故障。"学习使用月球控制台是件很痛苦的事,不过一旦学成,一切就都变得易如反掌了。我放下计算用的文件夹,优哉游哉地走进厨房。能不能用柠檬汁来酸化奶粉?也许我还是应该做馅饼。

拉斐尔在我身后咕哝着:"你不是在开玩笑吧。"

"你该问问帕克,能不能去'圣玛丽亚号'把旧登陆器拿出来用。"换个角度看,简单的巧克力蛋糕也不错。我可以在里面加点儿肉桂。"你看着它的时候,更容易记住关机顺序。"

"说得好像你有亲身经历似的。"

我从柜子里取出一个碗,看了看拉斐尔,"这控制台和我在月球上用的是同一种。"

他的下巴耷拉了下来,“我操。[1]我知道。我只是……他妈的为什么要我操作它登陆?”

我把碗放在料理台上,转身正对着他,“情况不一样。我不是在大气层里航行。”

“没错,但是——你操纵它航行的时间比我在模拟器上花的时间还多。”

作为一名宇航员,我非常有同意他的冲动。我的航行时间确实更多。我非常非常非常想上火星。但我也知道为什么我不能去。我指了指桌上的文件夹,“打开它。”

拉斐尔翻了个白眼,“别这样,埃尔玛……”

“我是认真的。你能完成任何一个方程式吗?”这,此时此刻……这就是海伦把位置让给我时做的事情。我们虽然情况不同,但向一个你无法改变的世界屈服的事实是一样的。她不高兴,我也不会假装我很高兴,但这些都是现实。“我要留在这里,做数学。不过,先吃馅饼。”

莱纳德笑了笑,“我确实喜欢馅饼。”

“我也是。3.14159265……”我对他眨了眨眼,但我要做馅饼,“同时……对了,领航员,你想好要给登陆器取什么名字了吗?”

拉斐尔低头看了看,一只手抚平了书页,“‘泰鲁扎斯号’。”

你还记得人类登陆火星时你在哪里吗?我在“尼那号”的舰桥上,

① 原文为葡萄牙语。

坐在副驾驶的位置上，拿着笔和纸，准备绘图。帕克坐在我旁边的座位上，无所事事。“泰鲁扎斯号”进入火星大气层时，我们眼睛盯着观景窗外，耳朵听着无线电频道。

其余船员都在登陆器上。他们先去，然后，假设一切顺利，“平塔号”的船员会在两周后落地。

莱纳德的声音传了过来，清晰而稳定，“雷达检测显示，我们的火星轨道高度为十五点二四千米。我们的目视检测高度稳定在十六点一五千米左右。”

我把数据添加到“泰鲁扎斯号”的下降工作表上，“确认了。我建议你向右偏航10。然后你就可以进行动力下降了。完毕。”

“确认准备进行动力下降。”

他们还有五分钟才开始下降。在那之前，他们只是处于比我们更低的轨道上。在我身旁，帕克手指弯曲放在膝盖上，仿佛想自己伸手去拿控制器。

拉斐尔的声音从莱纳德的话筒中隐隐约约传来：“稳定和控制电路断路器。DECA[①]万向节交流电，关闭。指令超控，关闭。万向节启用。速率，25。”

除开红色星球填满了观察窗，这几乎和模拟时一模一样。“听我命令，距离点火还有三分三十秒。”

“确认。”

① Descent Engine Control Assembly，下降发动机控制组件。

我看了看时钟，还有他们的位置，“注意，距离点火三分三十秒。”

“确认。推力转换，四喷射器。平衡组，开启。TCA节流阀，最小。油门，自动CDR。推进器按钮，复位。螺旋桨按钮。”莱纳德在给拉斐尔念检查清单，他的声音很冷静，“好。中止/中止阶段按钮，复位。衰减。控制，三个按钮都调整至模式控制。AGS读数为四百正一。”

我在脑海里看见了“泰鲁扎斯号”的驾驶舱。他们航行时引擎朝前，这样就能利用引擎减速，他们的窗户朝着行星的方向，以便确认轨迹。他们会进行一百八十度的偏航，这样就可以把雷达指向火星表面。从那以后，就全靠拉斐尔的驾驶技术了。

我还是把我的铅笔拿出来了。

拉斐尔说“点火”时，帕克举起两只手，手指交叉。

我通过雷达关注着他们，“他们的下降速度看起来不错。”

帕克喃喃自语道：“天啊，不知道米米忍受了……”

我的目光一直盯着雷达，但我伸出空闲的那只手，快速捏了捏他的胳膊，“她知道自己嫁给了什么人。”

“嘿。”

像没有旁白的广播剧一样，莱纳德说道：“降速……六分二十五秒，降速。”

我咬了咬嘴唇。他们会在燃烧六分二十五秒后减少推力，这是合理的。我只想找点儿事情做。这是我一生中最长的六分二十五秒。

“降速。高度一千五百米。每秒三十点五米。姿态控制不错。”

终于,我能计算的数字又来了。数字很简单,我在脑子里就能算,但安全起见,我还是写在了纸上,“你们可以准备降落,完毕。”

“确认。高度914,速度21.3。”

我点点头,尽管他看不到,“确认。准备降落。九百一十四米。”

“六百一十米,六百一十米。”

帕克身体前倾,仿佛能看到观察窗外的他们。红色和赭色在我们脚下滚动。理论上说,“泰鲁扎斯号”就在我们正下方。火星的大气层很薄,他们进入火星大气的痕迹不会像在地球上那样明显。

“三十五度,三十五度。二百二十九米。以每秒七米的速度下降。”莱纳德像是在宣布股价,而不是要降落在星球上,“一百八十三米。以每秒五点八米的速度下降。”

我在纸上追踪着他们,不是因为我能帮得上什么忙,而是为了让我的手有事可做。我追踪着他们下降的弧线,就像我以前追踪帕克进入轨道时一样。

“一百零七米。下降速度一点二米每秒。我们有影子了。”

在大气层中降落是不同的,即使是稀薄的大气层。我知道影子出现的意思。他们马上要降落了。

“三十点五米。下降速度一点一。水平速度二点七向前。”

小卡和弗洛伦斯一定正在着陆器后面盯着窗外。

“十二点二米。下降速度零点七六。扬尘了。”

我屏住呼吸，我敢肯定帕克也是如此。实际上，整艘船似乎都安静了下来，仿佛在我们等待时风扇停止了转动似的。

“打开着陆灯。”

过了十分钟，我们才听到拉斐尔说话的声音，非常平静，“关机。”

“发动机关机。”

帕克发出一声呼喊，仿佛从他离开地球时就一直憋着。我把文件扔到空中，它们在我们周围飘浮着，计算纸形成一个雪球。

透过扬声器，我勉强听到背景音中弗洛伦斯在开怀大笑。拉斐尔的平静一定是在掩饰他嘴咧到耳根的大笑，“‘尼那号’，这里是‘布拉德伯里’基地。‘泰鲁扎斯号’已经降落。”

一听到他们的呼号，泪水立马刺痛了我的双眼。天啊，他们真的成功了。

帕克抓住话筒，“很高兴听到这个消息，‘布拉德伯里’。祝贺你们成功降落。”

“‘布拉德伯里’，这里是‘平塔号’。”本科斯基的声音之下，我能听到“平塔号”的船员们在欢呼，“我们都——祝贺你。迫不及待地想和你们汇合。”

“谢谢。这景色真不错。从空中看去都是红色的，但外面的一些岩石看起来却带着蓝色。”拉斐尔笑了起来，“莱纳德刚对我翻了个白眼。我们得赶紧忙起来，不然他会不带我们就自己开始EVA了。”

“快去吧。记得拍照。”帕克关掉话筒，看着我笑着说道。文件仍在我们之间转来转去。他凌空抢过一张,看着上面的计算过程,“你做得不错,约克。”

“这是我的工作。”

帕克的笑容柔和了,化成了,我不知道……类似温柔的东西,“很抱歉,你没能下去。”

我耸耸肩,看着窗外,火星在我们下方。我想让纳撒尼尔看到它,还有瑞秋,还有托马斯,还有赫舍尔,还有海伦,还有所有人。“这次没下去。但这不会是我唯一的机会。”

等我回到地球,我要用一切力量把移民船带到这里来,满载着各行各业的人。我当了很久的宇航员夫人,已经知道这之中的游戏规则。从此以后,我就是火星的宇航员夫人了。

尾　声

登陆火星第一人在联合国发表讲话

今天，莱纳德·弗兰纳里博士在联合国就即将进行的第二次火星考察发表讲话。弗兰纳里博士将率领探险队在火星上建立一个聚居地。在他的讲话中，他敦促所有国家和平合作，在我们的姐妹星球上为人类创造一个新的家园。他说，这么做不是为了取代地球，而是为了给人类提供新的疆域和机会。作为一个黑人，他用自己的实际经历证明了太空中人人平等，他希望能给子孙后代以启发。

和他一起的还有他的副驾驶埃尔玛·约克博士，她在太空计划早期时因"宇航员夫人"的身份广为人知。她穿着精巧的蓝色套装，脖子上戴着一串珍珠项链。

我今天就要登陆火星了。大气层擦过我们着陆器的外壳，"艾斯特号”在我周围颤抖。海伦坐在我身后的导航计算师座位上，发出了我们接近火星表面的信号，“听我口令，三分三十秒后点火。”

“确认三分三十秒。”我口干舌燥，手上依旧稳稳地握着操纵杆。着陆器里的其他队员都憋着没说话，但他们和我看到的是一样的，红色的地表逐渐蔓延开来迎接我们。我移开目光，看向任务时钟，为海伦的呼叫做好准备。

“注意。距离点火三分三十秒。”

“确认。”电子数字在倒计时中一闪而过。

我的左边，莱纳德在副驾驶座位上读检查清单，就像他在第一次航行时为拉斐尔做的那样，“推力转换，四喷射器。平衡组，开启。TCA节流阀，最小。油门，自动CDR。推进器按钮，复位。螺旋桨按钮……没问题。”

作为回应，我按动相应的开关。这就和登陆月球时一样，同时却又完全不一样。我正在登陆火星。这一连串的动作很熟悉，但火星的大气层改变了一切。它太稀薄了，无法维持生命，能在一秒钟内就把我们打垮。

“好的。中止/中止阶段按钮，复位。衰减。控制，三个按钮调整至模式控制。AGS读数为四百正一。”

其余数字随倒计时流出。“点火。”我按下控制按钮，点燃四个喷射器。

喷射器启动了，发出咆哮声。我们身后的一个移民者突然叫了一声，我猜他是被声音吓到了，因为我们早就经历过座椅猛推屁股的情况。重力把我狠狠压进座位，我收紧腹部的肌肉，保证脑部供血。我小心翼翼地操作飞船偏转，让引擎指向火星，然后我们开始认真下降。

火星就藏在我们下方。观察窗外，等离子体从玻璃上闪过。我的目光一直在地平线和高度计之间徘徊，“降速。”

莱纳德在我身边点点头，“高度一千五百米。速度每秒三十点五米。”

我开始在脑海里计算，猛地把注意力拉回到控制器上。我在这艘船上只有一项任务，这个任务可不是做数学。我今天要登陆火星了。

“高度九百一十四米。速度二十一点三米每秒。”

在我们身后，海伦回答道：“确认。你们可以着陆了。”

这很好，因为在这个阶段中止行动，即使我们真能做到，对每个人来说也是一场灾难。我放松油门，使我们朝地面下降。在三百零五米的高度，“布拉德伯里”基地亮眼的穹顶从铁锈色的景观中脱颖而出。

谢天谢地，我走上了正轨。窗户内侧刻了网格线，我时刻让基地保持在网格的中心。地平线水平。速度在下降，但不能太快，以免偏离目标。

“二百二十九米。以每秒七点六米的速度下降。”

还是有点儿快。我进一步缓和下来，在我们下方，陆地景象显现了出来，看得见粗糙的山峰，也有光滑的沙丘。“布拉德伯里”的发射塔在向我们示意，但着陆台却隐在灰尘之下。我可不奢望火星能保持干净。

景色在我们下方闪过，一个黑色的影子在山丘的轮廓上滑行。我咧嘴一笑，像是看到了老朋友，“我们有影子了。”

“三十点五米。向下速度零点九米每秒。向前速度三米每秒。”

我润了润嘴唇，把飞船缓缓向前推，直到我们身处着陆台的上方。窗户的底部，赭色的尘埃在旋转，好像火星正在伸手向我们打招呼。

“十二点二米。下降速度零点七三米每秒。扬尘了。”莱纳德的声音稳如泰山，仿佛他每天都这样做，“台子在那里。”

果然，飞船的废气吹走了灰尘，令人愉悦的方形平台露了出来，和周围其他地方一样，一片赤红。我缓缓松开油门。

带。

我们。

下去。

着陆器的底座开始颠簸，重力慢慢转移。仪表盘上的灯闪烁着，我们的状态似乎还不明朗，“打开着陆灯。”

“关机。”我从控制杆上抽出手，将它拉到空挡。我也开始放空。关上控制板上的四个开关后，我就可以说一句漂亮的话了：“发动机关机。”

还有一整张清单要确认,但我们还活着。我们在火星上。在我身后,乘客们集体发出了欢呼声。纳撒尼尔的声音穿过所有人,清晰地传来:"Baruch ata Adonai, Eloheinu…"

他还说他自己是个不称职的犹太人……

我咧嘴一笑,给自己一整秒的时间看向窗外的景色,看那烟雾缭绕的橙色天空下、飞扬的尘埃拂过的风景,然后又回归我的职责。我拧开话筒,给母舰打电话,"'戈达德号'[①],'布拉德伯里'基地。'艾斯特号'已经着陆。"

"恭喜你,这里是'布拉德伯里'。"从哈利姆·马洛夫的声音可以感受到他很开心,"完美的降落。"

"谢谢。"确实如此,"很高兴能下来。"

我解开腰带时发现我的脸很疼。因为我正笑得像个白痴一样。火星。我在火星上。莱纳德已经离开了座位,他拍了拍我的肩膀,"干得漂亮,埃尔玛。"

"谢谢。"我转动着离开椅子,穿着火星服姿势很奇怪。

海伦在座位上,身体前倾,一只手还握着安全扣。她的嘴巴微张,盯着窗外看。我站起来时,她摇了摇头,眨了眨眼,藏起眼泪。发现我在看她,她害羞地耸耸肩,拍拍她的计算文件夹,"进港的时候,我一直盯着下面看。"

---

① 罗伯特·哈金斯·戈达德(Robert Hutchings Goddard,1882—1945),美国物理学家、发明家,液体火箭的发者。

我弯腰凑到她的椅子上，给了她一个拥抱，“你还有时间。任务控制中心给你留了十五分钟的发呆时间。”

十五分钟接吻时间……[①]我还是不喜欢那首歌，但它提供了一些好建议。我向后面走去，那里的移民者正从他们的沙发上下来，核对他们自己的检查清单。我沿着过道往里走，这时纳撒尼尔抬起头来，手里拿着头盔。

他的笑容可以给整个星球供电。真的，虽说现在只有二十个人类在上面，但依旧如此。“干得不错，约克博士。”

“是吗，谢谢你，约克博士。在你戴上那个之前……”我一只手搭在他的手腕上，把头盔按在下面，俯身向前亲吻我的丈夫。

老实说，我不在乎这星球上的每个人都在看。

我们不是船上唯一的已婚夫妇，我可能激发了其他移民者亲吻的意识。海伦和雷纳德很可爱。我不确定接吻是不是任务控制中心安排这次休息的意图，但他们应该想到的。至少他们要认识到，经过数百万公里的旅行来到这里，我们需要十五分钟的时间来回归人性。

然后，我们再回到自己的工作岗位，像其他专业人士一样。很快，我们就固定好了着陆器，准备卸下行李，所有的宇航服都被密封起来，并进行了三重检查。

莱纳德站在舱门前，解开门锁，“女士们，先生们……欢迎来到‘布拉德伯里’基地。”

---

① 歌词源自《六十分钟的男子》。

他打开舱门,一阵微风把琥珀色的灰尘捎进房间。我希望我能闻到它的味道。我把手伸进纳撒尼尔的手里,捏了捏他的手套。

他俯下身,头盔靠在我的头盔上。他关掉了话筒,所以只有我可以听到他的声音,他说:“我的衣服有个地方突然有点儿不合身,我待会儿可能需要你的帮助。”

瞬间,我宇航服上的恒温控制装置似乎失效了,衣服里充满了热气,“作为一名科学家兼你的妻子,我会尽力解决这个问题。”

“埃尔玛?”莱纳德向我招手,“要不要享受这份荣耀?”

“哦——”我的脸还因为纳撒尼尔的……麻烦而发红,“但你是任务指挥官。”

他眨眨眼,“我已经是第一个了。而你是火星宇航员夫人。”已经有足够的重力让泪水滑过我的脸颊,我眨着眼睛克制泪水,飞快穿过舱门,在梯子的顶部保持平衡。火星。目光所及之处,鲑鱼色、赭石色和粉红色的尘土中点缀着深紫色、蓝色的斑点。从梯子上往下我走了三步。第四步,我的右脚踏上了火星。

我的脚站在火星的表面。我在火星上。

我在火星上。

其他的人也在等着登上火星。我拖着身子离开梯子,腾出空间。不知怎的,我曾以为这会像在月球上行走一样,但这里的重力更大。尘埃在云层中飞起,被大气层包裹着,而不是在一个摩擦力较小的真空中画弧。虽然我很想站在这里盯着看,但我还有工作要做。

还有工作要做,在火星上。

我绕到登陆器的侧面,那里是货舱。莱纳德和我一起,我们开始解锁舱门。纳撒尼尔一边挥手,一边提着一个板条箱向“布拉德伯里”基地走去。那是这个下午,我们仅剩的共处时光。

当我在电视或收音机上谈论太空时,太空听起来总是魅力十足,但事实是,我们大部分时间都在打扫和维护。今天,我们就正在火星上做这些事。

我们在火星上搬运箱子。我们在火星上固定绑带。我们在火星上唤醒一个沉睡了四年的基地。

在我们把最后一个板条箱收进“布拉德伯里”基地的小圆顶后,太阳从地平线上爬了起来。纳撒尼尔的团队带来了扩建基地的蓝图和实施计划,虽然对于二十个人来说,现在的基地还算舒适惬意。我们的首要任务是建造第二个聚居地,以便“戈达德号”上的移民者可以下来加入我们。

我的工作就是把我们带到火星表面。明天,纳撒尼尔的工作就会开始了。只有这一个夜晚,我们都没别的工作。

我爬上“艾斯特号”,确保一切都锁住了。它在我身边静悄悄的,空无一人。这是它的第一次飞行,但我至少还要驾驶它来回飞五次,才能把所有人都送到火星表面。我把手放在驾驶座上,不自觉地傻笑起来。

我拍了拍座椅,就像跟姑妈说晚安那样,然后向舱门走去。一个宇航员正站在火星表面等我。太阳已经消失在地平线下了，我看不清他的脸，但我认出了纳撒尼尔的体态。

尽管很着急，我依旧慢慢地把舱门关好，严格按照程序进行，抽动五次手柄，让十五个门闩全部就位。等到三角压力表显示密封良好后，我才走下三级阶梯，再次踏上火星。

在火星上。总有一天，我将不再为我所处的位置感到惊奇，但不是今天。我在火星上。

我们在火星上。纳撒尼尔伸出双手。我握住了，仍旧笑着，靠在他身上，仿佛要亲吻他，但只有我的头盔敲到了他的头盔，“我爱你。”

是的，我们可以利用宇航服的无线电说话，但那样所有人都能听到我们的声音。

“我也爱你，”他的脸颊上布满了泪水，“你抬头看了吗？”

“没有，我……”我抬头看了一眼，说不出话来。

星星。

在火星起伏的地平线之上，夜空闪烁着。闪烁的星星并不像在太空中那样晶莹剔透，它们透过大气层闪烁。蓝色和红色，银色和金色，在深紫色的衬托下翩翩起舞。在那舞动的背景上，“戈达德号”的光芒在天际画出一道弧线。“哦，亲爱的上帝，我多久没有……”自从1952年3月3日之后，我就再也没有在星球表面看到过星星了。

你还记得星星出来时你在哪里吗？我和我丈夫在火星上。

致　谢

首先，我要感谢我的父母，感谢他们在1969年的那一天把我叫起来，让我端坐在电视前，让我能亲眼见证人类首次登上月球的场景。当时我只有六个月大。我完全不记得这回事儿，但我的父母不厌其烦地提醒我我确实看过这个画面。我认为，正是这件事激发了幼年的我对太空和太空旅行的热爱。

从那之后，我看了不少早期飞行的录像。我曾亲眼见证过一回航天发射。每次一有机会，我就会跑NASA去。我必须感谢NASA和那里所有的工作人员。每一个在NASA和我聊过天的人，从NASAsocial[①]的员工，到技术人员，再到宇航员，还有会计，他们个个都是这世上最棒的人。所有这些人似乎都清楚他们正从事着世界上某种最酷的工作，并且很乐意与你分享这一奇妙感受。我要特别感谢本杰明·

① NASA social是NASA的一个社交活动项目，为其社交媒体粉丝提供学习、了解NASA任务、人员和各个项目的机会。

休伊特、汤姆·马什本、谢尔·林德格伦以及中性浮力实验室的工作人员。这本书从头到尾都离不开他们的帮助。

罗宾·弗加森是一位研究火星表面的科学家。她曾帮助“凤凰”号火星着陆探测器、火星探索漫游者、火星科学实验室漫游车、“洞察”号着陆器以及2020火星漫游车[①]选择着陆点。火星着陆点离不开她提供的数据集和解读，是她让我得以把埃尔玛和她的团队带到火星。她还提供了关于如何在火星上寻找水源的信息，这非常有用，让我对莱纳德的工作有了更好的想法。

德里克·“巫师”·本科斯基让我笔下的人物时刻保持空军将士的思想状态。他是一名战斗机飞行员，为他的同名人物和帕克的角色定位提供了很多独到的见解。

斯蒂芬·格拉纳德是一位货真价实的火箭科学家。他尽可能地确保太空导航技术的准确性，还常常痴迷于轨道力学的填词游戏。我常给他发这类消息：

“‘我记录了摇光和角宿一旋转到地球视线范围内时的突变，我找到了确定状态矢量所需的坐标。’(转行话)”

然后他会回复，“报状态矢量的时候，让她像阿波罗号宇航员那样，一口气给出一堆数字，没有小数点，也没有单位，怎么样？‘正0771145，正2085346，负0116167，负15115，正04514，负19587。’”特别说明一下，这些是以英尺为单位的*x*/*y*/*z*轴位置和以英尺/秒为单位的

① 正式名称为“毅力号”。

$x/y/z$点速度，数据精度有限，这是我提问那天的国际空间站的状态M50笛卡尔矢量坐标。

谢依娜·吉福德是我的随船外科医生，她在火星模拟栖息地待过整整一年。她给我提供了传染病介体的信息，包括大量令人欣喜的图片细节。书里那些飘浮的腹泻球体都归功于她，尽管“归功”这个词可能不太恰当……她还给我提供了不少火星生活的细节，我照单全收，包括葡萄干酒实验，和在有二十分钟延迟的情况下吵架的感觉。

谢尔·林德格伦安排我观看了中性浮力实验室模拟太空行走的全过程。除此之外，他和卡迪·科尔曼还帮我大幅修改了中性浮力实验室的场景和太空行走的场景。他们是宇航员。你懂的，这工作太酷了。其实谢尔在国际空间站上做过一次氨冷却系统修复。在我们认识之前，我写书的时候就看过这个视频了。但是看视频和实际操作之间的区别太大了。如果没有他，我不可能知道这些管道在压力下是刚性的，也不会知道系绳在太空中会把你轻轻拉向飞船。如果你穿上为大个子设计的宇航服，衣服里会出现很多气泡，这些细节都是卡迪告诉我的。他们两人极富耐心，很愿意花时间回答我的问题。书里所有超酷的细节都是他们的。错误都是我的。

卡里·乐福是一位宇航服设计师，她发现了一些错误，还在结构选择方面给了我建议。概括地说，曾发生过的灾难会影响宇航服的设计，因此美国的宇航服注重防火，而俄罗斯宇航服则倾向于避免穿刺。

葡萄牙语方面，我得到了阿莫瑞纳·诺布里斯、罗宾·夸肯布什和埃里克·夸肯布什的帮助。王永超和徐薇琪(和她的父母)在一些与中国台湾有关的细节上帮了我。我的兄弟,斯蒂芬·K. 哈里斯博士——其实,我喜欢叫他猩猩脸——帮我构造了流星坠落后的全球景观。

查妮·贝克曼在许多与犹太教和在太空中庆祝逾越节相关的内容上帮了我。她还不遗余力地录制了希伯来语、意第绪语和阿拉米语,供我作为有声书的参考。

我的写作小组成员,布兰登·桑德森、丹·威尔斯和霍华德·泰勒都是我的好帮手。我的助手阿历山德拉·米查姆同时也是NASA太阳系大使,她独立发现了大量错误。我的编辑莉兹·格林斯基和我的经纪人詹妮弗·杰克逊帮我塑造了这些书的结构,使它们变得更好。

当然,我的试读者也做了大量工作。包括阿历山德拉·米查姆、凯瑟琳·布雷纳、查妮·贝克曼、德里克·本科斯基、基尔·萨尔曼、斯蒂芬·格拉纳德,和特雷斯·V. 威尔逊。

还有我的丈夫罗伯特,他洗碗、调鸡尾酒,在我旅行时,为我的恒星旋转提供平衡。

关于历史的说明

我照搬了很多真实的历史，你可能想不到在一本1963年就登上火星的书里，我竟然能这么做。然而……苏联于1962年发射了火星2MV-3 NO.1。火箭发射中途失败，卫星落入了近地轨道，最终坠毁。但他们的确掌握了发射的技术。

开篇时，埃尔玛听着探测器登陆火星的广播，这一幕出自1975年发射到火星的“维京1号”航天器。在那十三年中，不乏许多新尝试，也伴随着很多爆炸。这可能是这段或然历史中我犯的最大的错误——本应有更多的失败。摆脱重力并是很难的。

小说多处参考阿波罗时代不同任务的历史记录。说是“参考”，我真正的意思是，当写到火星第一探险队离开地球时，我照搬了阿波罗8号的文字记录，并以此为基础进行了描述，只做了很少的调整。老实说，我现在都还搞不清楚“正Y，正Z方向”是什么意思。于是我把这个场景交给了两位战斗机飞行员、几位火箭科学家和几个宇航员，并告诉他们让我知道自己哪里搞错了。确实……有很多标注。

顺便说一下，宇航员狗粮一样的食物真的是由一位兽医营养师发明的。

另外，尽管令人毛骨悚然，但埃尔玛和小卡处理鲁比用的“包”确实正在开发中。不过在现代世界里，还配备了负责摇晃的机械臂。

机组成员表演的《飞侠哥顿》剧情是真正的试播剧情。我曾在广播剧院工作过，那种用气球和大米模拟爆炸声的技术是真实存在的，而且效果出奇地好，非常有趣。

杰克·帕尔主持的《今夜秀》与现在的节目非常不同。布景有一种《卧底侦缉队》[1]的感觉，我几乎能想象一名邦女郎穿着矮跟长靴在其中徘徊。如果你好奇的话，请点击YouTube，搜索“杰克·帕尔 今夜秀”，看看朱迪·加兰那一集。

在二十一世纪，人们很容易忘记，在疫苗出现之前，小儿麻痹症有多么普遍。世界卫生组织估计，目前仍有一千万至两千万小儿麻痹症患者幸存。在1988年，全世界新增小儿麻痹症病例有三十五万例。而在2016年，只有三十七例。有了疫苗之后，这种疾病完全有可能被根除。但在本书设定的背景时代，二十世纪五六十年代，小儿麻痹症是一种常见的可怕疾病。它无法被治愈。我们能做的不过是对付症状。小儿麻痹症的情况因人而异。有的人不过是轻微发热，而另一个极端则是依赖铁肺。幸存者中仍有一部分人从阿波罗时代起

① 1999年3月上映的美国电影。

就一直生活在铁肺中。这些仪器借助负压呼吸器将空气灌进他们的肺里。现在已经找不到这种仪器的零部件了。你可以在YouTube上搜索“1956年铁肺采访”,看看对患有小儿麻痹症的家庭妇女贝蒂·格兰特的采访。

查尔斯顿的犹太人是北美最古老的犹太人之一。早期大多数人为了躲避西班牙宗教裁判所,逃到伦敦和荷兰。他们从那里移居到美国。而查尔斯顿尤其受欢迎,因为1669年的《卡罗来纳州基本宪法》明确赋予“犹太人、异教徒和持异议者”以宗教信仰自由。查尔斯顿居民弗朗西斯·萨尔瓦多是美国第一个当选公职的犹太人。他在1774年和1775年被选为省议会议员,一直任职到他在1776年的美国独立战争中牺牲。直到十九世纪中期,查尔斯顿一直是犹太人口最多的城市。埃尔玛的家人应该是在1780年代,随来自德国的阿什肯纳兹犹太人而来。

小说中一个有意思的地方在于传统的南方料理和传统犹太料理的融合。我推荐马西·科恩·费里斯的烹饪书《无酵饼球浓汤:南方犹太人的烹饪故事》。也就是说,埃尔玛想做的奶油蛋糕来自我母亲的食谱。如果你访问我的网站,食谱正在等你呢。只要搜索“MRK妈妈的奶油蛋糕食谱”即可。

埃尔玛说自己讲不好意第绪语,其实她低估了自己讲意第绪语的流利程度,因为这是她和家人对话时使用的语言。顺道提一句,这就是我没有在文中用斜体字表示意第绪语、却用斜体字表示其他人物说的语言的原因。对她来说,这是心语,就像英语一样熟悉。尽管如此,正如许多不在家庭之外讲某种语言的双语人士一样,她使用的句子结构和词汇与童年时期一样。她的成长背景借鉴了我一位来自查塔努加的朋友,她的祖父母在家里就会说带有南方口音的意第绪语。

大部分报纸上的文章都是真的,而且往往就是报纸上显示的日期。我根据流星事件后的时间线进行了修改,但暴乱、龙卷风和社会问题都是真的。不过我确实改动了一个重要事件,那就是小马丁·路德·金的诺贝尔奖。在我们的时间轴上,他1964年才获得该奖。我把这件事提前两年的理由是,他的华盛顿游行——或者说在本书里,他的堪萨斯游行——也因为流星事件而提前两年发生了。在这两条时间线中,他都因反对种族主义的非暴力运动而获奖。

有时,保留时代的氛围会创造很多机会,但也存在强调时代问题的风险。我笔下的卡米拉·沙蒙就是这样。第一个变性人组织是在二十世纪五六十年代成立的。1959年5月的"库珀甜甜圈暴动"是美国第一批LGBT暴动之一。小卡应该知道这些事情,而且……他身在军中,如果出柜,就再也无法追求进入太空的梦想。我想,他没法儿和埃尔玛说,也没法儿和任何任务中的人说,所以我在小说中一直故意混淆卡米拉的性别。但后记不是以埃尔玛的口吻写的,所以我可以在这里正确地把小卡称为他。你也可以。

最后,我想谈谈眠尔通。它于1955年上市,是美国历史上第一种广泛使用的精神药物。1957年,在全美超三千六百万张处方中,三分之一都加入了眠尔通。它被标榜为一种温和的镇静剂,具有"奇效"。到1960年,每二十个美国人中就有一个曾服用过眠尔通。这是美国人第一次感到,面对焦虑不必缄口结舌,也不必讳疾忌医。关于眠尔通的更多信息,我推荐阅读安德烈·托恩的《焦虑的时代:美国镇静剂动荡史》。

但我想告诉你,在《计算群星》中,埃尔玛与她的医生进行的对话,其实是我自己去医院探讨抑郁症时与医生进行的对话。我去看医生是因为,透过书中对抑郁症的描述,或听朋友聊起他们自己的困难时,我看到了自己的影子。我没有埃尔玛那样的社交焦虑症,但我有很多朋友和她一样。如果你在埃尔玛的症状中看到自己,并且还没有与别人聊过,那么请去和别人谈谈,请去寻求帮助,只靠自己是很难摆脱重力的。